—————— 阅读之前 没有真相

午 夜 文 库

安东尼·霍洛维茨作品

安东尼·霍洛维茨
Anthony Horowitz (1955—)

安东尼·霍洛维茨，英国知名侦探小说作家、编剧。

一九五五年四月，霍洛维茨出生于伦敦一个富裕的犹太家庭。童年时期虽生活优渥，但并不快乐。据他回忆，作为一个超重又内向的孩子，经常遭到校长体罚，在学校的经历也被他描述成"残酷的体验"。八岁时，他就意识到自己会成为一名作家；他说："只有在写作时，我才会感到由衷的快乐。"母亲是霍洛维茨在文学世界的启蒙者，不仅引导他阅读大量书籍，甚至在他十三岁生日时送给他一副人类骸骨。他表示，这件礼物让他意识到"所有人的最终结局都不过是白骨一具"。其父因与时任英国首相哈罗德·威尔逊的政客圈子过从甚密，为了自保，将财产秘密转入瑞士的隐秘账户。结果在霍洛维茨二十二岁时，父亲因癌症去世，大额财产下落不明，使霍洛维茨与母亲陷入困境，自此家境一落千丈。

一九七七年，霍洛维茨毕业于约克大学英国文学与艺术史专业。之后他果然朝着作家之路迈进：先以《少年间谍》系列享誉国际文坛，全球畅销千万册，继而成为众人皆知的福尔摩斯专家，是柯南·道尔产权会有史以来唯一授权续写福尔摩斯故事的作家。代表作《丝之屋》畅销全球三十五个国家。此外，之后创作的《莫里亚蒂》和《关键词是谋杀》

也广受好评。还被伊恩·弗莱明产权会选为"007系列"的续写者，二〇一五年出版了《触发死亡》一书。

同时，对侦探女王阿加莎·克里斯蒂的热爱，也给了霍洛维茨接连不断的创作灵感。他曾为独立电视台（ITV）的《大侦探波洛》系列多部剧集担纲编剧。二〇一六年，他向阿加莎致敬的小说《喜鹊谋杀案》，一经面世就在欧美文坛引起巨大轰动。荣获亚马逊、美国国家公共电台、《华盛顿邮报》、*Esquire* 年度最佳图书，被《纽约时报》《时代周刊》等媒体盛赞为"一场为黄金时代侦探小说爱好者而设的盛宴"。在日本更是史无前例地横扫五大推理榜单，均以绝对优势荣登第一名的宝座。

作为知名电视编剧，霍洛维茨还撰写了大量剧本。除波洛系列外，他的编剧作品《战地神探》（*Foyle's War*）获得英国电影和电视艺术学院奖（BAFTA）。

二〇一四年，他因在文学领域的杰出贡献而获颁大英帝国官佐勋章（OBE）。

安东尼·霍洛维茨 重要作品年表

歇洛克·福尔摩斯系列
2011 The House of Silk《丝之屋》
2014 Moriarty《莫里亚蒂》

苏珊·赖兰系列
2016 Magpie Murders《喜鹊谋杀案》
2020 Moonflower Murders《猫头鹰谋杀案》

丹尼尔·霍桑系列
2017 The Word Is Murder《关键词是谋杀》
2018 The Sentence Is Death《关键句是死亡》
2021 A Line To Kill《一句杀人的台词》(暂译)

詹姆斯·邦德系列
2015 Trigger Mortis《触发死亡》
2018 Forever and a Day《比永恒多一天》

格罗沙姆庄园系列
1988 Groosham Grange《格洛沙姆庄园》
1990 The Unholy Grail《被污染的圣杯》

少年间谍系列
2000 Stormbreaker《风暴突击者》
2001 Point Blanc《直射点》
2002 Skeleton Key《万能钥匙》
2003 Eagle Strike《鹰击》
2004 Scorpia《毒蝎党》
2005 Ark Angel《天使飞船》
2007 Snakehead《蛇头》
2009 Crocodile Tears《鳄鱼之泪》
2011 Scorpia Rising《毒蝎党崛起》
2013 Russian Roulette《俄罗斯轮盘赌》
2017 Never Say Die《永不言败》
2020 Nightshade《夜幕》

安东尼·霍洛维茨 重要作品年表

钻石兄弟系列

1986 The Falcon's Malteser 《鹰之马耳他》

1987 Public Enemy Number Two 《二号公敌》

1991 South By South East 《东南偏南》

2003 The Blurred Man 《模糊的人》

2003 The French Confection 《法国甜点》

2003 I Know What You Did Last Wednesday 《周三谎言》

2007 The Greek Who Stole Christmas 《偷走圣诞的希腊人》

2021 Where Seagulls Dare 《海鸥奋起的地方》

五角星系列

1983 The Devil's Door-Bell 《恶魔的门铃》

1983 The Night of the Scorpion 《毒蝎之夜》

1986 The Silver Citadel 《白银之城》

1986 Day of the Dragon 《巨龙之日》

守门人系列

2005 Raven's Gate 《乌鸦之门》

2006 Evil Star 《邪恶之星》

2007 Nightrise 《夜幕升起》

2008 Necropolis 《大墓场》

2012 Oblivion 《遗忘之地》

关键句是死亡
The Sentence is Death

[英] 安东尼·霍洛维茨 著
王淑芹 译

新 星 出 版 社　NEW STAR PRESS

谨以此书献给我最好的朋友
彼得·克莱顿
(1963年6月20日—2018年6月18日)

第一章　场景二十七

通常，我很喜欢看影视拍摄布景。那么多专业人士一起工作，耗资数万英镑，去创造一个十个月前就浮现在我脑海中的场景。那场面看看就令人激动，我喜欢这种感觉，喜欢成为其中的一分子。

但这次不同。我睡过头了，所以匆忙离开家。我找不到手机，头也开始痛。那是十月的一个早晨，到处都湿漉漉的，当我从车里出来时，就意识到自己犯了一个错误，其实那天我应该待在床上。

那是个重要的日子。我们在拍摄《战地神探》第七集开头的场景——弗伊尔的司机萨姆·斯图尔特首次亮相，由汉妮萨科·维克斯扮演，她是该系列剧的坚定支持者，也是我最喜欢的演员之一。每当我为她写台词时，似乎总能听到她的声音。在这一季，她已经结婚，不再是警察，转而为一名核专家工作。我要让她闪亮登场，所以我去现场就是为了表示对她的支持。

在剧本中我是这样写的：

二十七　外景　伦敦街头，一九四七年，白天。

萨姆从公共汽车上走下来,拿着刚买的东西。她收到了一个不好的消息,所以停下思考,却惊讶地发现亚当在等她。

萨姆:亚当!你在这里做什么?

亚当:等你。

他们相拥而吻。

亚当(续):我来拿吧。

他接过萨姆的东西,两人一起走回家。

在剧本中,这可能没什么大不了的,但我一直知道这会是个令人头痛的问题。我的妻子吉尔·格林是制片人,单单"伦敦街头"这四个字就足以让她叹息不已。在伦敦街头拍摄永远是一件可怕的事情,主要是费用太高,而且困难重重,仿佛整个城市都在想尽办法故意阻止摄像机运转。拍摄过程中,不时会有飞机从头顶掠过,风钻和汽车报警器会噪声四起,警车和救护车鸣笛疾驰而过。不管你贴了多少告示,告诉人们这里要拍电视,总有人会忘记把车挪走。更糟糕的是,还有人为了拿到赔付,故意把车留在那里。人们自然会认为电视和电影制片人财力雄厚,但可悲的是,这远非事实。汤姆·克鲁斯也许能毫不犹豫,封锁半座黑衣修士桥或者半条皮卡迪利街,但这只是个别情况,大多数英国电视剧组做不到,即使是我前面写的那种短场景也不行。

从车里出来,我感觉自己穿越到了一九四七年。制片公司成功地拿下两条街道,里面保留着维多利亚时代的建筑,并通过布景,完美地再现了战后的伦敦。天线和卫星天线接收器都被常春藤或塑料瓦片盖住。几周前他们就测量好尺寸,搭起框架,把现代化门窗挡在后面。路标和灯柱也被伪装起来,地面的黄线上覆盖着富勒土粉末。我们带来了自己的道具：一座鲜红色的电话亭、一个公共汽车站牌和足够的碎片，来模拟战后那种被炸弹炸过的样子。至于那些穿着泡芙夹克的人、路灯、洋娃娃和蜿蜒缠绕的电缆都无所谓，因为这些东西几乎没被时代改变。

我周围站着一大群人，耐心地等待拍摄开始。除了工作人员之外，还有大约三十名绘景师，他们都穿着古装，留着传统发型。第二助理导演正指挥那些参加拍摄的车辆就位，我已经查看过这些车子，有奥斯丁公主号，摩根 4-4 型，两轮马车，以及这个场景的主角——联合设备公司生产的丽晶二型双层巴士，萨姆·斯图尔特会从这辆车上下来。汉妮萨科正和她剧中的丈夫站在马路对面，看到我，她只是举起一只手，没有笑容。我意识到事情不太顺利。

我去找摄像机，看到吉尔正在和导演斯图尔特·奥姆及其他摄像人员交谈。他们看上去都不太开心。我感到内疚。这一集《战地神探》叫"永恒之环"，我写的剧本开篇是新墨西哥州的一次核弹测试。斯图尔特设法在海滩上拍摄这个壮观景象，好不容易赶在破晓时分涨潮前的两个小时内拍完了。剧组从那里又辗转到了俄罗斯驻伦敦大使馆和利物浦码头，然后在白厅和军情六处的总部等地都拍过，拍摄工作量很大，但是这个"场景二十七"可能更麻烦。我本可以设计萨姆走路回家，或者直接镜头一转到家门口。

斯图尔特看到我，走了过来。他的白发和白胡子让我觉得有点吓人，其实他只比我大一岁。我们之前合作过一部片子，我很高兴能与他二度合作。"这个场景现在不能拍。"他说道。

"怎么了？"我问，努力消除莫名的担心。不管发生什么事，都有可能是我的错。

"有很多问题。有两辆车我们必须挪动，还有天气问题。"雨刚刚停了。"警察无论如何都不允许我们在十点前开始拍摄，公共汽车也抛锚了。"

我环顾四周。丽晶二型双层巴士正在被拖走，由另一辆巴士取而代之。"那是一辆常规双层巴士。"我说。

"我知道，我知道。"斯图尔特看上去很焦虑。我们都知道，第一辆双层巴士直到五十年代中期才开始在伦敦的街道运行。"但那是代理处送来的，"他继续说道，"别担心，我们可以在后期制作时使用电脑特效。"

就是用计算机生成图像，非常昂贵，但有时它可能是最有效的手段。它能让我们看到被炸毁的伦敦，看起来像是在开车经过圣保罗大教堂（实际上却离教堂很远）。

"还有什么？"

"拍摄时间只有九十分钟。我们必须在十二点之前离开这里，而现在有四个场景要完成，我做不到。所以如果你没问题的话，谈话到此为止。我们打算只拍萨姆下车的镜头，接她回家，然后遇见亚当。"

某种程度上，我有些受宠若惊。正如我之前提到的，编剧是片场里唯一无事可做的人，这也是我平时远离拍摄场地的原因之一。我有一个坏习惯，总是出现在错误的地方。如果一部手机在拍摄过程中爆炸，几乎可以肯定是我的。而现在这位导演正在寻求我的帮助，我明白他的建议不会对这一集产生任何实质性的影响。

"很好。"我说。

"好吧，希望你不会介意。"他转身离开了，我知道，在我到这里之前，他就已经做出了决定。

当然，即使没有那些对话，这次的拍摄也会很难。斯图尔特要先进行一次排练，然后才能正式拍摄，但这仍然很复杂。一条二十米长的轨道已经铺成，当公共汽车瞬间以直角隆隆驶向第一条街道时，摄像机就可以沿着这条轨道滑行。公共汽车会拐过街角，然后停下来。摄像机将继续向前到达车站，为的是拍到前面下车的两三个乘客和后面的萨姆。与此同时，包括马车在内的其他车辆要双向通过这里；还有孩子们在人行道上玩耍。有各类行人走过：一个推着婴儿车的女人，几名警察，骑着自行车的男人，等等。如果要在一次拍摄中捕捉到所有这些场面，就需要把时间设计得非常精准。

"大家，请各就各位！"

扮演萨姆丈夫的演员被送回了临时工作室，看起来很不愉快。他应该在破晓就起床了。双层巴士的司机得到指令，绘景师们各就各位。我走过去，站在摄像机后，确保自己没有碍事。第一助理导演看了一眼斯图尔特，后者点点头。

"开始！"

整个排练糟糕透顶。

公共汽车来得太早，摄像机又来得太晚。萨姆被人群淹没，一朵云恰巧就在那一刻遮住了阳光，拉马车的马也不肯动。斯图尔特和他的摄影总监交流了几句，然后轻快地摇摇头。他们还没有准备好正式拍摄，还需要排练第二次。

已经十一点十分了。影视布景就是这样，有时大家很长一段时间都无所事事，然后在实际拍摄时，会有短时爆炸式的、高强度的活动。但是时间一直在流逝，对我个人而言，这个压力几乎无法忍受。斯图尔特说十二点前必须完成，他指的是十二点整。有两个真警察在远处的拐角封锁了交通，他们很想早点离开。房子的主人限制了我们的拍摄时间,外景经理看上去愁容满面。现在我真希望自己没有来这儿。

助理导演拿起扩音器,大声喊出新指令。"归位!"乘客们慢腾腾地回到公交车上,双层巴士向后倒车。孩子们被领回初始位置。他们给马喂了一块方糖。谢天谢地,第二次彩排要好一些。公共汽车和摄像机按计划在拐角处精准对接。萨姆走下来,离开车站。那匹马尽管出了点状况,偏离马路,走上人行道,但好在完全按照计划时间出发了。幸运的是,没有人受伤。斯图尔特和摄影师咕哝了几句,一切准备就绪。吉尔看了看手表,现在是十一点三十五分。

因为这是一个大场景,涉及多方面的制作水准,我们有自己的剧照摄影师,还有几个记者,计划要采访我和汉妮萨科。独立电视台派出了两名高级管理人员,他们与卫生健康安全人员及圣约翰救护车的护理人员一起观察着整个活动。此外,还有一些常见的年轻人,老头子,一级、二级和三级助理导演,化妆师,道具师……一群人站在那里,等着看一个镜头,而这个镜头只用不到三十分钟就能拍完。

最后是没完没了的检查、故障,还有似乎永无止境的寂静。我的手心在出汗。但最终还是听到了每次拍摄时都会出现的那套熟悉的说辞。

"声音?"

"声音开机。"

"摄影机?"

"摄影开机,录音开始……"

"第二十七场,第一个镜头。"

然后是打板的敲击声。

"开始!"

摄影机开始朝我们这边滑来,巴士轰隆隆地向前行驶,孩子们在玩耍。马儿乖乖地迈着轻快的步伐拉着马车出发。

这时,一辆二十一世纪的现代出租车突然冒出来。这不是一辆传统的黑色出租车,可能和巴士一样,要用电脑特效技术处理。出租车被喷成白色和黄色,上面有亮红色的最新应用程序广告,前门和后门上都印着一句"下一次旅程可节省五英镑"。司机为增添乐趣,把车窗摇了下来,收音机音量开得大大的,播放着贾斯汀·汀布莱克的歌曲。这辆车正好停在拍摄场地的中央。

"停!"

斯图尔特·奥姆向来是个和蔼可亲的人。但是当他从监控器上看到发生的事情时,他满脸怒气。这怎么可能呢?警察应该封锁了交通,街道的尽头都有剧组的人阻挡行人,绝不可能有车辆通过。

我心里早就不好受了,对即将发生的事情有种不祥的预感。

结果证明我是对的。

出租车的门打开,一位男士下了车。他看起来毫不在乎自己被一大群人包围着,其中许多人还穿着戏服。他的开朗自信实则是冷酷无情,完全只顾自己的需求而损害他人的利益。他个子不高,身材不算好,给人的印象是,无论做什么事情他都要赢,不惜任何代价。他的头发很短,特别是耳朵周围的头发,有些地方的颜色介于棕色和灰色之间。他的脸色苍白,略显病态,深褐色的眼睛若无其事地四处打量着。他应该是那种不经常晒太阳的人。他穿着一身黑西装,一件白衬衫,一条细长的领带,这身衣服可能是精心挑选的,让人没法说他的闲话,鞋子还擦得锃亮。他一边往前走,一边找我。我很疑惑,他是怎么知道我在这儿的?

我还没来得及躲到监视器后面,他就找到了我。

"托尼!"他友善地大喊道,声音大到足以让现场的每个人都听到。

斯图尔特转向我,非常生气,问道:"你认识这个人吗?"

我坦白地说:"认识,他叫丹尼尔·霍桑,是名侦探。"

摄制组紧盯着我,来自英国独立电视台的那两位女士满怀疑问地小声嘟囔着。吉尔走过去,试图解释。街上的每个人都凝固在自己的位置上,一动不动,好像他们突然变成了明信片"历史上的伦敦"中的某一张。甚至那匹马看上去也很生气。

他们确实在十二点之前赶忙又拍了一次,勉强凑齐了足够的素材剪成一个场景。如果你看过这场戏,你会看到电话亭、马车、两名警察(在远处)和萨姆离场。遗憾的是,摄影机没拍到大多数群演,包括推婴儿车的女士和骑自行车的男士。你也看不到萨姆提着购物袋的画面。

最后我们的钱都用光了,在后期制作时,我们对那辆讨厌的双层巴士束手无策。

第二章　汉普斯特德谋杀案

　　我把霍桑留在我的办公室里。实际上，是辆停在街边的温尼贝格房车里，然后去餐饮卡车里拿了两杯咖啡。我回来时，他正坐在办公桌前，翻阅最新版的《永恒之环》剧本，这让我很不爽，因为我压根没让他看我的作品。好在他没有抽烟。最近抽烟的人变少了，但霍桑仍要每天抽一包，这就是我们通常在街边的咖啡店见面的原因。

　　我回到车上，说道："我没想到是你。"

　　"你似乎不太高兴。"

　　"嗯……事实上，我很忙……不过，你可能没注意到。你的车闯进了拍摄现场中央。"

　　"我想见你。"我在他对面坐下后，他说道，"书写得怎么样了？"

　　"写完了。"

　　"我还是不喜欢这个书名。"

　　"我并没有让你选。"

　　"没错！没错！"他抬头看着我，好像不知怎么的，我毫无缘由地冒犯了他。他有一双棕褐色的眼睛，但令人惊讶的是，这双眼睛看起来如此清澈干净，如此天真无邪。"我看得出你今天心情不好,但是你得知道,是你自己睡过头的,不能怪我。"

我问道:"谁告诉你我睡过头了?"我这一问正中他下怀。

"而且你还没找到手机。"

"霍桑……!"

"你不是在路上丢的,"他继续说道,"我觉得你会在公寓里的某个地方找到它。顺便给你一句忠告:如果迈克尔·基臣不喜欢你的剧本,或许你应该考虑用其他演员。别把气撒在我身上!"

我盯着他,回想他刚才说的话,想知道他有什么证据。迈克尔·基臣是《战地神探》的明星,虽然我们确实对新一集有过很多争论,但这件事除了吉尔以外,我跟谁都没提过。而且我确实没有提起我的作息时间,也没有说早上起床时找不到手机。

"霍桑,你来干什么?"我质问道。我从没叫过他的名字(丹尼尔),自我遇见他的第一天起就没有。我不知道别人有没有叫过。"你想做什么?"

"又发生了一起谋杀案。"他说。他用奇怪的口音拖长最后一个词:另一起谋——杀。仿佛在细细品味。

"然后呢?"

他对我眨了眨眼:难道还不明显吗?

"我以为你想写这类题材。"

如果你读过《关键词是谋杀》,就会知道,在那时我第一次认识丹尼尔·霍桑,他是我当时正在撰写的电视连续剧《正义与否》的顾问。他曾在伦敦警察厅工作,但是,有一次,一名涉嫌从事儿童色情活动的犯罪嫌疑人从水泥楼梯摔下,在此事件发生之后,他的职业生涯就结束了。因为霍桑当时正站在嫌疑人身后,结果他就被解雇了,此后他只能自谋生计。他本可以像许多前警探一样去安保公司,却选择将自己的才华用于帮助影视公司制作有关犯罪的剧集,我们就是这么认识的。但我很快发现,警方根本就没有完全辞退他。

当警察碰到所谓的"难题",也就是说,某个案子从一开始就显得非常棘手时,他就会被叫去。大多数凶手残暴,不理智。夫妻俩吵架,也许他们喝多了,其中一个拿起锤子,然后嘣的一声,凶杀案就这样发生了。有了指纹,飞溅的血液和其他法医证据,整个案件会在二十四小时内侦破。而且如今有这么多监控,即使凶犯逃离现场,也很难不留下一张清晰的快照。

有预谋的凶杀案非常罕见,此类案件的行凶者会真的动点脑筋。而且奇怪的是,也许是因为过于依赖技术,现代警方发现这类案件很难侦破。我记得为独立电视台撰写《大侦探波洛》时,在某一集中有提到一条线索。案发现场留下了绣有字母 H 的女士手套。如今警方可以告诉你手套的生产时间、地点、制作材料、尺寸以及过去几周曾接触过的一切。但是他们可能没有意识到,字母 H 实际上是俄语中的字母 N,并且手套是故意丢在这里陷害别人的。对于这些深奥的见解,警察需要像霍桑这样的人。

问题是,他们付给他的钱并不多,在我们拍完《正义与否》之后,他联系我,问我是否有兴趣写一本关于他的书。这是个非常坦率的商业提议。我的名字会写在封面上,但我们要平分收益。我从一开始就知道这不是个好主意。我写虚构故事,不喜欢被别人的想法左右,更确切地说,我喜欢掌控自己的书,并不想把自己塑造成一个角色,也不想成为这本书里的次要角色:一个跟班。

但不知怎么的,他说服了我,尽管毫不夸张地说,这本书几乎要了我的命,但第一本书现在已经写完,尚未出版。还有一个问题。我的新出版商——兰登书屋的塞琳娜·沃克尔——执意要签订一份三本书的合同，在我经纪人的敦促下，我同意了。我认为对于每位作家来说，不论他的书卖出多少，都是这样：一份三本书的合同意味着工作稳定，意味着你可以规划时间，确切地知道自己在做什么。但同时也意味着你要专注于写这些书。对于没有安全感的人而言，也就没有休息一说。

霍桑当然知道这一点，所以整个夏天我一直都在等电话，同时也希望它不要响。毫无疑问，霍桑很出色，即使我错过了给我的每一条线索，他也用一种类似儿戏的方式解开了第一个谜团。但从个人角度来说，我发现他非常难对付。他性格阴暗孤僻，即便我是他的传记作者，他也拒绝告诉我任何关于他个人的事情。至少可以这么说，我发现有时候他的态度令人感到不快。他总是骂人、抽烟，还叫我"托尼"。如果让我从现实生活中挑选一名主人公，那肯定不会是他。

此刻他就在这儿，我写完《关键词是谋杀》几周后又来缠着我。我还没有给他看这本书，他也不知道我是怎么写他的。我决定维持这种状态，越久越好。

"那么，是谁被杀了？"我问。

"他叫理查德·普莱斯。"霍桑停顿一下，好像希望我知道他在说谁，但是我不知道。"他是名律师，"他继续说道，"一名离婚律师，经常上报纸。他的许多客户都是响当当的人物，像明星之类的。"

当他说这番话的时候，我意识到我确实听说过这个名字。我被载去片场时，收音机里播了关于他的事，当时我半睡半醒，根本没有听进去。理查德·普莱斯住在汉普斯特德，我遛狗时常去那里。报告称，他在自己的家中被人用酒瓶袭击。还有件事值得一提,他有个绰号——是叫"铁娘子"来着吗?不对,这是菲奥娜·沙克尔顿的绰号,她也是律师,保罗·麦卡特尼爵士与希瑟·米尔斯那场激烈的离婚案就是由她负责的。普莱斯被称为"钝剃刀",我不明白为什么要这样叫他。

"谁杀了他?"我问。

霍桑忧愁地看着我:"老兄,如果我知道,就不会在这儿了。"

他有一点是对的,我累过头了。"警察需要你去调查吗?"我问。

"没错。我今天早上接到了电话,然后就立刻想到了你。"

"真是多谢,这个案子有什么特别之处?"

霍桑从夹克里面的口袋中取出了一沓照片作为回答。我绷紧了神经。虽然我经常看犯罪现场照片,把这作为研究的一部分,但我永远无法接受犯罪现场那令人咂舌的暴力。这是犯罪现场的原始状态,一切都直白地展示出来。有的东西没有色彩,让深黑色的血液看起来更加可怕。你在电视屏幕上看到的尸体只是躺在那里的演员,他们完全不同于真正的尸体。

不过第一张照片还算好,这是理查德·普莱斯生前拍摄的,一张摆着姿势的肖像照,照片中是一个英俊、温文尔雅的男人,鹰钩鼻,高额头,长长的灰白头发向后梳起。他穿着一件运动衫,微微地笑着,好像对自己很满意,自然也没有丝毫迹象暗示他就要成为谋杀案的调查对象。他双臂交叠,左手搭在右臂上,我注意到他的无名指上有一枚金戒指。所以说,他结婚了。

在后面的照片中,他已经死了。这次,他躺在光秃秃的木地板上,手伸过头顶,身体扭曲的程度只有一具尸体才能做到。他的周围满是玻璃碎片,还有大量的液体,这些液体看起来太过稀薄,不可能是血,原来这是血和葡萄酒的混合物。这些照片是从左侧、右侧和上方拍摄的,没有想象的余地。我继续看其他照片:脖子和喉咙上有锯齿状的伤口,眼睛瞪得大大的,手指像爪子一样。这是死亡特写。我很好奇霍桑怎么这么快就拿到了这些照片,可能是以电子方式发送给他,然后在家打印出来的。

霍桑解释说:"理查德·普莱斯被一个装满酒的瓶子击中了前额和颅骨前部。"他这么快就说起了官方用语,真是有趣。例如,"击中"而不是"打"。那个"前部"可能直接来自天气预报员的词典。"额骨有严重挫伤和蛛网状骨折,但这不是他的致死原因。瓶子被砸碎了,这意味着用的力被分散了。普莱斯倒在地上,留下来的凶手拿着锯齿状的瓶颈,刺在了他的喉咙上。"他指着其中一张特写照片说,"这儿,还有这儿。第二次,刺穿了锁骨下静脉,刺进了胸膜腔。"

"他因失血过多而死。"我说。

"不。"霍桑摇了摇头,"他可能连失血过多的机会都没有,我猜测他并发了心脏气体栓塞,这才使他丧命。"

他的声音里没有丝毫怜悯之情,只是在陈述事实。

我拿起咖啡想喝一口,但它的颜色跟照片上的血迹一样,我又放下了。"他是个有钱人,住在价格不菲的房子里。任何人都可能闯入,我看不出这案子有什么特别之处。"我说。

"实际上有不少,"霍桑兴奋地回答,"普莱斯在处理一个大案子……一份一千万英镑的和解协议。虽然案子里的那位女士没赚到什么好处。你对'阿基拉·安诺'①有印象吗?"

虽然由于种种显而易见的原因(我下面会提到),我不得不换掉她的名字,但我很了解她。她是位小说和诗歌作家,几乎在

---

① Akira Anno,单看发音似乎是"庵野晶",但文中并未出现对应汉字,下文中为符合英语习惯继续译为阿基拉·安诺,本书的日文版也将该角色直接音译为片假名发音。

所有图书节都会做演讲。她曾两次入围布克奖,斩获科斯塔图书奖、T.S.艾略特奖、女性小说奖,近期荣获了纳博科夫国际文学成就奖,表彰她在国际文学中的成就,称她"笔风独特,散文优美"。她为《星期日泰晤士报》和其他大型报纸撰稿(主要是关于女性问题和性别政治)。她经常出现在广播中,我曾在《道德迷宫》和《未完之事》中听到她讲话。

"她把一杯酒倒在了普莱斯的头上。"我说。那件事在社交媒体上传得到处都是,我记得很清楚。

"老兄,她做的可不止这些。她扬言要用瓶子打他。那可是在一家熙熙攘攘的餐厅里,很多人都听见了。"

"然后她杀了他!"

霍桑耸了耸肩,我明白他的意思。在实际生活中,这事可能显而易见。但在霍桑的世界里——那个他想与我分享的地方——对犯罪的认定可能恰恰相反。

"她有不在场证明吗?"我问。

"她目前不在家,没人知道她在哪里。"霍桑掏出一支香烟,点燃之前卷了卷。我把咖啡外卖杯滑向他。里面还有半杯咖啡,他可以用它当烟灰缸。

"那么就有一个嫌疑人了。现场还有什么?"我说。

"我正要告诉你!他的房子正在重装,大厅里有很多油漆罐。当然,他对多乐士之类的普通油漆不感兴趣。他用的是英国珐柏[①]那些浮夸的颜色,像土绿色、常春藤、阿森尼克这样的,要八十英镑一罐。"他很厌恶地说出这些名字。

"阿森尼克是你编的?"我说。

[①] 珐柏(Farrow & Ball),是英国产的一款涂料,以其高质量和丰富的色彩闻名。

"不是。我编了常春藤。另外两个在他们的清单上,他选的颜料叫绿色烟雾。事情就是这样的,托尼。凶手杀害了普莱斯先生,让他躺在豪华的美国橡木地板上流血,之后,凶手拿起刷子,在墙上写下了一条信息:一个三位数。"

"哪三位数?"

他把另一张照片往前推了推,让我自己看。

霍桑说:"182。"

"我想,你应该不知道它是什么意思,对吧?"我问道。

"这组数字可能表示很多东西。伦敦北部有一辆182路公交车,不过我认为普莱斯不是那种愿意花大量时间去乘坐公交车的人。它也是温布利一家餐厅的名字,还是发短信时用的缩写,是一种四座飞机——"

"行了,"我打断他,"你确定是凶手留下的吗?"

"也可能是装修工干的,我不确定。"

"还有什么?"

霍桑停了下来,嘴里半叼着烟,那双乌黑的眼睛质疑地看着我:"这还不够吗?"

"我不知道。"我说。

没错,我是从一名作家的角度去看理查德·普莱斯谋杀案的。事实就是,在这个阶段,不管怎样,我不太在乎是谁杀了他。阿基拉·安诺显然是头号犯罪嫌疑人,而且有趣的是,尽管我从未读过她的任何著作,但我知道她的名字。不过更重要的是,如果我要写第二本有关霍桑的书,至少要写八万字,而且我已经在考虑是否有足够的素材了:阿基拉用一个瓶子威胁普莱斯,普莱斯被人用瓶子杀死,阿基拉干的,故事结束。

还有一件事让我感到困惑,被杀的是一位离婚律师。我与律师并无芥蒂，但与此同时，我一直尽量避免与律师打交道。我不懂法律，也从来没有想过，一件简单的事情（例如商标注册）最终会耗费我几个月的时间和数千英镑的收入。甚至立遗嘱也是一段痛苦的经历，一旦律师给我办完了立遗嘱的事，能留给我孩子们的就少得可怜了。我很喜欢写戴安娜·考珀，她是一位著名演员的母亲，清清白白①。但是理查德·普莱斯是一个靠别人的痛苦为生的人，我能从他身上得到什么样的灵感呢？

霍桑喃喃地说："还有一件事。"他一直紧盯着我，仿佛能洞察我的想法，事实证明，他真的可以做到。

"什么事？"

"有一瓶酒，是一九八二年产于波亚克的拉菲葡萄酒。"霍桑说外语时，好像每个字都是一种侮辱，"你懂葡萄酒吗？"

"不懂。"

"我也不懂。但有人告诉我，这酒至少要两千英镑。"

"也就是说，理查德·普莱斯的品位很高。"

霍桑摇了摇头："不是，他是禁酒主义者，根本不喝酒。"

我想了一会儿。一位著名女性主义作家的公开威胁，一条用绿色涂料写就的神秘信息，一瓶价格不菲的红酒。似乎也不是不可以写成一本小说。但是……

"我不知道，"我说，"我现在很忙。"

他的脸色变得阴沉起来。"你怎么回事，老兄？我还以为你会抢着接这个案子呢。"

"你能给我时间考虑一下吗？"

"我现在就要去现场。"

---

① 该人物的故事见《关键词是谋杀》。

我沉默了片刻。

"我只是想知道，"我嘟囔着，几乎自言自语道，"你刚才说的那些，关于迈克尔·基臣，还有我手机的事，你是怎么知道的？"

他看出了我要说什么。"那没什么。"

"我只是感兴趣，"我顿了一下，"如果要再写一本书……"

"行吧，老兄，其实这很简单。"我没再继续说，他也看出来了，"你匆匆忙忙穿衣服，衬衫的第二颗纽扣扣到了第三个纽扣孔中，这真的很典型。你今早刮胡子的时候，鼻子下面还留了一点胡楂，我能看到，就在这儿，在你鼻孔旁边，老实说，不太好看。你的袖子上也有牙膏的污渍，说明你在去盥洗室之前，就已经穿好衣服了。所以，你醒了，跳下床，马上穿好衣服，感觉就像是你的闹钟没响。"

"我没有闹钟。"

"但是你有一部苹果手机，如果你有重要的事情，比如片场探班，可能会设定好闹钟，但出于某些原因，你没有用手机。"

"这并不能说明手机丢了。"

"我给你打了两次电话，想告诉你我今天要来，但是没人接。另外，如果你拿着手机，你的司机可以给你打电话说他在路上，或是他正在外面等着，你就不会这么慌张了。顺便说一句，没人接电话，也没有直接转到语音留言，这意味着手机仍然处于开机状态。它有可能是静音，你会在家里某个地方找到的。"

当我到达片场时，霍桑并没有出现在那里。他不可能知道我是怎么到那儿的。"你凭什么认为我有司机？"我追问道，"我可能是坐地铁来的。"

"你可是《战地神探》的大作家，他们当然会派人去接你。不管怎么说，一个小时前，还下着大雨，但你浑身上下都是干的。看看你的鞋子！你今天都没走动。"

"那迈克尔·基臣呢？你跟他说话了吗？"

"我不需要跟他讲话。"他用手指轻敲着剧本，这份剧本在我进来时他就已经合上了，"粉红色的页面是最新修订的，不是吗？我只是快速浏览了一下，每一页都碰巧与他出现的场景有关。看来只有他对你的工作不满意。"

"他很满意，"我吼道，"我只是稍微调整一下。"

霍桑朝我的废纸篓看了一眼，里面堆满了被揉皱的纸团。他说："这是相当精细的调整啊。"

我没有理由在片场四处闲逛了。事情发生之后，我不想让任何人看到霍桑和我在一起。

"好了，我们走吧。"我说。

第三章　苍鹭之醒

理查德·普莱斯的家在菲茨罗伊街区，是整个伦敦最独特的街道之一，紧挨着汉普斯特德山丘公园。实际上，它一点也不像一条街，尤其是在夏季，当你从公园进来时，你会经过一扇老式大门，仿佛出自亚瑟·拉克姆的插画，四周都是植物，很难相信你正身处城市之中。树木、灌木丛、玫瑰、铁线莲、紫藤、金银花和其他爬藤植物，都在争先恐后地抢占地盘，像是《彼得·潘》里的"永无乡"，甚至这里的光线都是浅绿色的。这些房屋各自独立，有意显示它们之间毫无相似之处。房子的风格从伊丽莎白女王时代，到装饰艺术，再到纯粹的《妙探寻凶》[①]式的豪宅——包括烟囱、倾斜屋檐和山墙——黄上校修剪草坪，蓝夫人和绿先生共饮茶点。

与这一切相悖的是，普莱斯的房子极具现代感，设计师可能在国家大剧院待了太久。房子的架构是野兽派的风格，大片的预制混凝土和三层高的窗户，更适合某个机构而不是家庭使用。甚至前花园里的日式芦苇也是按一定间隔种植，长得都一样高。一楼有个木质阳台，但木材是斯堪的纳维亚松木或桦木，与附近生

---

① *Cluedo*，一款解谜类桌游。

长的树木完全不同。

房子并不大，我猜应该有三四间卧室，样式全都是立方体、矩形和悬臂式屋顶，这样的建造方式使得房子看起来比实际更大。我可不想住在这里。我对像洛杉矶或迈阿密等地的现代建筑并不抵触，但如果我住在伦敦郊区，在一家保龄球俱乐部旁边，这种建筑就太出格了。

我和霍桑从柏蒙塞坐上出租车，沿着通往海格特的汉普斯特德巷一路上坡，然后车子突然拐弯，极速而下，远离了喧嚣世事，驶入这梦幻般的城中田园。我们沿着小山来到一个十字路口，路标指向前方的北伦敦保龄球俱乐部。我们右转，普莱斯的房子被称为苍鹭之醒，很容易认出来。房前有警车，前门拉着警用胶带，穿白色衣服的法医在花园周围缓慢地走动，还有穿着制服的警察和一群记者。菲茨罗伊街区没有人行道，也没有路灯。虽然几所房屋装有防盗警报器，但监控少得让人吃惊。总而言之，选择这里作为谋杀地点再合适不过了。

我们下了车，霍桑让司机等着我们。我俩看起来一定很奇怪，他穿着西装打着领带，看上去既精明又专业，而我直到现在才意识到自己是直接从剧组赶过来的，穿着牛仔裤和一件背后绣着"战地神探"字样的棉夹克。几个记者瞥了我一眼，我担心自己会上当地报纸的头条，所以侧着身走，不让他们看到我夹克的背面，真希望我有时间换套衣服。

与此同时，霍桑把我给忘了。他走上车道，仿佛他是这家人失散多年归来的儿子。一遇到谋杀案他就会这样，忘记一切其他的事情。我觉得我从未见过如此专注的人。他停顿片刻，检查两辆并排停放的汽车。一辆是黑色的奔驰S级双门跑车，是一辆结实的商务车。另一辆则是经典的摩根跑车，看起来更年轻、活泼。这辆车的历史可以追溯到二十世纪七十年代，属于收藏版的汽车：鲜红色的车身，黑色发动机罩以及闪亮的金属车轮。他把手放在引擎盖上，我急忙过去与他会合。

"这辆车刚停下没多久。"他说。

"发动机还是热的……"

他点了点头："一语中的，托尼。"

副驾驶窗打开了几英寸，他看了一眼，嗅了嗅空气，然后继续朝房子的前门和守卫警员走去。我原以为他会直接进去，但就在这时，他的注意力被门口那完美的长方形花坛吸引了。两个花坛，一边各一个，长着笔直的芦苇，就像阅兵式中的士兵一样。霍桑蹲下身子，我也同时注意到，在门的右边，一些芦苇已经被折断了，好像有人绊了一跤，踩在上面。是凶手吗？我还没来得及问他，他又站起来，向警察通报姓名，然后消失在屋里。

我微微一笑，担心自己会被拦住，但警察似乎也在等我。我走了进去。

苍鹭之醒建造得不像一般住宅，主要生活区没有用墙和门分开，反而像是变成了另一番天地。宽阔的入口大厅一边通向现代的厨房，另一边通向宽敞的客厅。后墙几乎全是玻璃的，可以欣赏花园美景。地上没有整片地毯，只有大小不同又昂贵的小块毯子巧妙地散落在美国橡木地板上。家具是现代风格，由设计师专门设计，墙上是抽象派的艺术作品。显然，就算房子的整体印象简单了点，内部装饰却是花了很多心思的。例如，所有的门把手和电灯开关都不是塑料的，而是拉丝钢的，具有巴黎或米兰情调。我猜这些是从商品目录中精心挑选的。房子的大部分区域是白色的，但是普莱斯最近决定增添一些色彩。大厅里的防尘布上放着油漆罐和刷子。一扇敞开的门通往衣帽间，衣帽间是引人注目的淡黄色。厨房的窗框是赤红色的。我以为律师已经结婚了，但房子给人的感觉是非常昂贵的单身公寓。

就在我追上霍桑时，一个身材庞大、毫无魅力的女人出现了，穿着一件淡紫色的裤装搭配黑色翻领毛衣。她挤出了厨房。她为什么没有吸引力？不是因为衣服，也不是因为身材，虽然她的确很胖，双肩和脸颊都很圆润。我会这样想，主要是因为她的态度。她没有跟我们说话，而是一直皱着眉头。她的镜框太大，或者是眼睛太小，让她的双眼看起来刻薄且充满敌意，恶狠狠地窥视着世界。不过，令我印象最深的是她的头发。那确实是她的头发，但又很像百货商店里模特头上戴的那种廉价假发，颜色乌黑，像尼龙一样光亮，仿佛不是从她自己的头上长出来的。她脖子上戴着一条金项链，项链下面是一根挂带，垂吊在丰满的胸前。看证件，她是伦敦警察厅的探长卡拉·格伦肖。她动作迅速，咄咄逼人，像一个摔跤选手进入竞技场一样。如果我是罪犯，我会害怕她。虽然我没有做错任何事，但她还是会让我感到紧张。

"你好，霍桑。"她说道。令我惊讶的是，不看外表的话，她还是很幽默的。"他们告诉我你已经在路上了。"

"你好，卡拉！"

他们相互认识，似乎彼此欣赏。霍桑转向我："这是卡拉·格伦肖探长。"他多此一举地说道。他没有介绍我是谁，卡拉似乎也不是很感兴趣。

"他们把详细资料发过去了吗？"她直言不讳，毫不废话。她的声音沉闷且毫无感情，没有特别的口音。"初次报告和照片都发了吗？"

"发过来了。"

"他们真是一点也不浪费时间！普莱斯今天早上才被发现。"

"谁发现的他？"

"清洁工，保加利亚人，叫玛丽埃拉·彼得罗夫。如果你愿意，可以和她谈谈，但那会浪费你的时间，她什么都不知道。她只为普莱斯工作了六个星期……通过位于骑士桥的一家中介来的。她跟丈夫和两个孩子住在贝斯纳尔格林。她从海格特下车，给死者买新鲜的面包和牛奶作为早餐。她走进厨房，准备好一切，然后又去了书房，就是在那里发现的他。我们已经把尸体挪走了，如果你愿意的话，可以去看看。"

"好啊。"

"这边。"她拿出了塑料鞋套，递给我们，就像在饭前递餐巾纸一样随意。

我有点失望。在我的脑海中，调查人员会是梅多斯督察，就是戴安娜·考珀谋杀案时的那位警探，后来我们还在俱乐部喝了一杯。我一直对他与霍桑的关系很感兴趣，他们曾一起工作，而且，显然对彼此没有好感。我想更多地了解霍桑，虽然梅多斯一直沉默寡言，费用很高（他按小时向我收取费用），但是我认为他能给我更多的信息。

更重要的是，如果我真的要继续写有关霍桑的书，梅多斯会是一个不错的角色。福尔摩斯有雷斯垂德，波洛有贾普，莫尔斯探长经常与总警司斯特兰奇拌嘴。一位聪明的私家侦探需要一名不那么聪明的警察，这是个简单的常识，就像照片需要明暗变化一样。否则，就没有界定了。顺便说一句，我并不是说梅多斯不聪明，但他确实认为考珀夫人是被盗贼杀死的，而且在这一点上他肯定是错的。

如果可以选择的话，我会很乐意他出现在每个犯罪现场。但是伦敦有三万多名警察，他不可能同时负责切尔西（第一次谋杀案的现场）和汉普斯特德。当我跟随格伦肖穿过客厅时，就认定她对我没什么用了。她完全公事公办，似乎很清楚自己在做什么，对我一点也不感兴趣。

我们经过客厅，下了两个台阶来到书房。书房看起来像一间会议室，铺着木地板，还有小装饰，没有书桌。四张白色皮革钢质椅放在玻璃桌周围，桌子的一侧是书架，另一侧是窗户，有一块玻璃板贯穿了整个顶棚，光线可以照进来。桌上有两罐可乐，其中一罐打开了。

尸体已经挪走了，但是毫无疑问，这就是理查德·普莱斯死去的地方。地板上留下一摊黏稠的深红色液体，是红酒和血液的混合物。更令人惊恐的是，我可以在尸体挪走后留下的图案中，辨认出律师的头部、肩膀和一只伸出的手臂。在一片狼藉中，有一只破碎的瓶子，部分碎片仍然被标签粘在一起。

我的目光被两个书架之间的墙吸引住了，上面有霍桑给我看过的三位数字——"182"，是匆忙中用绿色涂料写下的。颜料滴落下来，如同恐怖电影的海报。数字涂抹粗糙且不均匀，8比1和2大很多。书写用的刷子在地板上，留下了绿色的污迹。

"死亡时间是晚上八点到八点三十分之间。他独自一人在家，但是我们了解到，七点五十五分的时候，他有一位访客。邻居亨利·费尔柴尔德遛狗时，看到有人从汉普斯特德公园走过来。你肯定想和他谈谈，他住在这条街的另一头，一幢粉红色的建筑……玫瑰小屋。这附近的房子没有门牌号，他们也太有雅兴了。"她短促地一笑，"都是些花哨的名字……就像'苍鹭之醒'，这到底是什么意思？总之，费尔柴尔德先生已经退休了，他是一个有魅力的人，你肯定会喜欢跟他交谈。"

"普莱斯自己一个人住吗?"

"昨晚他是一个人。虽然他结婚了,但他丈夫没在。他们在克拉克顿还有一处住所。他丈夫大约一个小时前回来的,发现我们在这儿,他有点震惊。他现在在楼上。"这就解释了那辆红色摩根跑车的引擎还未冷却的原因。"他看起来不太好,"她继续说道,"我只和他谈了几分钟,他没说什么,哭得死去活来,所以我找人给他泡了杯茶。"她停顿了一下,抽了抽鼻子,"他要的是洋甘菊。"

我听她说完,心里感到一丝不安。我还记得,霍桑有一点很不讨喜:他厌恶同性恋,而且不觉得自己的观点有什么问题。这是我们在第一个案件中,一起去询问犯罪嫌疑人时我发现的。听卡拉的语气,她可能也是这样。但话又说回来,也许她只是不喜欢有钱人。

"他丈夫叫斯蒂芬·斯宾塞,"她继续说,"关于他的情况,我现在还说不上来,我还没和他好好谈过。但可以肯定的是,他是最后一个和普莱斯说话的人。"

"他打过电话?"

"昨晚八点,"霍桑思考这些信息时,卡拉看着他。"没错。打电话时凶手一定是在屋外,也许靠近房子。差不多就是在那个时候,他的邻居费尔柴尔德先生看到有人进来,然而他无法提供任何细节描述,天太黑了,他又离得太远。普莱斯挂了电话,让对方进来,看起来是他认识的人,他还拿了饮料。"

我看了看玻璃桌上的两罐可乐。

霍桑说:"他们一点酒也没喝。"

"酒瓶都没打开。你看到报告了吗?价格两千英镑!"格伦肖摇了摇头,"这就是这个国家的问题所在。在北方有食品银行①，在汉普斯特德这里，有人会毫不犹豫地花一大笔钱去买一瓶酒，真不合情理。"

"理查德·普莱斯不喝酒。"

"据斯宾塞说，这是普莱斯的一位客户送来的礼物，客户名叫阿德里安·洛克伍德。"

"阿基拉·安诺的丈夫。"我说。我从广播中听过，所以记得这个名字。

"是她的前夫。普莱斯是洛克伍德的离婚律师，显然阿基拉·安诺对结果不太满意。"

她曾威胁要用一瓶酒打他，这似乎是一个非同寻常的巧合。然而，如果在公共场合，在一家熙熙攘攘的餐厅里，她这样宣布过，那她一定是疯了才会用这种方法干掉他。

同时，霍桑把注意力转向墙上的绿色数字。"你怎么看？"他问道。

"182？我一点想法也没有。"格伦肖探长抽了抽鼻子，"霍桑，你应该感到高兴，这就是你被叫来的原因。显然我们遇到了有点狡猾的混蛋，他觉得自己可以尽情欢笑了。"她将自己巨大的双臂交叉在胸前，"在我看来，有两种可能。第一，这是普莱斯自己画的，试图留下某种信息，但这一定是在他的头被砸之前。第二，也是可能性更大的情况，这是凶手画的。但是，老实说，这没有任何意义。什么样的杀手会留下一条明显的线索呢？他还不如签个姓名缩写呢。"她停了一下，"我很想知道这是否与红酒有关。"

"一瓶一九八二年的拉菲古堡红葡萄酒。"我说。

---

① Food Bank，即食物赈济处，低收入者可前去填表，后凭卡领取食品，是慈善组织。

"除了九,其他数字都是一样的。"格伦肖瞥了我一眼,好像第一次注意到我。她的小眼睛在我身上停留了片刻,让我有些不安,然后目光闪烁地挪开。"霍桑,这个问题就交给你来解决吧。"她接着说,"我个人不喜欢谋杀案里掺杂这些花里胡哨的东西。这些就留给你这位战地神探先生吧。"

她注意到了我夹克的背面,尽管我已经尽力不让她看到。不知道霍桑有没有和她说过我的事情。

"有指纹吗?"霍桑问道。

她摇了摇头:"什么都没有,所有东西都被擦过了,包括未开封的可乐罐。普莱斯是唯一一留下些许指纹的人。我们在易拉罐上发现了他的DNA,而且他的嘴唇上有液体残留。"

"你有什么想法?"

"你真的认为我会和你分享这些吗?"卡拉·格伦肖探长直视霍桑的眼睛,但语气丝毫没有恶意。"我想让你去挣你的日结费,"她接着说,"如果警察厅需要你,他们也会让自己的钱花得值当。顺便说一句,我可不觉得他们需要你。"

她站在那儿,手指敲打着手臂的一侧。随后她似乎心软了。

"我看安诺小姐会成为首选嫌疑人。我们还没找到她,她的手机关机了,但找到后我会告诉你的。我要去和普莱斯的丈夫谈谈,你可以和我一起去。然后你应该和邻居谈谈。如果需要我,你有我的手机号,但这是交易,霍桑。"她用一根粗短的手指指向他,"我也想知道你所掌握的信息,懂了吗?如果有任何进展,请随时通知我,我想成为实施逮捕的那个人。如果我发现你一直在暗中使坏,我会扯掉你的睾丸,然后用它玩康克①。明白

---

① 儿童游戏,双方用系在绳上的七叶果轮流攻击,以击破对方的七叶果。

了吗？"

"卡拉，你不用担心。"霍桑说道，脸上带着天真、近乎天使般的微笑，"我只是来帮忙的。"

我可不信。毋庸置疑，霍桑是个独来独往的人。我确定格伦肖探长只会在读报纸时才会知道有人已经被捕。

"那我们就开始吧。"

格伦肖大步走向楼梯，我很高兴跟着她离开，因为房间里有一股令人作呕的气味，是血和酒的混合物。我感到反胃，但是我知道如果我真的在犯罪现场吐了，会有各种各样的麻烦。我等不及要出去了，但是霍桑仍然在徘徊。

"如果我是你的话，我会小心她的。"他喃喃地说。

"格伦肖探长吗？"

"帮我个忙，什么话都不要在她面前说。相信我，她不是一个好人。"

"我觉得她挺好的。"

"那是因为你不了解她。"

我们上了楼。

第四章　遗言

通往二楼的楼梯是白色石板，凸出在墙外，没有可见的支撑物。旁边是一条钢质的栏杆，上楼时可以扶着。卡拉·格伦肖步伐笨重地爬到了顶层，跟在后面的霍桑却脚步轻盈。我们终于到了走廊，向下可以看到客厅，这一层有一连串的门通向左右两侧。

有另一名警探正在等我们，他斜靠在防止来访人员跌入客厅的廊柱上。他比格伦肖瘦弱、矮小，留着几缕沙色的头发，还有小胡子。他穿着一件棕色皮夹克，就像一部老电视剧中的人物。他跟卡拉看起来就像是《侠盗双雄》。"警官，他在里面。"

"谢谢你，达伦。"

格伦肖先进去了，没有留意墙上的画，这些画与楼下的完全不同。我在大学学过艺术史，认出了艾里克·拉斐留斯的水彩画和艾里克·吉尔的系列木版画——是艾里克两人作品集。房屋的顶层都比较正常，地板上铺有地毯，布局更加封闭。格伦肖敲了敲达伦指的那扇门，没等回应就进了房间。这是一间藏书室，里面到处都是落地书架，被两扇窗户隔开，窗外能看见街道，墙上还安装了一台宽屏电视。地板上有两张白色真皮沙发，几张玻璃桌和一张假的斑马皮地毯——也许应该说是人造的。

斯蒂芬·斯宾塞弓着腰坐在其中一张沙发的边缘，周围摆满了他和普莱斯的合影。他穿着一件皱巴巴的亚麻衬衫，一条淡蓝色的灯芯绒裤子和一双休闲鞋。他三十多岁，比丈夫小十岁左右，双颊红润，金发顺滑，如果眼睛没有哭肿，一定很帅气。他身材修长，天鹅般的长颈凸显了他的喉结。他手里拿着一条手帕，我注意到他的无名指上戴着一枚金戒指，跟霍桑给我看的理查德·普莱斯的戒指一样。

我们五个人挤在房间里，格伦肖探长一屁股坐在另一张沙发上，两腿岔开。霍桑走到窗边，我站在门旁，肩膀靠在墙上，故意将夹克后面的字藏起来。达伦跟着我们进来了。他站姿随意，拿着一个笔记本和一支笔，很是神气。

"斯宾塞先生，你感觉怎么样了？"格伦肖问。她试着表示同情，但她的语气是居高临下的，仿佛正在和一个刚在操场上摔倒、擦伤膝盖的孩子说话。

斯宾塞说："我还是不敢相信。"声音充满悲伤。他把手帕抓得更紧了。"周五我见过他，跟他说了再见。我做梦也没想到——"他戛然而止。

达伦把这些都写了下来。

"你得明白，我们现在必须要和你谈谈。"格伦肖毫不客气地继续说，"我们越早得到答案，就能越早开始调查。"

他点点头，却什么也没说。

"你说你刚从萨福克回来……"

"是从埃塞克斯，克拉克顿，我们的另一处住所。"他指着一张照片，上面是一座二十世纪三十年代的白色袖珍型建筑，阳台弯曲，屋顶平坦，看起来不像真的。

"你为什么一个人去？"

斯宾塞咽了咽唾沫。"理查德不想来,他说他工作太忙,而且,周六下午有人要过来。我去看了母亲,她在弗林顿的一家疗养院。"

"我想她见到你一定很高兴。"

"她得了老年痴呆,可能都不记得我去过。"

"你是什么时候从家走的?"

"早餐过后。我打扫了房子,把门锁上。大概在上午十一点。"

"你走之前没有给普莱斯先生打电话吗?"

达伦一直把这些细节潦草地记在笔记本上,但现在他的笔停下了。这时,我拿出手机,悄悄点开录音。顺便一说,霍桑是对的,我丢了手机,又在来的路上从公寓里找到了它。不知道记录警察的谈话是否违法,我迟早会知道的。

"没错,我打过,但电话没接通。"斯宾塞又拿起手帕,擦了擦眼角,"他应该一起来的。我们在一起九年了,还合买了房子。我简直不敢相信有人会对他做这种事。理查德是世界上最善良的人之一。"

"你周一上午总是休班吗?"格伦肖的声音很冷淡。她的坐姿、笨重的塑料眼镜和乌黑的蘑菇头发型,所有的一切都让她显得冷酷无情。

斯宾塞点点头。"周日晚上,我们从不走 A12 号公路,路上太堵了。如果和理查德一起的话,我们黎明时分就得出发。他一直专注于工作,而我自己做老板。我在柏力街开了一家画廊,就在佳士得拍卖行的拐角处。我们专营二十世纪初期的艺术作品。"这就解释了走廊上吉尔和拉斐留斯的画作。"我们周二至周六营业,所以周一我在家办公。"

"你昨晚和普莱斯先生说过话。"格伦肖又继续说下去。

"对,我大约八点钟的时候给他打了电话。"

"你怎么能确定时间?"

"昨天是二十七号,是调成冬令时的日子,时间往回调了一个小时。我办完事就打了电话。"他拿出手机,按了几个键,查出他的通话记录。"你看!"他说,"正好八点钟。"

"在克拉克顿有信号吗?"霍桑第一次开口就近乎敌对,但这并不奇怪。

斯蒂芬·斯宾塞并没有搭理他。

"你能告诉我们,你丈夫在电话中说了什么吗?"格伦肖问。

"他问我在干什么,我们谈了天气和我母亲……很平常的事情。他听起来情绪有些低落,他说还在担心正在处理的案子。"

"什么案子?"

"一个离婚案。你肯定听说了,理查德是名离婚律师,一名非常成功的律师。他刚代理了一位叫阿德里安·洛克伍德的房地产开发商的离婚案。他的妻子就是那个作家……你知道的……阿基拉……"他忘了她的姓。

"阿基拉·安诺。"我说。

"没错。"他瞪大眼睛,好像突然想起来似的,"你知道的,她威胁过他。在一家餐厅里,她走到他跟前,朝他泼酒。我当时就在场!"

"到底发生了什么?"

"我应该马上告诉你们的。我不知道为什么之前没想起来。但今早回家,看见这里的警察和理查德……"

他停下来,让自己缓了缓,然后继续说。

"应该是上周一,当时我们一起在奥德维奇的德劳奈餐厅吃晚饭。那是理查德最喜欢的餐厅，下班后我们经常在那里见面……吃完饭就可以打车回家。总之，那天我们刚吃完，我就看见这个女人走过来。她个子不高，看起来像日本人，我没认出她来，后面还有一个女人和她一起。

"她停在我们的餐桌旁，理查德抬起头。当然，他一下子就认出她了，但他似乎并没有特别不安。他彬彬有礼地轻声问了一句'有什么能帮您的吗？'她低头看着他，脸上带着怪异的笑容。她戴着有色眼镜。'你是头猪！'这就是她的开场白，她还说了一些关于离婚的事，说那有多么不公平。然后她伸手拿起我的酒杯——我一直在喝红酒，虽然我们已经吃完饭了，但杯子里还剩下一些。有那么一瞬间，我以为她要喝掉那杯酒，但她却把酒倒在了他头上。理查德的脸上和衬衫上都是酒，太离谱了。我觉得应该报警，但他不想惹事，只想离开。"

"她还说了什么？"

"就这些。她泼完酒之后，立即放下酒杯，说她想用酒瓶子打他什么的。"斯宾塞停下，仿佛刚刚的描述才让他反应过来，"天哪！他就是那样被杀的，不是吗？！"他猛地伸出手来，抱住自己的头，"她说过要这么做的！"

"斯宾塞先生，我们先不要妄下结论。"格伦肖说。

"什么叫不要妄下结论？她在大庭广众之下亲口说的，还有十几个目击者。"

"你们周日晚上的通话里，普莱斯提到她的名字了吗？"

斯宾塞回想道："没有，他没有说她的名字，但确实提到了她。我知道他一直在想这个案子……虽然他很谨慎，从不告诉我任何案件细节，但我们在德劳奈时，他说起过这件事。我们打电话的时候，他还说他已经和奥利弗谈过了，就是奥利弗·梅斯菲尔德。他们俩都是梅斯菲尔德·普莱斯·腾博律师事务所的资深合伙人……我正要问他们聊了什么,门铃就响了。"

"这里的门铃?"格伦肖问。

"没错。我是在电话那头听到的,理查德的话还没说完就停下了。他说'会是谁呢?'他没想到有人来,让我等一下,然后把电话放下了。"

"他没挂电话?"

"对。他应该是把手机放在大厅的桌子上了,停顿了很长一段时间后,我听到了他在木地板上的脚步声,我好像听到门打开了,然后他说:'你在这里做什么?'他听起来很惊讶,'有点晚了。'"

达伦把这些都记了下来,顿了顿之后问道:"这是他的原话?"

这次斯宾塞没有犹豫。"是。'有点晚了。'他就是这么说的。"

"然后呢?"

"他回来接起电话,说他待会儿再打给我,之后就挂断了。"

"他没有告诉你关于这位到访者的其他信息?"达伦总让自己的问题听起来咄咄逼人,令人生畏。即便是祝你早上好,也可能让你感到紧张。"你没听到他们说别的吗?"

"他什么也没说,直接挂了电话。"斯宾塞的眼泪又涌了出来,"我等着他再给我打电话,却没等到,我想他一定是很忙或者有什么别的事,他经常这样。对正在做的事情,他会全神贯注。今天早上我开车回来,到了家里,看到那些警车,还是一头雾水……"

霍桑安静地听着,肩膀半转向窗户,这时他回头看了看。"车不错,"他说,"有电动窗吗?"

"什么?"斯宾塞被这个问题问蒙了,一时忘记了自己的眼泪。我一点也不惊讶。以我对霍桑的了解,他常常说出看似无关的言论。他不是故意冒犯,只是向来如此。

"这是经典车型,"霍桑继续说道,"什么年代的?"

"一九六八年。"

斯宾塞现在三缄其口,指望格伦肖探长夺回话语权。她还真那么做了。"你丈夫被人用一瓶酒袭击,是瓶拉菲古堡红葡萄酒。是阿德里安·洛克伍德送他的那瓶吗?"

"我不确定,嗯,是的,我想是那一瓶。理查德说过,这酒很贵。这也是浪费钱,因为他不喝酒。"

"他是个禁酒主义者。"

"对。"

"所以家里没有酒。"霍桑说。

"实际上,厨房里有很多——威士忌、杜松子酒、啤酒之类的,我偶尔喝一杯。但是理查德不喜欢喝酒。"

卡拉·格伦肖对着霍桑笑了笑,这并没有让她看起来更有魅力。我开始意识到,她的幽默背后有一丝恶意。"你还有别的问题吗?"她问。

"只有一个。"霍桑转向斯宾塞,"你提到理查德周六下午有客人来。他说是谁了吗?"

斯宾塞考虑了一会儿。"没有。他只是说有人要来,没说是谁。"

"我想你大概得到足够多的信息了。"格伦肖插嘴道,她知道霍桑不敢不同意,"我得到斯宾塞先生的全部陈述了,你为什么不现在就走呢?"

"听你的,卡拉。"

我有点佩服她控制情绪的方式。她和梅多斯完全相反,她不会让霍桑激怒自己。她已经明确表示了自己才是负责人。我们两人离开,下了楼梯,穿过前门。一出去,霍桑就点了一支烟。在他点烟的时候,我再次检查了折断的芦苇,寻找脚印。果然,地上有一个很小很深的凹痕,可能是某人鞋尖的印记,或者,更有可能是细高跟鞋的痕迹。

"真是一个蠢货。"霍桑喃喃地说。

"格伦肖?"

"斯蒂芬·斯宾塞。"霍桑吹出烟雾,"天哪!我一分钟都不想在那个房间里待了。如果他的手腕再软点,手就要掉下来了。"

"你可以在那儿托住他的手啊。"我说,"我已经告诉过你了,你不能这样谈论别人的性取向。我就没有谈论,而且也不会写进书里。"

"你自己的书随便你怎么写,老兄。但我不是在说他的性取向,我在说他的演技,你信吗?眼泪?手帕?他是在睁眼说瞎话。"

我回想刚才看到的情景,似乎不太像是在演戏。"我觉得他是真的难过。"我说。

"也许是吧。但他还是在隐瞒什么事。"摩根跑车就在我们面前,霍桑用拿着烟的手指了指,"不可能是从埃塞克斯、萨福克或任何沿海的地方开过来的。"

"你怎么知道?"

"他给我们看的照片里,房子没有车库,这辆车不可能在海边停了三天。没有海鸥粪便。挡风玻璃上也没有死虫子。你说他沿着A12号公路行驶了一百英里,连一只蚊子苍蝇也没撞到?我想他就在附近的某个地方,而且不是独自一人。"

"你怎么知道的?"

"我不知道,我只是猜测而已。副驾驶的车窗摇下了几英寸,车窗不是电动的。我认为有一半的可能是,车窗就是那名乘客打开的。如果他一个人开车,就得够到另一边摇下车窗,他为什么要这样做?"

"还有别的吗?"我问。

"有。有一件事,就是理查德·普莱斯的遗言。'有点晚了。'你不觉得奇怪吗?"

"为什么奇怪?"

"周日晚上八点,他有位不速之客,是他认识的人。他请对方进来,然后提供了饮品。这个季节的伦敦,天可能已经很黑了——毕竟进入了冬季——但这个时间并不晚。"

"你认为斯蒂芬·斯宾塞在说谎?"

"我很怀疑。关于那通电话,他可能说的是实话。但这仍是一件奇怪的事情,也许普莱斯指的并不是时间,也许他指的是别的什么。"

我们一边说,一边沿着菲茨罗伊街前进,把警车和犯罪现场都抛在身后。那辆带我们来的出租车还在等,计价器还在不停地走,司机正在看报纸。我们经过了来时的岔路口,前面能看见远处的汉普斯特德公园,还有里面的湖泊。又走了几步,我们来到玫瑰小屋,它确实是粉红色的,很漂亮,在它自己的小世界里,被灌木和花朵半掩着,所有的玫瑰都被剪掉了,准备迎接即将到来的冬天。霍桑走上前去,按响了门铃,立刻引起了屋里的狗叫。

等了很久,开门的是一位八十多岁的男性,他裹了件可能是用擀面杖织出来的开襟羊毛衫,站在那里,就像皱缩在开衫里似的，用湿润的眼睛盯着我们。他头发乱蓬蓬的，脸上还有黄褐斑。没有狗的踪迹，它应该是被锁在某个地方，还在门的另一边吠叫。

"是费尔柴尔德先生吗？"霍桑问。

"是的。是有关谋杀吗？"他声音洪亮，这高嗓门不仅质疑一切，而且似乎怀疑一切，"我已经把知道的全都告诉警察了。"

"我们正在协助警方，如果您能抽出几分钟时间，我们不胜感激。"

"我会和你谈，但如果你不介意的话，我不会邀请你进屋。鲁弗斯不喜欢陌生人。"

我猜鲁弗斯就是那条狗的名字。

"听说你看到有人朝苍鹭之醒走去。"

"苍鹭之醒？"

"理查德·普莱斯的房子。"

"对。我知道他住在那儿。"老人清了清嗓子，"我刚到家，那个人就从公园过来了。我总是在晚饭后带鲁弗斯出去，不会走很远，就到保龄球俱乐部，然后再回来。让它方便……你懂的。"

"那你看到了什么？"

"我根本没看到什么。当时天太黑了，有人从公园走出来，拿着手电筒。"

"手电筒？"霍桑很惊讶。

"没错，手电筒。所以我才看不清他，光线照进了我的眼睛，他离得很远。"他指向大门，在苍鹭之醒的另一边，"那个时间点，也没有牵着狗，独自散步，我确实觉得有点奇怪。至少，我是没看清他的样子。"

"你确定是个男人吗？"

"什么？我不知道是男人还是女人。因为有手电筒，我看不清。"

"但你刚才说'他'拿着手电筒！"霍桑很生气，他的眼中有怒意，嘴唇几乎抿成一条线。平心而论，亨利·费尔柴尔德确实有些令人恼火的地方。格伦肖探长形容他"有魅力"的时候，肯定是在讽刺他。

"我不知道是男是女，你也不必问他什么肤色，我已经告诉警察了。就在我要进屋的时候，看到了他，我没有多想，直到我醒来，才发现一切都乱套了，居然发生了谋杀案。"

"你什么都没听到吗？"

"你说什么？"费尔柴尔德用一只手捂住耳朵，不经意地回答了霍桑的问题。

"算了。最后一件事，时间你确定吗？"

费尔柴尔德看了看手表："现在是两点五十分。"

"不是的，"霍桑提高了嗓门，"我是问你带狗出去的时间，你说大约是七点五十五。你确定吗？"

"肯定是七点五十五分。我总是晚饭后出去，而且我不想错过《鉴宝路演》，所以我到家门口时，看了看手表。"

"谢谢你，费尔柴尔德先生。"

"我想他们现在必须要把房子卖了。我得说，我不喜欢这种事情……我喜欢和平与宁静。"

在他身后的某个地方，鲁弗斯还在狂吠。

"是啊。普莱斯先生让人给杀了，这也太不体谅别人了。"霍桑用极其恶毒的语气赞同道。

我们沿着小路往回走。我以为我们会回到出租车上，但我们继续往前，再次从苍鹭之醒前经过。"有一点很蹊跷。"霍桑一边走一边咕哝着,"如果费尔柴尔德说的是实话,那他除了耳背还有点瞎,昨晚可是满月啊。"

"是满月吗?"

"是。"霍桑环顾四周,"当时可能很黑,但没有那么黑。费尔柴尔德没有拿手电筒出门遛狗,至少他没说自己拿了。那为什么这位神秘的访客需要手电筒呢?"

"他不知道房子的位置,"我说,"他必须要看名牌!"

霍桑想了想。"好吧,这是一种说法,托尼。"

我们到了公园的入口处,这就是神秘访客出现的地方。在我们前面,草丛一直延伸向远方,十月的湿气笼罩着远处的几个行人。我曾有一条养了十三年的狗,所以我偶尔也会走这条路。凯伍德在路左边,或者你可以继续向前走到汉普斯特德巷,这是连接汉普斯特德和海格特的主干道。之前下了很大的雨,有一个大水坑挡住了我们的路。不管是谁带着手电筒过来,都必须小心谨慎,我很惊讶访客竟然没有在普莱斯家留下泥泞的脚印。也许他脱掉了鞋?

我不确定霍桑是否得出了同样的结论。他陷入了沉思,显然无意与我分享。

"现在怎么办?"我问。

"今天就到此为止。我在汉普斯特德车站下车,明天我们会在梅斯菲尔德·普莱斯·腾博见,至少在阿基拉·安诺出现之前,那似乎是最好的调查起点了……而且,我猜格伦肖是想直接跟她谈话。"

"实际上,我在老维克戏院有场会议。"我说,"我十点钟去你家接你,好吗?然后我们可以一起过去。"

霍桑想了想。我看得出他不喜欢这个提议,但他还是让步了,耸了耸肩,说:"行吧,随便你……"

回到出租车那里,我发现收费已经超过了六十英镑。和往常一样,我得付钱。每到付出租车和咖啡钱时,霍桑掏钱包总是慢腾腾的,但我并不介意。令我惊讶的是,我已经被案件吸引住了。墙上的数字有什么意义?为什么斯蒂芬·斯宾塞一直在撒谎?我真的很想知道是谁杀了理查德·普莱斯,为什么要杀他。

到目前为止,我漏掉了三条线索,误解了另外两条。

事情只会变得更糟。

第五章　梅斯菲尔德·普莱斯·腾博

　　老维克戏院在我心中有着特殊的地位，这是伦敦最漂亮的剧院。我十几岁时就去过。即使现在，我也记得排队买站票去看《海达·加布勒》中的玛吉·史密斯、《酒会》中的劳伦斯·奥利弗，和汤姆·斯托帕德的话剧《跳跃者》世界首映式中的黛安娜·里格。早在我出版第一本童书之前，就想写剧本。我发现剧院的魅力非常神奇，我被邀请加入董事会时，二话没说就答应了——尽管我对金融、健康、安全或慈善相关的法律一无所知。

　　其实，那个周二早上我并没有会议。我那么说是为了给自己一个去河苑的借口。霍桑住在那边，离我的公寓只有十分钟车程，位于黑衣修士桥的另一边。

　　我要更好地了解霍桑，我想知道他为什么把一个恋童癖推下楼梯，毁掉了自己的事业。他为何独自住在一套空荡荡的公寓里，替在新加坡的房主照管房子？霍桑告诉我，他有一个同父异母的哥哥，是位房地产经纪人，但这还是不同寻常。他和妻子分居了，妻子带着十一岁的儿子住在间士丘，他儿子没读过我写的书。据说，他们两人还时不时地见面。霍桑有两个业余爱好。他喜欢做飞机模型，主要是第二次世界大战的飞机模型。除此以外，他还是一个读书会的成员。

但这一切都让人感觉像是作秀……只是表象,不是真正的他。如果我要写三本关于他的书(要是他带着更多案件来找我,那可能不止三本),我就需要了解更多关于他的事。我很确定,他一定遭遇过什么,在某种程度上受到了伤害。我想知道发生了什么,即便只是为他的一些极端行为找到理由。小说主人公真的不能太讨人厌,虽然我不会这样定义霍桑,但有些时刻他真的很接近这个评价。比如他说斯宾塞的"手腕太软"的时候。

我算是在帮他。他选择我作为他的传记作者,我就会努力把他写得招人喜欢,这是我的工作。问题是,他压根就不想让我知道任何私人信息。如果我能连哄带骗让他第二次领我进入房间,也许能碰巧发现一些线索,让我知道他为什么会变成这个样子——还有为什么,尽管有违我的本性,我逐渐开始喜欢上他了。

河苑建于二十世纪七十年代,是座低层建筑,风格混搭,米色阳台和矩形窗户不怎么吸引人,但是位于泰晤士河畔,地理位置奇佳。虽然在去国家剧院和泰晤士河南岸的路上,我曾经路过这里几十次,却从未注意到它的存在。这就是住在伦敦的乐趣之一,这座城市如此巨大,满是有趣的建筑,总能让你大吃一惊。甚至现在我漫步在小巷里,才意识到这是我第一次正面看到河苑,虽然它离我住的地方只有几分钟的路程。

我早到了二十分钟。如果按门铃的话,霍桑是不会让我进去的。他会通过对讲机让我在街上等着。但我比他想得要聪明。我一直等到一位房客出现,那一刻,我伸出手,拿出一把并不能打开门锁的钥匙,面带微笑,拦住了门,然后走了进去。

我走进电梯,按下十二楼的按钮时,对自己的计划十分满意。但在电梯里,我却开始不安。霍桑一定知道我打的什么算盘，虽然他经常挖苦人，也很易怒，却从来没有冲我发过火。这种状况可能要变了。唉，那太糟糕了。我只要记住他需要我就没事，尽管他偶尔会威胁我，但我认为，他要找别人写书也没那么容易。

电梯门一开，我就听到了说话声，其中一个是霍桑的声音。尽管那时还很早——上午九点四十五分，他正在和一位访客道别。我在拐角处偷偷看了一眼，尽量不让人看见。那是一个十八九岁的年轻人。很难确定他的年龄，部分原因是他离得很远，也因为他坐在电动轮椅上。他可能是印度人，也可能是孟加拉人，而且我一眼就能看出，他患有某种肌肉萎缩症。他的一只手拿着一个电子控制器，另一只手放在腿上。他没有戴呼吸机，但是有一个塑料瓶贴在他的胸口处，一根饮水管一直伸到他的嘴边。他留着黑色的短发，颧骨轮廓分明，眼睛炯炯有神，嘴唇像华伦天奴，只是稀疏的胡子使他原本可以成为电影明星的美貌逊色不少。

"好吧，再见。"霍桑这样说。

"谢谢你，霍桑先生。"

"谢谢你，凯文。老兄，没有你我做不到。"

做不到什么？这和模型制作有关吗？不，那是不可能的。但是霍桑需要一个坐在轮椅上的年轻人帮他做什么呢？我是来寻找线索的，却得到了另一个谜团。

"再见。"

"好，代我向你妈妈问好。"

霍桑没有回公寓，他站在那里，看着凯文驶向电梯。

我很幸运，走廊的这一边正好是阴影，否则他肯定会发现我。然而我还躲在电梯里，这是一个两难的困境。如果我走出来，霍桑就会看到我，知道我一直在观察他。与此同时，凯文坐着轮椅，正稳稳地向我驶来。他肯定会纳闷我为什么不出电梯。我决定留在原地。当他操纵轮椅进来时，我仔细看着按钮，好像我刚在他之前上了电梯，忘了自己要去哪里似的。我按了一楼。

"三楼，谢谢。"凯文在我旁边，脸朝外。门关上了，突然我们俩独处在狭小的空间里。他坐在轮椅上，所以比我矮不少。两个皮垫固定住了他的头部。我帮他按了按钮。电梯嘎嘎吱吱地开始缓慢下降。

"其实我自己也能按，"他说，"只有到十二楼我才觉得困难。"

"为什么？"我问。

"按钮太高了。"

我过了一会儿才反应过来，这是个改编的老笑话。"你住在这里吗？"我问。

"我住在三楼。"

"不错的地方。"

"风景不错。"他同意道。

"有条河。"我说。

他皱起眉头："什么河？"

我微微一愣。他怎么会没注意到呢？这和他的残疾有关吗？然后我看到他冲我笑，才意识到他又在开玩笑。我们陷入了沉默，随着一阵微微的颠簸，我们到了，电梯门打开。凯文向前推操纵杆，轮椅驶了出去。

"祝你今天愉快。"我说。这是美国人的说法，但这些天我发现自己用得越来越多。

"你也是。"

电梯继续往下，把我带到一楼。那里有两个人，也许是一对夫妻，正等着上楼，看到我不下电梯，他们也很困惑。"走错楼层了！"我低声嘀咕着。他们走进来，乘电梯上了九楼，那一定是他们住的地方。电梯门又一次关上，似乎过了很久，我终于回到了我想去的地方。

我直接去了霍桑的公寓，按了门铃。门马上就开了，他就在那儿，胳膊上搭着风衣，准备出门。他看到我似乎并不惊讶。我本打算早点到，但来来回回在电梯里花了那么多工夫，基本上还是准时到了。

"你应该在外面按铃，"他爽朗地说，"这样你就不用上来了。"他带我回到走廊，按了电梯。"老维克戏院那边怎么样？"

"很有意思，"我说，"下周有一个董事会。"

"只要你有时间写我们的书……"

"我听到这个消息的第一反应跟你一样。"我是在挖苦霍桑，虽然是白费力气。对于一个经常嘲讽别人的人来说，他没有发现我话里有话，真意外。

电梯到了，我开始对它感到厌烦。当我们停在九楼时，我的心里一沉，刚刚遇见的那对夫妻又进来了。他们好奇地看着我，什么也没说。两人似乎不认识霍桑。

我很高兴终于离开了这栋大楼。"他们在等我们吗？"我问。

"在梅斯菲尔德·普莱斯·腾博吗？没错。我和奥利弗·梅斯菲尔德说过了。两人就在河对面……法院街外。"

"那我们可以走过去。"

凯文没法走路。一个来自不同文化背景的残疾青少年，他究竟在霍桑的公寓里干什么？他们两个听起来像是老朋友。我非常想问他，但我当然不能问。

这个疑问盘踞在我的脑海里，挥之不去。

***

我一路穿过黑衣修士桥去看霍桑，现在又走了回来。梅斯菲尔德·普莱斯·腾博在凯里街有办事处，在伦敦中央区法院后面，离我住的地方不远。这片区域属于法律从业者，光看外表就能知道。即使是较新、较现代的建筑样式也很传统，很不显眼。

梅斯菲尔德·普莱斯·腾博公司在一栋漂亮的联排别墅中，与另外两家精品咨询公司共用一个别墅。这是家始创于二十一世纪的律师事务所，却在一座十九世纪的建筑里办公。滑动玻璃门和开放式办公室位于古典拱门和三角雕刻楣饰的后方。一位年轻、面带微笑的秘书把我们领到一间偏远的办公室，奥利弗·梅斯菲尔德坐在一张巨大的桌子后面等我们。这是一家专门针对离婚——他们称之为婚姻法——的事务所。也许他需要在自己和客户的悲伤与愤怒之间筑起一道坚固的屏障。

他起身迎接我们。这是位非常威严的黑人男子，穿着一套时髦、剪裁考究的西装，大约五十岁，额头高高凸起，黑发，太阳穴周围的头发已开始灰白，这完全符合他的职业特点和地位。他性格开朗，似乎藏都藏不住，即便我们是来询问他合伙人的凶杀案。我毫不夸张地说，他眼睛里闪烁着光芒，也许是顶灯照进了眼中。甚至当他如期露出同情和懊悔的表情时，给人的印象仍然是他想放声大笑，把我们拥入怀抱，带我们出去喝上一杯。

"快！快请进。"他开口道，虽然我们已经进来了。他声音洪亮，有点夸张。"请坐。昨晚我和警察谈过了……太可怕了。可怜的理查德！我们共事多年，我想直说一点，任何我能帮到你们的事，我都会做！你们要咖啡还是茶？不要吗？这天气又潮又湿，让人不舒服。要不来杯水？"

餐具柜上有一个水瓶，我们坐下时，他倒了两杯。他把水递给我们，然后回到桌子的另一边。"你们想从哪里开始？"

"你最后一次跟普莱斯先生说话是什么时候？"霍桑问。

"应该是周日，就是案发那天。我们晚上六点通的电话。"

"他给你打的电话。"

"对，没错。"奥利弗·梅斯菲尔德大声叹了口气，他做什么都有点引人注目。"我无法告诉你们我有多难过。他在担心什么事，所以打电话给我，征求我的意见。但我没法和他说话。"他露出痛苦的表情，"我和妻子去了阿尔伯特音乐厅的音乐会，演奏的是莫扎特的《安魂曲》。他偏偏选择这个时候给我打电话。"

"他说了什么？"

"说得不多。他已经有一两次向我提到他对最近的一次听证会有所顾虑。"霍桑还没来得及打断，他就继续说道，"就是洛克伍德离婚案。先生们，你们应该明白，我有责任保护客户的隐私，但很多事实都是公开的，我现在说的内容你们都可以自己查到。"

然后，他开始讲述。

"在这个案子中，我们的当事人是阿德里安·洛克伍德，他以行为失常为由，要求与妻子阿基拉·安诺离婚。我不需要详细说明，其中比较重要的部分已经刊在报纸上了。我们在中央家庭法院达成了协议，不得不说，这对我们的当事人非常有利。那是在十六号，星期三。你可能知道，安诺女士被事情的发展激怒了。四五天后，她碰巧在一家餐馆见到了理查德。接下来就发生了一次普通袭击，如果理查德选择追究下去，可能会给她带来严重的麻烦。"

"她朝他泼了酒。"

"没错。"

"威胁了他。"

"她咒骂他,说了几句话,大意是想用瓶子砸他。这是一件非常愚蠢的事情,但我知道她是个容易情绪激动的女人。"

"你说他有顾虑,是什么?"霍桑问。

"其实,我也不知道,因为我没有直接参与。但我可以告诉你,理查德怀疑有欺诈性披露,这让他很忧虑,以至于他甚至在考虑要撤销。"

"如果你能讲人话,会很有帮助的。梅斯菲尔德先生。"

律师眯起眼睛,不再那么友好。"我想我正是这么做的,霍桑先生。我会试着用一种让退休警察也能听懂的语言向你解释。"

我有些忍俊不禁,转开了脸,这样霍桑就看不到我在偷笑了。

梅斯菲尔德接着说:"在高收入人群离婚案中,双方都必须对自己的收入、养老金、储蓄和财产等进行全面核算。这些都要在表格中列出。有时的确会发生这样的情况:一方可能试图隐瞒其某方面的财产,如果被发现,无论是在法庭内还是法庭外所达成的协议都可能被推翻,并且,双方都应当重新开始核算。"他咳嗽了一声,"我们称之为撤销。我知道理查德确实有些担心,安诺女士可能有一个收入来源没有申报,而且理查德已经和法维翰联系过了——"

"法维翰?"

"是伦敦的一家咨询公司。他们有一流的法务会计团队,我们经常合作。"

"他们在调查阿基拉·安诺?"

"起先是在调查,但最终不再需要他们调查了,因为安诺女士大概是听从了律师的建议，在提出FDR不久后就接受了洛克伍德先生的条件。"

"什么是FDR？"这一次是我问的，省得霍桑和他又起冲突。

"抱歉。就是财务纠纷解决方案。我们会尽一切努力劝阻客户不要一直等到最后的听证会才罢休，这你们得理解。如果他们能在此之前达成协议，这会为他们节省数千甚至数十万英镑。这个案件就是如此。理查德已经说服安诺女士的团队，让他们不妨见好就收。他提出了一个合理的提议，最后他们也同意了。"梅斯菲尔德双手紧握，"显然她对此并不满意——几天后发生的事情足以证明这点。但尽管她可能不相信这个提议，但几乎可以肯定，这对她最有利。"

"所以这就是我不明白的地方，"霍桑说，"事情已经圆满解决，理查德·普莱斯得到了他想要的协议，他的委托人很高兴——"

"洛克伍德先生是很高兴。"

"那么，既然整件事情已经结束，他周日打电话给你干什么？"

"恐怕我无法回答。"

"他什么都没说吗？"

我想梅斯菲尔德是不会回答的，显然他不想说。梅斯菲尔德在客户保密、责任感以及他对霍桑轻微的厌恶之间左右为难。但最终，负罪感占了上风。

"我应该听他的！"他叹道，"我很自责——但正如我所说，当时我在去音乐会的路上，不想迟到。我们简短地谈了一下，我听得出理查德很不安。他想咨询律师公会的道德热线。律师公会是我们的管理机构，他这么做后果会很严重。"

"可能会导致撤销。"

"确实。如果你方已经赢了,那撤销有什么意义?我甚至不确定,如果安诺女士坐拥一大笔钱,和解会有什么不同,除非她是以某种方式从前夫那里敲诈或骗取了这笔钱。即便如此,这也不是我们真正关心的问题。"

"你跟他说了什么?"

"我说没有必要多此一举,我们周一的第一件事就是要讨论这个问题。我祝他晚上愉快,然后挂断了电话。"

理查德·普莱斯并没有度过一个愉快的夜晚。对他来说,周一再也没有到来。

"人们为什么称他为钝剃刀?"我问道——为了填补突然降临的沉默。

梅斯菲尔德笑了,他向我点点头。"这是一个非常好的问题,"他说,"这也许能解释我们一直在讨论的许多问题。我们通常不会注意到这些绰号。理查德曾参与过一两起引人注目的案件,有些记者这样描述过他,从此这个绰号就留下了。他的特点是犀利,但也很诚实。如果他觉得当事人以任何方式做出了妥协,就会非常不愿意为他们代理。他总是说出自己的真实想法,所以安诺女士才会如此不安。他写信给她,在这样的诉讼中,这是完全正常和恰当的,但我猜他的用词过于唐突了。"

"他说话不拐弯。"霍桑说。

"我不会这么形容,但是,他确实很直率。如果他真的很担心,完全有可能在周末打电话给我。"他摇摇头,"我永远也不会原谅自己当时忽视了这个信号。理查德和我一起工作了将近二十年。我们在高伟绅律师事务所相识,决定一起创业。莫里斯太难过了,他今天甚至都没来。"

"莫里斯?"

"莫里斯·腾博,我的另一个资深合伙人。"

一阵静默,我才意识到这间办公室有多安静。如果凯里街有交通堵塞,那声音也被这里的双层玻璃有效地隔绝了,虽然在玻璃隔断的另一边能看到秘书和律师助理,但他们就像电影中音量被调低的演员。根据我的经验,律师事务所总是很安静。也许是因为他们遣词造句太贵,所以才会惜字如金。

我原以为我们已经谈完了,应该要离开,但霍桑的下一个问题让我大吃一惊。"最后一件事,梅斯菲尔德先生。关于你同事的遗嘱,有什么可以透露的吗?"

他的遗嘱。我从未想到过这一点,但的确,理查德·普莱斯是个富豪。在菲茨罗伊公园的那处房产,墙上挂着昂贵的艺术品。在克拉克顿的第二处住所,有两辆豪华轿车,肯定还有更多。

"事实上,几周前我还和理查德讨论过这件事。我是他的遗嘱执行人,所以我非常了解他的遗愿。"

霍桑等待着。

"遗愿是什么?"

梅斯菲尔德又一次犹豫了。他虽不喜欢霍桑,但他很聪明,知道自己别无选择。"他的大部分财产都留给了他丈夫,"他说,"包括伦敦北部的房产和克拉克顿的房子。他还列了一些慈善机构,一部分遗产会被捐赠。但唯一的另一大笔遗产,大约十万英镑,属于戴维娜·理查森夫人。如果你想和她谈谈,我的秘书可以给你她的地址。"

"我的确想和她谈谈。"霍桑说,眼中有一丝我很熟悉的光芒,他发现了另一条可供追寻的线索,"但是,也许你能告诉我他为什么对她这么慷慨。"

"我真的觉得这跟我没有任何关系。"奥利弗·梅斯菲尔德远没有我们刚进来时那么愉快。恐怕霍桑确实会对人们造成这种影响。你可以说他是根针,证人和嫌疑犯则是气球。"理查森夫人是室内设计师,和理查德是挚友。他也是她儿子的教父,我会把她的电话号码给你。"他在电脑上调出号码,潦草地写在一张纸上,递了过来,"更多的信息,你会从她那里得知。"

当我们离开办公室时,霍桑的手机响了,是格伦肖探长打来的。她打电话是想通知他,阿基拉·安诺已经出现了,正准备跟她谈话。

第六章　她的故事

阿基拉·安诺住在荷兰公园附近，但我们没有去她家里。大概是因为她不希望自己的隐私受到侵犯，所以选择了在诺丁山警察局接受讯问。那是一座相当漂亮、气势恢宏的建筑，坐落在兰仆林的拐角处。由于政策原因，该警察局现已关闭。伦敦政府曾计划关闭一半的警察局，减少街上穿制服的警员，这也使得持刀犯罪激增，拿手机都要冒着被骑摩托车的小偷抢走的风险。

我不明白为什么格伦肖探长会邀请我们过来，因为她已经明确表示过，她把调查视为一场竞争，而她决心要赢。

"她认为是那个叫安诺的女人干的。"霍桑解释道。

"怎么回事？"

"她实施了逮捕。她想让我看起来很差劲，我当时在场——但她还是比我领先一步。"

"你不喜欢她。"

"没人喜欢她。"

我们出示了身份证，获准进入警察局。格伦肖征用了一间阴森的审讯室。审讯室位于一楼，墙壁被漆成了乳白色，窗户是磨砂玻璃的，遮挡住窥探的视线。一张桌子固定在地板上。这里没有珐柏涂料，墙上的健康和安全宣传海报是唯一的装饰。

阿基拉·安诺坐在一把粗糙的木椅上，看起来很不自在。她是个娇小的女人，有些少年气，不是很矮，但整个人显得不太真实，就像一个影子。她的眼睛非常黑，炯炯有神，只是被圆圆的淡紫色眼镜遮住了一部分，眼镜架在陶瓷般的脸颊和轮廓鲜明的鼻子上。也许她做过鼻梁整形。她的头发又黑又直，垂到肩上，勾勒出一张看不出年龄的脸。她给人一种极其聪明、知识渊博的印象，部分原因是她从来不笑。她现在很郁闷。她刚刚从牛津开车回来，对前夫的律师被残忍杀害这件事，没有表现出任何悔恨的迹象。但她很生气，因为每个人都认为她与此有关。

在此之前，我早已见过阿基拉·安诺两次。

我写这些的时候，不想给人留下我对她或她的作品有任何敌意的印象。实际上，在理查德·普莱斯去世的时候，除了她发表在《新政治家周刊》上的几首诗之外，我从未真正读过她写的作品。说实话，那些诗我也没太看懂。我第一次偶遇她是在爱丁堡书展上，接着六个月后，我在伦敦的一个发布会上见过她。后来，我在网上查过一些她的资料。我对她的了解大致如此。

她于一九六三年出生在东京，是独生女。她的父亲是一名银行家，在她九岁那年被调到纽约，她就是在那里长大的。一九八六年，她从马萨诸塞州的史密斯学院毕业，不久后出版了她的第一部小说《众神》。"一个关于日本镰仓时期女性屈服与宗教父权制的故事。"尽管梅丽尔·斯特里普主演的电影改编得不太好，但这部作品还是让她获得了国际赞誉和好评。她的其他作品中，最著名的是《特米苏盆地》《广岛的清风》和《我父亲从来不了解我》，后者是一本她在美国早期生活的半自传体回忆录。她还出版了两卷诗集，最近一本是今年早些时候出版的，叫《俳句两百首》，也确实包含了两百首俳句。她说过一段著名的话，说她写一部小说要花好几年的时间，因为她不但把每个字当作挂毯中的一个针脚，也把它当作挂毯本身。我也不确定她是什么意思。

她嫁给了英国电影摄影师马库斯·勃兰特，他曾经为她的电影掌镜，这也是她来到伦敦的原因。这是一段有虐待倾向的感情，《星期日泰晤士》杂志对此有一段长达九页的描写，之后上了BBC的纪录片节目《想象》，这段关系在二〇〇八年结束。两人没有孩子。两年后，她嫁给了房地产开发商阿德里安·洛克伍德，这令许多媒体大跌眼镜。

她在人生的某个阶段，信奉了日本的传统宗教——神道教，她的许多作品都反映出了这一点，尤其是她信仰万物有灵论，认为无生命的物体也包含某种灵性。不过，据我所知，没有人见过她去参拜神庙，或者因此沉迷于舞蹈仪式。她还研究了差异性的本质、她的双重民族身份，以及生活在另一种文化中所产生的疏离感，这种文化不同于她出生的文化。我在此引用的是她一本书的前言。

我曾在一个圆顶帐篷里经人介绍认识了她，就是那种在爱丁堡书展上搭建的蒙古风格的作家帐篷里。帐篷并不大，但是很安静。他们全天供应咖啡和小食，晚上供应麦芽威士忌——如果那时他们还没有把你打发回家的话。我在爱丁堡谈我写的童书，她正在举行一场诗歌朗诵会。我一个人坐在那里，她则在众人拥簇下走过来，其中有她的出版商、经纪人、公关人员、两名记者、一名摄影师和电影节的导演等。出于某种原因，她穿着一身男士三件套西装，配有圆顶礼帽。除去肩上别着的一枚银色胸针（可能是日本假名中的一个），她就像是从比利时画家马格利特的画作中走出来的一样。

帐篷里几乎没有其他人，阿基拉喝了一杯绿茶，回绝了一份放了很久的水芹鸡蛋三明治。有人注意到我在那里，并介绍说我是《少年间谍》系列的作者。

"哦，是吗？"

这是她对我说的第一句话，我永远不会忘记，也不会忘记随后的握手。握手相当冷漠，一瞬间就结束了。

我嘀咕了几句赞美她作品的话，虽然不是真心的，但我觉得这样才礼貌。

"谢谢你，很高兴见到你。"如果每一个字都是一副挂毯，那它一定是用铁丝网织成的。

她在做一件非常讨厌的事情。她的目光掠过我的肩膀，看帐篷里还有没有更有趣的人。当她确定没有的时候，便转身背对着我，和她的公关人员核实了一些事情，之后整个团队都离开了。

虽然我确实觉得这很奇怪，但并没有生气。书展的气氛几乎总是友好的，没有竞争，很少见到哗众取宠的作家。我暂且假定阿基拉也是如此。可能她对自己即将发表的讲话感到紧张，我也一样。无论我在公众面前讲多少次话，上台前总会感到不安，也不太会闲聊，相信很多人会觉得我粗鲁无礼。

但几个月后，当我在新书发布会上遇到她时，她又一次冷落了我，这一次我确信她是故意的。她似乎不记得以前见过我，当她再次被告知我是一名童书作家后，瞬间没了兴致，眼中的光也熄灭了。如今，她开始喜欢戴那些小野洋子风格的墨镜了。我觉得相当可笑。

这次她穿着一套昂贵的黑色长裤套装，肩上搭着一件浅灰色的羊绒披肩，末端缠在胳膊上。卡拉·格伦肖坐在她对面，那个叫达伦的男人站在一旁，要么嚼着口香糖，要么假装在嚼口香糖，手里还拿着印满图腾纹路的记事本。

格伦肖介绍了霍桑，对我只字未提，这倒无妨。我不知道阿基拉看到我会怎么想，我看她未必会愿意出现在我的书中。这是一次非正式的面谈，没有律师，也没有警告。

"谢谢你赶来，"格伦肖对阿基拉说，"如你所知，理查德·普莱斯昨天早上被发现死在家中，我们希望你能协助调查。"

阿基拉耸耸肩："我怎么帮你？我几乎不认识普莱斯先生。他代理我前夫的案子，但我们从未说过话，我对他无话可说。他靠人们死去的爱情和破灭的梦想谋生，还有什么可说的？"

她的口音很奇怪，主要是美国口音，但带有轻微的日本味。她声音柔和，不带一丝情感，似乎觉得这场对话很无聊。

"你威胁过他。"

"不，我没有威胁他。"

"恕我直言，安诺女士，我们有几位证人十月二十一日当天在德劳奈餐厅看到你，当时你在那里吃晚饭。离开餐厅时，你看到了普莱斯先生，和他的丈夫坐在一起。你朝他泼了一杯酒。"

"我把酒倒在了他头上，他活该。"

"你骂他是猪，还威胁说要用瓶子打他。"

"那是个玩笑！"这五个字里有一种异乎寻常的恶意，仿佛在指责格伦肖故意无视了一个显而易见的事实，"我倒了一小杯酒，我说他很幸运没有点一整瓶，否则全都会被倒在他身上。我说得很清楚：我会用更多酒泼他，并不是我会用酒瓶伤害他。"

"考虑到他被谋害的方式，这仍是一句不恰当的措辞。"

她仔细想了想。我可以看出她在回想、分析餐厅里的场景，好像要把它变成一个短篇故事，或者一首俳句。那双深黑的眼睛陷入了沉思。最后她说："我不后悔我说过的任何话。我告诉过你，那只是一个玩笑。"

"一点也不好笑。"

"探长，我不认为玩笑一定要有趣。在我的书中，我使用幽默只是为了颠覆现状。如果你读过法国哲学家阿兰·巴迪欧的作品，你就会知道他将玩笑定义为一种揭示真相的裂口。顺便说一下，我是在索邦大学认识他的。他是一个了不起的人。我会凭借嘲弄打败对方。这是阿兰给予我的洞察力，虽然我觉得没必要为自己辩解，但这正是我在德劳奈餐厅使用的方法。"

我能想象到阿基拉·安诺和阿兰·巴迪欧一起畅聊到深夜。肯定充满了欢声笑语。

"安诺女士，你和谁一起吃的晚餐？"

"和一个朋友。"

"如果你能告诉我们他的名字，也许会有帮助。"

"也许最好不说。不管怎样，那不是个男人，是个女人。"

格伦肖探长深吸了一口气。达伦正在她旁边潦草地做记录，他们不习惯别人这样跟他们说话。"如果那位同伴无意中听到了你当时说的话，如果这些话真的不过是个玩笑，那么我们可能会需要她做一个陈述，这会对你有所帮助。"

"好吧，"阿基拉耸耸肩，"她是个出版商，叫道恩·亚当斯。"

"她是你的出版商吗？"

"不是，只是一位朋友。"

达伦把这个名字加到笔记本上，并在下面画了线。我不明白阿基拉为何如此不愿意提供这么一个不相关的信息。

"安诺女士，上周末你在哪里？"

"我在林德赫斯特附近的一间小屋里。小屋是我另一个朋友的，我的瑜伽老师。"

"他可以证实这一点吗?"

"如果没人用酒瓶谋杀他,我想会的。"

她再次利用"幽默"颠覆了现状。

"在林德赫斯特,有其他人和你在一起吗?"霍桑插话问道。

"在林德赫斯特附近。"阿基拉强调,"小屋实际上非常远,而且我是独自一人。"

"你是什么时候离开的?"霍桑又问。我可以看出,他不相信她的故事。

"周一早上大约七点半。我在舰队街附近停下来,喝了杯咖啡,之后直接回家。我洗了澡,换了衣服,然后又出去了。我在牛津大学做讲座,在那边住了一夜,今天早上刚回到伦敦,就被告知警察一直在找我,想见见我。"她看向格伦肖,"说实话,我觉得找到我并不难。希望你在锁定罪犯方面能取得更大的成功。"

"你在哪里喝的咖啡?"达伦问道。

她几乎打了个哈欠。"布瑞克咖啡,人很多。肯定有不少人看到我了。你可以去问。"

"我们会的。"

"你对理查德·普莱斯有什么不满?"霍桑插话。阿基拉轻蔑地朝他瞥了一眼,但还没等她回答,他就继续说道:"你刚才说你几乎不认识他,也从来没和他说过话。他是你丈夫的代理律师,而且据我所知,你丈夫离婚时脸上带着灿烂的笑容。你为此责怪普莱斯吗?仅凭你在那家餐厅干的事,他就可以找你麻烦。你为什么要那么做?"

她在回答之前重新整理了一下羊绒披肩,把它裹得更紧了。"理查德·普莱斯是个骗子,"她说,"他做我前夫的代理,故意撒谎,还为了保护我的前夫来威胁我。"

"这是什么意思？"霍桑看上去是打心底同情她，似乎对此很感兴趣，甚至连阿基拉都对此大吃一惊。其实那是他的另一个诡计，他总有办法让人们告诉他比原本想说的还要多的内容。

"我会告诉你的，"她说，"我不在乎你是否知道，因为木已成舟。我认为离婚是一个净化的过程。只有当你走进浴室时，水才会变脏。"

"的确。"

她镇定下来。"我从未和阿德里安·洛克伍德结婚。我嫁给了我心目中的他，一只微笑的柴郡猫。这是事实，即使我花了三年才明白。我的第一次婚姻是一种堕落。我的第一任丈夫是马库斯，一个十足的自恋狂，忽冷忽热，我摸不透他的想法。和他一起搬到伦敦生活，不仅使我离开了我的出生地东京，也使我离开了我的家乡纽约。这就像跌入一个恐怖的旋涡，让我越来越没有归属感，和周围充满隔阂。最后我身边只剩马库斯，他也知道这点，他就是以此来操控我的。他让我生活得很痛苦，当我终于有能力离开他时，我已经一无所有。"

"你有自己的书。"我提道，让自己大吃一惊。我本来不想说话的。

"作家只是书页上的影子。没错，我的书受到全世界的赞赏，被翻译成四十七种语言，我获得了许多奖项。我相信你熟悉我的作品。"

"这个，实际上——"

"但我什么也不是，"她把拳头重重地捶在桌子上，但拳头太小，手指又太细，几乎没有发出声音，"我内心空虚，没有自信。

"我在一次聚会上遇到了阿德里安，一个房地产开发商。我对这项职业完全不了解，也并不觉得他有吸引力。但我确实被他吸引了。他的声音洪亮，那么愉快，还那么富有。的确，他在世界各地都有房子，漂亮的汽车，在卡马尔格还有一艘游艇。当然，他从不读书。他对文学不感兴趣。虽然公司的朋友会带他去剧院和歌剧院，但是他根本不在乎内容，这对他毫无意义。

"他给我提供了一个安全的空间，在那里，我能够重建我的信心，发现内心的自我。我觉得他的无知对我是一种慰藉。当然，他尊敬我，崇拜我。也许，他用自己的方式爱我。但他的爱是肤浅的。"她用手捋了捋头发，"我可以忍受。"

"那么是哪里出了问题？"霍桑问道。

她耸耸肩。"我厌倦了。我发现作为一名严肃的作家、评论家和表演诗人，我越来越难以将自己的生活与作为他妻子的角色协调起来。另外，他有外遇了。他说不出什么有趣的话，谈论的全都是生意！非常粗俗。"她颤抖着，"他脾气不好，有时还很暴力。他提出身体方面的要求，这让我感到恶心。"

"但你在餐厅袭击的不是你丈夫，安诺女士。"格伦肖提醒道，"而是他的律师。"

"我已经告诉过你了，理查德·普莱斯在撒谎。"她闭上了眼睛。她的头发松散地垂着，双手放在桌子上。那短暂的一刻，她像是回到了瑜伽课上。"首先是协议问题。我并不贪婪，我不是不讲道理。没有钱我也能生活。我的财富是我写的书。我只要求足够的钱来支撑我的生活方式，两栋房子，旅行和其他费用。我已经做好了充分的准备，去法庭争取属于我的东西。

"普莱斯先生的说法驳回了这种可能。他贬低我，好像我没有给婚姻带来任何益处，只是把阿德里安当成了某种情感支柱。我不是个废人！没错，我承认他满足了我的需求，但我也给他的生活带来了很多以前没有的东西，他受益匪浅。我不是寄生虫！"最后这几个词是怒气冲冲地说出来的，"我的律师们担心，如果我不听劝说，坚持举行听证会，那么我不太可能得到别人的同情。法律一直是压制妇女的根本，我凭什么认为它会对我另眼相看呢？"

她陷入了沉默，但格伦肖探长还没有说完。

"你知道理查德·普莱斯调查过你吗？"她问道。我很惊讶她知道这件事，她一定和奥利弗·梅斯菲尔德谈过了。

"不知道。"

"你确定吗？"

"有人告诉我，他可能对我的版税和其他收入感兴趣，但我不在乎。我没什么好隐瞒的。"

格伦肖看了一眼霍桑，霍桑摇了摇头。他不想再问什么了。"我们可能日后还要和你谈谈，安诺女士。"她说，"你有离开伦敦的计划吗？"

"我下周要去奥尔德堡诗歌节。"

"但你不会离开英国吧？"

"不会。"

"那我们很快会跟你联系。"

这件事可能就此结束了，但我突然注意到阿基拉·安诺正在盯着我看。我转过身去，企图让自己隐形，但已经太迟了。我真的目睹了她想起我的那一刻。

"我认识你！"她喊道，"我们以前见过。"

我什么也没说，非常不安，但霍桑和格伦肖都没有选择帮助我。

"你是名作家！"她没有把这个词用作称赞。她站起来，双手放在桌子上，攥成拳头。"你在这里干什么？"她问道。她的口音刚刚还是日裔美国人,现在则更偏向日本人。

"嗯……"我开始讲话,仍然希望霍桑会介入。

"他为什么会在这里?"她报复性地转向格伦肖探长。

格伦肖耸耸肩:"我没有邀请他,他正在写一本书。"

"一本关于我的书?他要把我写进他的书里?我不想出现在他该死的书里!我要我的律师在这儿。如果他把我写进书里,我会起诉他。"

"我想你最好离开。"格伦肖对我说。

"这太过分了!我没有给他许可。你听到了吗?如果他写我,我会杀了他!"

她尖叫着,声音不是很大,但是很尖,她整个人的身体都在颤抖,霍桑和我告辞离开,尽快走出去。我从未见过有人如此愤怒。那一刻,很容易想象她拿起酒瓶,砸在理查德·普莱斯的头上,然后用锯齿状的一端把他的脖子剁碎。

我毫不怀疑,如果手边还有一瓶酒,她也会对我做出同样的事。

第七章　他的故事

"我就不该跟她结婚!"阿德里安·洛克伍德仰头大笑起来,"这是我犯的最大的错误之一,天知道,我犯了很多这样的错误。不过,她是一个非常性感的小东西……那该死的吸引力,还很出名。每个人都在谈论她。直到我们度蜜月回来,我才发现她完全是个自恋狂,还很无聊!回想起来,我可能早就该发现这一点了。

"我本应更早意识到的,但是,你知道,她是个知识分子。我从来没上过大学,一直很尊重那些善于言辞的人。但是和她在一起……好吧,全都是单词、句子、词语,没什么东西能让她停下来。我不只是在谈论她的写作习惯,天知道她为什么会把自己锁起来好几个小时,即使是在她写那些该死的诗的时候。那些诗只有三行,但我会听到她从早到晚不停地敲键盘。"

"你对她的书感兴趣吗?"霍桑问。

"我不确定是否该用'感兴趣'这个词。我读了她的一本小说,但我更喜欢约翰·格里森姆①的书。我真的看不出她的书有什么意义。她给了我一本她写的俳句,但那时我们的关系已经破

---

① 约翰·格里森姆(John Grisham),美国著名犯罪小说家,写过许多法庭探案小说。包括《失控的陪审团》《杀戮时刻》等。

裂。她给我签了名,也许我可以在eBay上卖几英镑。对于那该死的东西,我当然没有别的用途啦。"

阿德里安·洛克伍德是那种很难让人讨厌的人,就算一般意义上他的行为举止确实会惹人生厌。他躺在沙发上,穿着牛仔裤,一条腿交叉在另一条腿上,一双闪亮的黑色切尔西皮靴在我们面前晃来晃去,他的手臂摊开在垫子上,看上去就像个不折不扣的骗子。他的墨镜后隐藏着一双刻薄的眼睛,墨镜跟他前妻的很像。不过,他戴的是保时捷或捷豹:一款时尚的赛车眼镜。他的黑发扎成马尾辫,一点都不适合他。他已经五十多岁了,皮肤是深褐色的,那一定是他在卡马尔格的游艇上晒出来的颜色。除了名牌牛仔裤,他还穿着一件深蓝色天鹅绒夹克,只是在肩膀上有几片头皮屑,里面是一件柔软的白色衬衫,领口微敞。

那天下午,我们在他家中见了他。他家在爱德华兹广场,从警察局穿过荷兰公园步行二十分钟就到了,是联排别墅中的一栋。这些别墅不仅相似,而且似乎是特意设计成统一的风格——同样的比例,同样的拱形门廊,同样的黑色栏杆。几乎可以肯定的是,同样的千万富翁业主住在这儿。我们可以依据停在外面的汽车,就是那辆车牌号为RJL1的银色雷克萨斯,分辨出哪一栋是洛克伍德家。

虽然房子里有清洁工甚至可能是管家的痕迹,但洛克伍德独自在家。花瓶里插着昂贵的插花,仔细清扫过的地毯看不出一点灰尘。他在门口迎接我们,拿过霍桑的外套挂在衣帽架上,衣架是艺术装饰品,一把骷髅头的雨伞从下面露出来——是亚历山大·麦昆款的。我们经过了一间办公室和一个家庭影院,然后上到二楼。二楼由一个相当大的空间组成,可以看到广场上的景象,欣赏到广场前的公共花园,以及后面一个较小的、非常美丽的私人花园。

这里是主要生活区，设有开放式厨房。十月的一道阳光直射进来，照亮了厚实的藕粉色地毯、坚实而传统的家具、垂落的窗帘和书架上散落的书本，其中就包括他提到的那本阿基拉·安诺的《俳句两百首》。大理石柜台将厨房与房间的其余部分隔开。这些配置可能来自某一家奢侈品公司，那里的脚踏垃圾桶都要上千英镑，而且看起来绝不像是用来放垃圾的。

霍桑说："这是你的第二次婚姻。"他对这栋房子或它的主人兴味索然。他坐在沙发边上，面对着洛克伍德，双手紧握在膝盖下方，全身绷紧，好像要猛扑过去似的。

"没错。"他冷静了一会儿，"相信你非常清楚，我的第一次婚姻以极不愉快的结局告终。"

洛克伍德的第一任妻子是《加冕街》的女演员史蒂芬妮·布鲁克，她进过《舞动奇迹》的决赛。她在巴巴多斯的游艇上死于过量吸毒，小报上一直充斥着有关她自杀的八卦消息，而他一直否认这一点。我来这里之前已经看过手机上的新闻了。据一篇头条报道，斯蒂芬妮是个"身材高挑，金发碧眼，活力四射"的女人，与阿基拉完全不同。

"你是怎么认识第二任妻子的？"霍桑继续问道。

"在罗尼·斯科特家，有人介绍我们认识。"

"然后你们就结婚了……？"

"结婚是在二〇一〇年二月十八日，也就是我生日三天后。那是我很长一段时间里最后一个快乐的生日了！我们在威斯敏斯特登记结婚，然后在多切斯特吃了午餐，有二百人参加。幸好我讲明了不要礼物，否则还得把它们都还回去！"他被自己的玩笑逗得咯咯直乐，"不得不说，警察告诉我他们正在调查一起谋杀案时,我还高兴了一下,我还以为一定是有人把她杀了。"

"为什么?"霍桑问。

"因为她太可怕了!她让我想起了曾经养过的猫……一只暹罗猫。它蜷缩在炉火前看起来很美,当你伸出手去抚摸它时,它会发出咕噜咕噜的声音。但是它很快就会毫无理由地转过身,咬住你的手。你永远都不知道它那可恶的心里在想些什么。"

我想起阿基拉对我的态度。"那只猫怎么样了?"我问。

"哦,我把它安乐死了。"

"当你得知受害者是你的律师理查德·普莱斯时,你一定很意外吧。"霍桑说。

"可不是吗!"他举起一根手指,自相矛盾地说起来,"不过他是一名律师。你知道他们是怎么说律师的!你管一千个律师绑在海底叫什么?"

"我不知道。"

"一个好的开始!"他大声说道。

霍桑面无表情。"所以你的意思是,你认为谋杀律师是正当的。"

"我开玩笑的!"洛克伍德盯着霍桑,小心翼翼地调整自己的表情,"听着,你不是真的在暗示我和这件事有什么关系吧?我为什么要那样做?虽然理查德有点吹毛求疵,对细节一丝不苟,可能有点啰唆。因为他们谈得越多,得到的报酬就越多。但他做得很棒,离婚官司打得很漂亮。"

"你给了他一份礼物,对吗?"

"一瓶酒,没错。"洛克伍德似乎并不知道这是凶器。"一点小心意,不足为道。"他接着说,"但我总该表示一下。他劝说阿基拉不要等到最后的听证会,为我省了数千英镑。"洛克伍德瞥了一眼自己的金袖扣,又调整了一下,接着说:"事实上,把酒送给他是浪费钱,因为后来我才得知他不喝酒。但是,俗话说得好,送礼重在心意!"

"我很想知道你同意的协议细节……你和妻子之间的协议。"

"我了解,霍桑先生,但我觉得这不关你的事。"

霍桑耸了耸肩:"你知道理查德·普莱斯雇用了一组法务会计师来调查你的妻子。"

"我的前妻。是的,我当然知道。法维翰咨询公司!不然你觉得是谁在付款?"

"你可能不知道的是,在他被杀之前,他做的最后一件事就是给他的合伙人奥利弗·梅斯菲尔德打电话,他很担心与和解有关的一些事情。他甚至还在考虑将此事提交律师公会。很可能有人为了阻止这件事,才把他给杀了。所以这跟我很有关系,洛克伍德先生,也和警察有关。如果你先拿出相关资料,也是帮了自己一个忙。"

洛克伍德慌了,两边的脸颊上出现点点红晕,衬着晒黑的皮肤。"好吧,我没什么好隐瞒的。一切都记录在案,我相信你会拿到所有的文件。我只不过是想把整件事抛在脑后,不想再被它搅得乱七八糟。"

"我能理解。"霍桑现在变得更温和了。他知道他会得到他想要的信息。

"其实非常简单。安诺女士——如果我还可以这样称呼她的话——认为她能把我一半的财产都弄到手,但是理查德很快就把她这种不切实际的想法驳回了。事实上,她没有给这段婚姻带来任何东西。相反,我必须支持她去疗养,去健身,练瑜伽,以及其他各方面的需求。蜜月过后,她几乎不让我上她的床,甚至度蜜月的时候,我也不得不围着那该死的生态小屋追她,就是墨西哥中部的那间。"

他旁边的桌子上有一碗越橘。洛克伍德把手伸进碗里,拿出一把,一边吃着,一边继续说道:"但事情没那么复杂,我们只是在谈钱的问题。至少她最在意的就是这个!对于一个自诩诗人的人来说,她相当拜金!事实就是这样,霍桑先生。你可能知道,我是做房地产生意的。我不会说我做得不好。实际上,曾经有几年,我过得相当不错。但很不幸,这是一个起伏不定的行业,最近下跌比上涨多得多。信贷紧缩——我们至今仍未摆脱其后遗症。伦敦的经济放缓,银行不放贷,不需要说更多的细节。但是我可以告诉你,这很可怕,而阿基拉就是在最糟糕的时候嫁给了我。

"在我和她结婚的三年里,我没有一点盈利,一分钱也没有!完全是在压缩用度,这就是重点。阿基拉有权得到零盈利的百分之五十,我也很乐意给她。"

"她相信你吗?"霍桑问。

"当然不信!听着。我让我的会计处理那些要交给她律师的文件,我列出了自己所有的财务状况,小到最后一欧元,一切都公平公正。我不得不这么做,这就是法律。但是阿基拉不接受,她质疑每一个该死的细节,还让她的法务会计师调查我所有的业务往来,天知道是多少年。我不知道他们希望找到什么,但他们一无所获。"

洛克伍德变得更放松、更健谈了。他脸上又露出了笑容。

"也许我们应该谈谈她的收入。她总是对自己挣多少钱讳莫如深,但我可以告诉你,她有很多闲钱藏在床垫下面。结婚三年了,这种事瞒不住的——就算是我们这种失败的婚姻也不例外。

她很有钱，但有趣的是，无论钱从哪儿来，都不是来自她写的书。我碰巧看到了她在维拉戈出版社的一份版税报告，我可以告诉你，那甚至不够去托基①过一个周末！虽然她装腔作势，但似乎没有很多人买账。大家也不爱看广岛核弹事件后幸存的妓女患上抑郁症的故事，或者晦涩难懂的日本诗歌。"

他又拿了一把越橘。

"事实上，是我建议理查德打电话给法维翰的，幸好我这么做了，因为当她知道自己被我们识破的那一刻，就妥协了。她突然非常赞同达成协议，不再提官司的事情。差不多就这样结束了。我们在庭外和解，她得到了在荷兰公园的房子，我也让她留下了那辆捷豹。但和解费用是她预期的十分之一，坦率地说，如果这样就不用再见到她，两倍的费用我都很乐意支付。"

又是一阵笑声。没人比阿德里安·洛克伍德更喜欢自己的妙语连珠了。

但是霍桑仍旧没有笑。

"你觉得理查德·普莱斯去世那天为什么会打电话？"他说，"显然有些事情令他忧虑。"

"你确定这与我的离婚案有关吗？"

"确定。"

"那我就不知道了。大概是他发现了关于阿基拉的一些事情，关于她收入的来源。如果她违反法律，理查德肯定会进一步解决这个问题。但不管怎样，就算她是黑手党的头号杀手我也不在乎。我本来要告诉他别再想这些。对我而言，阿基拉已经是过去式了，我们已经达成协议。我是一位单身男士，再也不想听到她

---

① 英国南部的滨海小镇，侦探女王阿加莎·克里斯蒂的故乡。

的名字了。"

洛克伍德坐回沙发上，一脸扬扬得意。

"洛克伍德先生，只是出于兴趣，请问你的律师被害时你在哪里？"霍桑问。

"你为什么问这个？"

"你觉得呢？"霍桑的声音阴冷，态度近乎无礼，"我们需要知道所有人周日晚上八点到九点之间的行程。"

"用来排除嫌疑？警察似乎都是这么说的。"

"没错。"

"好吧，让我想想。周日晚上……我在海格特跟一位朋友——戴维娜·理查森喝了一杯。我六点左右到她家，大约八点十五分离开。之后，我开车回家，九点左右到家，然后看了电视。"

"你看了什么？"

"《唐顿庄园》，这样算回答你的问题了吗，霍桑先生？"

当他提到戴维娜·理查森这个名字时，我打起了精神，尽管我过了一会儿才想起之前在哪里听到过这个名字。显然，她就是理查德·普莱斯遗嘱中拥有十万英镑的女人。所以她是包括普莱斯和洛克伍德在内的三角关系的一部分！这是条关键线索。

霍桑肯定已经明白了。"给我讲讲理查森夫人吧。"他漫不经心地说，好像他只是需要一些补充信息。

"没什么好说的。她是我偶然认识的室内设计师。实际上，是理查德把她介绍给我的。我在昂蒂布的房子就是她参与设计的，做得很出色。"

"她是怎么认识理查德·普莱斯的？"

"这你应该问她。"

"我会的，但现在我问的是你。"

"行吧，如果你执意如此。虽然我不太喜欢在背后谈论我的朋友，但是如果你真的想知道，我就告诉你，他们俩的交情可以追溯到很久以前。理查德和她的丈夫是大学同学，也是他们孩子的教父。事故发生时他也在那里。"

"什么事故？"

"霍桑先生，我原以为你在来这儿之前就已经知道了呢。"发现自己占据了上风，洛克伍德很高兴，"是六七年前发生的事故。戴维娜的丈夫和理查德·普莱斯，还有一个大学同学，我忘记他叫什么了——他们三人去洞穴探险。总之，查尔斯在约克郡的洞穴群中迷路了，再没出来过。"

他摇了摇手指。"千万不要认为这是理查德的错。警方对此进行了全面调查，结果证明，没有人应该为此受到责罚。从她告诉我的情况来看，事故发生后，理查德做了很多好事。他给了戴维娜母子很多钱，甚至掏钱让她儿子科林接受私立学校的教育。当然了，他自己没有孩子。相信我不需要告诉你这些！他帮她创办了自己的公司——室内设计——还告诉她，会在遗嘱中给她留一份资产。"

"她知道吗？"我问。

洛克伍德皱了皱眉，似乎第一次注意到我。"对不起，"他说，"你又是谁？"

"我是他的助手。"我含糊其词道。

"嘿，如果你认为戴维娜是因为钱杀死了理查德，那就大错特错了。反正她有他的钱！她想要什么，他就给她什么。他为她做了一切，如果他不是同性恋，可能也和她睡过。"

"你认为会是你的前妻杀了他吗？"霍桑突然问。

"我不知道。"

"但是你知道她威胁过他?"

"对,我听说了在那家餐厅的事。那就是典型的阿基拉!她喜欢哗众取宠。我完全能理解她可能因为生气就把某个人殴打致死。顺便,她可能会先读一首自己的诗来折磨他们。"

他站了起来,他在催促我们离开了。

"如果你们真想知道是谁杀了理查德·普莱斯,也许应该从调查闯入我办公室的那个人开始。"他补充道,仿佛突然想起了一般。

"真的吗?"霍桑也站了起来。

"实际上我已经向警方报案了……他们毫不在意。"他停顿了一下,好像希望我们同意他的观点:警察真没用,应该花更多的时间和精力来调查他的案子。"这事发生在上周四。我在梅费尔有一小套办公室,主要用于开会。那里没多少人——只有一个负责接待的女孩,一个秘书,一个帮忙算账的年轻人。

"总之,周四午餐时间,这个家伙出现时,我正和一位客户在外面。他告诉接待处的女孩,说自己是信息技术公司的,来修理我苹果电脑上的一个故障。她傻到让他进去了。接下来的半个小时,他独自在我的办公室里。她应该知道我的电脑绝对没出故障,而且我们没有合作的信息技术公司!幸亏我将所有私人文件都保存在安全的地方,硬盘上没有特别令人感兴趣的东西,所以无论他在找什么,都不见得能找到。他似乎也没拿走什么。虽然我的确报警了,但正如我所说,警方对此毫无兴趣。你可能会以为三天后,理查德·普莱斯被杀的时候,他们会转变想法。但没人认为这两者之间有任何联系。"

"你的接待员能描述一下这个人吗?"霍桑问。

"她说他大约四十岁,中等身材,白人。"

"这可算不上描述。"

"她说那人戴着眼镜,一副厚重的塑料眼镜,蓝色的。侧脸可能有某种皮肤问题,头发稀疏。他穿西装,带着公文包。他给她看了一张名片,可她连他工作的所谓信息技术公司的名字都没看。真是个蠢女孩,我当然把她解雇了。"

"当然,"霍桑喃喃地说,"你的办公室里没有监控吗?如果我们有这个人的照片,可能会有帮助。"

洛克伍德摇了摇头。"主楼梯上有一个,但是坏了。我很高兴你也认为这事情有问题。"

"我不记得自己这么说过,"霍桑回答,"但是如果他再次出现,请告诉我。"

阿德里安·洛克伍德带我们走出屋子,离开的时候,我注意到厨房柜台上放着一堆药丸和药品,似乎主要是顺势疗法的药物,其中最突出的是一大瓶维生素 A。真是奇怪。我没有想到洛克伍德是那种喜欢替代疗法的人,我想知道他可能患有什么样的疾病。

现在问他为时已晚。他带我们下了楼梯,把大衣递给霍桑,然后打开前门。他什么也没对我说。门在我们身后关上,我们又到了外面,回到街上。

第八章　母亲与儿子

我在法灵顿的公寓度过了一个下午。

很难相信，就在我拍摄《战地神探》的前一天，这个剧组还在出外景，在伦敦某处拍摄。那仿佛已经是很久之前的事了。我不得不提醒自己还攒了很多工作，例如，要改写下一集《向日葵》的剧本。我还收到了英国独立电视台、导演、迈克尔·基臣和吉尔的消息轰炸。这就是作家和编剧的区别——编剧写剧本时，每个人都要争先恐后地发表自己的高见。

我难以集中注意力。脑子里充斥着过去两天发生的事件：苍鹭之醒的犯罪现场，霍桑，还有遇到的形形色色的目击者和嫌疑人。最后，我将剧本推到一边，把手机连入电脑。斯蒂芬·斯宾塞，邻居亨利·费尔柴尔德，奥利弗·梅斯菲尔德……在他们接受霍桑和格伦肖的调查时，我就在一旁听着，偶尔也搭个腔。接下来是阿基拉·安诺和她的前夫阿德里安·洛克伍德，他们互相调查，试图找到对方隐藏财产的证据，但或许这也只是他们的臆想罢了。

"如果你们真想知道是谁杀了理查德·普莱斯，也许应该从调查闯入我办公室的那个人开始……"

就是阿德里安·洛克伍德提到的戴蓝色眼镜的入侵者。这可能是一个很好的着手点——但他真的与此案有关吗？真的有这个人吗？

对于这一点，霍桑似乎也在疑惑。当我们穿过爱德华兹广场时，他喃喃自语道："他知道自己在做什么。"

"谁？"

"蓝眼镜，脸上戴着这样一个显眼的东西，任何人看到就只会记住这点。当然也可以靠缠绷带或镶金牙来耍同样的把戏。有了这些醒目的特征，人们就会忽略其他特征。"

这起非法闯入事件发生在星期四，也就是谋杀案的三天前。两者之间必有关联，但又是如何关联的呢？

我花了两个小时整理笔记，最后发现自己一直在天马行空。我是否曾经和凶手共处一室？我是否早已见过谋杀理查德·普莱斯的人？与此同时，另一个想法一闪而过。我可能不具备霍桑那样的专业能力，毕竟我从来没有受过侦探训练。但我写过很多谋杀悬疑剧，熟知破案流程，当然可以自己侦破这个案件。

阿基拉·安诺，我圈起她的名字。无论如何，到目前为止，她的嫌疑仍然最大。她甚至威胁过要干掉我！

霍桑打来了电话。

"托尼，六点，在海格特地铁站见。"我看了看手表，当时是五点二十分。

"去那儿干什么？"我问。

"去见戴维娜·理查森。"他没等我回复就挂断了电话。

到海格特地铁站并不需要太久。我按照出行习惯，把眼镜、钥匙、钱包和公交卡装进一直随身携带的黑色皮革单肩包里，正要出门时门铃响了起来。我走到对讲机前按下通话按钮。我家没有视频设备,但我认出了电话那头的声音,是卡拉·格伦肖探长。

"我可以进来谈谈吗?"她问道。

"现在?"

"是的。"

"实际上,我正要出门。"

"用不了多久。"

我的心一沉,逃不了了。

"好吧,我马上下来。"我本可以给她开门,但我不想让她进我的公寓。她在门口听起来很友善,但我不知道她来这里做什么,独自见她让我紧张不安。我跑下六层楼去打开前门。她正站在我家门口,助手达伦穿着皮夹克,懒散地站在她身后。

"探长……"我先招呼道。

"我可以说几句吗?"她看起来很愉快,很放松。

"聊什么?"

"可以吗?"

"但我和人有约。"

"就一会儿。"

她越过我,径直往里走,我意识到我无法拒绝。毕竟,她是一名警察,我们牵涉了同一起案件。她可能想分享一些信息。我退到一侧,他们两个经过我,进了宽敞的走廊,走廊一边放着我儿子的自行车,另一边是裸露的砖墙。门缓缓关上,磁闩自动锁上。

"希望你不要介意——"我正要找个借口解释我为什么不邀请她上楼,突然,她抓住我的衣领,用力把我推撞到墙上。我大口喘着粗气,感觉脊椎被扭曲成了墨西哥人浪。她突然贴近我,几乎面对面,我都能闻到她中午吃的油炸食物。她的小眼睛里燃着怒火,嘴巴狰狞地扭曲着。

"听好了,你这个小混蛋。"格伦肖说,她的声音里充满了轻蔑,"我不知道你自认为有多厉害,你不过是个专为毛孩子写东西的作家罢了。现在你却掺和到我的案子里来,不要把这个案件和亚历克·莱德中的一章相提并论。"

"是亚历克斯·莱德①。"我费力地笑出声来。

"霍桑被叫来办案已经够糟糕的了,但至少他是个该死的警探。或者说,直到他被人赶走以前,都算个警探。但是,如果你认为在警方查案过程中,你有深入调查的权利,那你就大错特错了。"

"这一点,你应该和霍桑谈。"我喘着粗气,费力地说。她还抓着我,用炮弹一样的拳头把我钉在墙上。我原以为她只是个身材高大的女人,但没意识到她还是肌肉型的。被她摁住,我仿佛心脏病发作了两次。此时,达伦只是漠不关心地看着。

"我不是在和霍桑说话,而是你。"她稍微松了劲,我整个人从墙上滑下几英寸。"现在,你听着,"她再次开口,"我会允许你在外面乱晃,不以妨碍警察执行公务罪逮捕你的唯一原因,就是你得为我所用。"

"我无能为力呀,"我说,"我什么都不知道!"

"我知道,这点显而易见。"她厌恶地打量着我。

"还有一件事,霍桑绝不能坏我的事。当然,我也不会让这样的事发生。他不可能再像以前那样,圆满地解决案件,带着荣

---

① 《少年间谍》系列主人公。

誉离开。这是我的案子,我才是那个亲手抓住真凶的人。"

"好吧,但我不理解——"

她倾身向前,再次将我压进砖墙。她的嘴唇离我只有几英寸,灼热的呼吸喷在我的脸上。"他的任何举动,你都要告诉我。不管他发现什么,马上向我汇报。我说清楚了吗?而且,如果你敢告诉霍桑我来过这里,或者给他暗示我们的这次谈话,放心吧,小子,我会让你下地狱的。"

"她说到做到。"达伦微笑着说。这是他对我说的第一句话,我也相信他所言非虚。

"我们都说明白了吧?"

"是的!"我还能说什么呢?

"很高兴你能理解。"她放开我,站直了身子。同时,她拿出一张名片塞进我胸前的口袋里,力气大得几乎把我的口袋撕裂。"这是我的手机号码。随时打给我,如果我没接就留言。"

"霍桑向来什么都不告诉我,"我抗议道,"如果他真的有什么推测,我可能是最后一个知道的。"

"给我打电话。"格伦肖说。这是命令,也是威胁。

他们离开了。

我愣在原地,看着他们的影子消失在玻璃前门的另一边,我几乎不敢相信刚刚发生的事情。

六点多,我与霍桑见面了,那时我仍然不知所措,当然他马上就注意到了。

"怎么了,托尼?"

"没什么!"在列车驶过北线的隧道时,我已经想好了要怎么解释,"我一直在写剧本。"

"迈克尔·基臣还在给你出难题吗?"

"他还没看到剧本,是独立电视台在出难题。"

"你应该坚持写书的,老兄。"

我没有提格伦肖的突然造访,也还没有决定要按照她的命令去做。但是我清楚,即便告诉霍桑,对我也没什么帮助。他能做什么呢?保护我吗?更重要的是,如果我违逆她,她会怎么做?给我开一张超速罚单?干涉《战地神探》的拍摄?没有警察的配合,在伦敦拍剧是不可能的。像她这样一个恶毒的、患有边缘型精神障碍的警探(我已窥得她的真实面目),很可能会给我们带来各种麻烦。我已经给剧组带来了很多麻烦,剧本修改的进度也落下很多。如果跟格伦肖合作能让摄影进度一路顺风,我当然义不容辞。

海格特地铁站建在山坡上,陡峭的楼梯直达拱门路。霍桑在自动扶梯顶部的报亭对面等我,我们从较低的出口走向修道院花园路,这是条安静的住宅街,戴维娜·理查森就住在这里。实际上,我对这个地区非常熟悉,在搬到克拉肯韦尔之前,我在伏尾区住了十五年,当时孩子们还小,我经常带着他们走修道院花园路去上学。戴维娜的家是一座漂亮的维多利亚式房屋,楼型细长,有一个小小的前花园和一条棋盘式的小路,通向带有彩色玻璃窗格的门。房子在道路右侧,也就是背对着伏尾区公园附近林地的那一侧。

霍桑按响门铃,很长时间之后,一个女人打开了门。她给人一种一直与生活苦苦斗争却不曾获胜的感觉。她衣冠不整,穿着完全不搭的衣服:宽松的针织运动衫配一条长裙,脚蹬凉鞋,脖子上挂着一条粗大的串珠项链,栗色的中长发恣意披散着,一双淡褐色眼睛略带绝望。她看上去疲惫不堪,但在开门时仍然面带微笑,好像她一直在盼望着有好消息到来,等着彩票站的工作人员前来告知她中奖了,抑或是与从澳大利亚回来的兄弟久别重逢。当她意识到我们的身份时,有些失望,但她竭尽全力将其隐藏起来。

"霍桑先生吗?"她问。

"理查森夫人。"

"请进。"

走廊很狭窄,难以通过。到处堆放着外套、书包、雨伞、垃圾邮件、自行车、旱冰鞋、板球棒、大量的布料、色卡和小册子等杂物。从中可以看出一位室内设计师母亲和她十几岁的儿子的生活状态。正前方有一段楼梯通向楼下,但她领着我们穿过一个拱门,走进厨房,里面一台洗衣机正在静静地搅动,缓缓打出泡沫。空气中弥漫着香烟和炸鱼柳的味道。

戴维娜·理查森可能有一些大客户,他们拥有豪宅,但她自己的品位可真是独树一帜。我从未见过这么多夺人眼球的鲜艳色彩:大厅的地毯是深紫红色,墙壁是刺眼的蓝色。看着亮绿色的雅家炉、黄色的斯麦格冰箱和穆拉诺水晶灯,我不由得想到,在厨房里挂水晶灯可真稀奇。

货架上摆满了小物件,我不禁好奇是先有的货架还是先有的物件。也许她是一个狂热的旅行者,喜欢收藏纪念品,所以需要一个地方存放它们,又或者她只是搭建了太多架子,然后四处奔走,疯狂地想要填满它们?

"来杯酒吗?"她问道,"我刚开了一瓶白葡萄酒。我知道我不该喝酒,但是到了六点钟,我实在喘不过气。家里有些异味,真抱歉。科林刚喝完茶,正在做作业,但他马上就能下来。因为听到警察来了,他非常兴奋。"她从冰箱里拿出一瓶夏布利酒以后才突然注意到我。"对不起,"她说,"我都没问过你的名字。"

我报上了自己的名字。

"你就是那个作家吗?"

"是的。"

她很困惑,不知道我为什么会在这里,但同时她也很高兴。"科林一定会觉得不可思议!"她惊呼道,"他读过你所有的书,很喜欢你的作品。"

有趣的是,当人们告诉我他们喜欢我的书时,我从来不知道该如何作答。这让我十分尴尬。"好极了。"我喃喃道,"谢谢。"

"他不再读你的作品了,他现在对歇洛克·福尔摩斯和丹·布朗很感兴趣。科林喜欢读书。"她倒了三杯酒,递给我们每人一杯。我知道霍桑不会碰这杯酒。

"你们今天是为理查德的事来的吗?"她补充道。

"你一定很难过。"霍桑试探性地说了一句,这说明他并不相信她。他觉得她只关心那笔钱,但她语出惊人。

"我心碎得快死了!当我听到这个消息时,我只能进卧室关上门,泪水根本止不住。他不仅仅是个朋友,他是我的一切,也是科林的一切。我不知道没有他我们该怎么办。"她喝了一大口酒,半杯没了,"你们可能知道,他是科林的教父。上帝啊!介意我抽根烟吗?我一直想戒烟,科林也唠叨我,但我总戒不掉。"她从运动衫口袋里掏出一包万宝路和一个打火机,点燃一根烟。她所有的动作都很紧张、混乱,看起来情绪很不稳定。

"理查德总是很照顾我们。查尔斯去世后,他帮我还清了这栋房子的贷款,也大力支持我的生意。我以前没有工作,但我有几个朋友，让我帮忙做家具和设计之类的。理查德想出了设计公司的主意。他给我介绍了很多客户，还解决了科林的学费！佛提斯莫尔或者海格特伍德，这两所学校我都很喜欢，当然，海格特伍德完全是另一个档次。他见到你一定会很高兴的，安东尼。他喜欢你的书。如果不是理查德，我永远也解决不了学校的事。我无法想象为什么会有人要杀他。他是这个世界上最不应该被伤害的人。"

"是你在帮他重新装修吗？"

"没错。理查德和斯蒂芬几年前买了位于菲茨罗伊街区的苍鹭之醒，距离这里只有十到十五分钟的车程。你去过那里吗？"她又改口道，"你当然去过。抱歉！我脑子里一团乱。"她伸手弹了弹烟灰，继续说，"房子需要翻新，整体氛围太过单调，到处都是白色。我总觉得人们过于喜爱白色的墙。但问题是，白墙没有任何……"她在考虑用什么词。

"颜色？"我试着接了一句话。

"是情感。现代生活中的一切都是白色和玻璃，还有那些讨厌的垂直百叶窗。太生硬！但是如果你去威尼斯或法国南部，或者任何地中海国家，你会看到什么？美妙的蓝色，深紫色。一切都充满生机和活力。我们生活在一个寒冷的地方，这并不意味着我们不能引入一丝热带的温暖。"

"我知道理查德·普莱斯被杀当晚，阿德里安·洛克伍德就在这里。"霍桑突然出声打断了她的沉思。

"谁告诉你的？"她问，我注意到她的脸颊变红了。

"阿德里安·洛克伍德告诉我的。"

她第一次陷入沉默，在那一刻，这两人之间的关系显而易见。周日的晚上，阿德里安·洛克伍德在这里还能做什么？

"是的,他在这里。"她最终承认了,"是理查德介绍我们认识的。他当时正在为阿德里安做辩护,因为他在打一场非常痛苦的离婚官司。"

霍桑略带笑意地说:"从他谈论这件事的语气来看,好像并不是很痛苦。"

她对此不予理会。"自那之后,我们就成了朋友,阿德里安需要找人谈心时,就会过来。"她停顿了一下,"我也知道孤独是什么滋味。总之,上周日我们喝了瓶酒。事实上,我喝了大半瓶。他还要开车。"

"他告诉你他要去哪里了吗?"

"他没说,但我猜他是要回家。"

"你可以告诉我们他是什么时候走的。"

"说实话,我甚至能精确到几点几分。是伯莎告诉我的。"她指着角落,我看到那儿有一座装饰艺术派的落地钟,夹在洗衣机和门之间,看上去有点不协调。不过作为老爷钟,它有些过于纤细,所以才叫伯莎。"它整点报时,"戴维娜接着说,"阿德里安刚过八点就离开这里了。"

阿德里安·洛克伍德说他是八点十五分离开戴维娜家的,两人说的时间大致吻合,这说明他们并不是杀死理查德·普莱斯的凶手——除非他们是共犯。但他们有什么动机呢?好吧,也许他们有婚外情,但是普莱斯没有妨碍他们。恰恰相反,他引见了两人,还给了他们各自所需的东西。阿德里安·洛克伍德的离婚案花费也不多。戴维娜有自己的生意,她儿子的学费也已经交过了,别的什么都不缺。

霍桑正准备问她其他事情,戴维娜突然抬起头来,喊道:"科林,是你吗?"

片刻之后，一个男孩出现在门口。他大约十五岁，穿着黑色裤子和海格特伍德中学的白色校服。一条别致的红蓝条纹领带垂在胸前，领口敞开着。他一点也不像妈妈。他身材瘦长，比同龄人高，卷发，脸上有雀斑，正介于青涩男孩与成熟男人之间。上唇隐约可见刚长出的小胡子，尽管还没有开始剃须，但他该考虑一下了。他说话时声音有些沙哑，下巴上有一个痤疮。

"怎么了，妈妈？"他问道。

"科林！你在楼上听到什么了？"

"没听清，我听到声响就下来了。"

"这就是我跟你说过的那个警察，他在问理查德的事。"

科林借机散漫地走进房间，然后瘫坐在椅子上。

"要苹果汁吗？"他妈妈问。我看见到她马上把烟掐灭了。

"不用了，谢谢。"

她突然想起来还没有介绍我，补充道："他是你以前喜欢的那些书的作者。"

"什么书？"

"艾伦·莱德系列。"

"是亚历克斯·莱德。"我说。

听到这话，科林睁大了眼睛。"那些书可太棒了！"他说，"我在预备学校就读过，我最喜欢普安·布兰克。"他皱了皱眉，"你在这里干什么？"

我指着霍桑。"我在帮他。"

"你在写他的传记吗？"

"是的。"这一次，似乎没有必要否认。

"太酷了！你可以写成《少年间谍》那样的系列小说。你们找到凶手了吗？"科林似乎对教父的死并不愤怒，对他来说这只是冒险故事的另一页。

"我们才刚开始调查。"我说道,我很喜欢"我们"这个词。因为我很少有机会用到。

"有很多人不喜欢理查德。"科林说。

"科林!"

"妈妈,他自己就是这么说的。他常说,每次离婚案之后,他都会成为某人的敌人,因为有人会赢,就有人会输。"

他想了一会儿,又说:"他被跟踪的事,你告诉过他们了吗?"

"我不知道你在说什么。"

"这是真的!"科林转向霍桑。

"理查德说他被跟踪了,他来的时候告诉我的。"

"那是什么时候的事?"霍桑问道。

"他是在我生日的前一天过来的。我的生日是十月十三号,他是十二号来的。他给我买了一架望远镜,就放在我的卧室里。如果你喜欢的话,可以来看看。"

"科林对天文学很感兴趣。"他母亲解释说。

"他留下来喝茶的时候说过被跟踪的事。"他挑衅地看着她,"你也在的!"

"你们俩聊了很久,我没听见他说什么。"

"他描述过跟踪他的人吗?"霍桑问道。

"并没有。他说那个人看起来病怏怏的,所以他才会注意到。因为他的脸有问题,很吓人。还说见过他两三次了。"

"在哪里?"

"他就坐在桌子旁,你现在的位置呀。"

"不,我是说,他在哪里见过跟踪他的人?"

科林皱着眉,全神贯注地回想。"嗯,至少有一次是在他家外面。他说他从楼上一扇窗户那儿看见过他。可能也去过他的办公室。"

"你没有在编故事吧，科林？"戴维娜问道，"如果真有这种事，理查德一定会告诉我的。"

"你当时在场！"科林坚持道，"不管怎么说，他并没有大做文章。他只是说发生了这样的事。就这样。"

"你最后一次见到他是什么时候？"霍桑问道。

"我刚刚告诉你的那天就是最后一次。"

戴维娜说："我最近见过他，上周我去了苍鹭之醒，拿了一些颜料让他挑选。"

这句话提醒了我："对你来说，'182'这个数字没有什么特别意义吧？"

"没有，为什么这么问？"

霍桑瞪着我。他讨厌我主动提问。但不管怎样，我还是坚持说了下去。"这个数字用绿色油漆写在墙上，"我解释道，"就是尸体被发现的地方。"

"为什么会有人这么做？"戴维娜惊呼。

"你有想到什么吗？"霍桑问道。

"就这个数字？没有！我想不出……"她四处搜寻，好像能在锅碗瓢盆中找到问题的答案，然后又点了一支烟。

"你为什么要抽这么多烟？"科林冲她吼道。她瞥了他一眼，突然生气了。"我想抽就抽，已经过了六点。现在是成人时间。"她挑衅地抽了一口，"你做完作业了吗？"

"没有。"

"那就去做你的作业，然后洗个澡睡觉。"

"妈妈——"他用青少年独有的说话方式抗议道。

"上网一小时,然后我就上楼检查。"他坐着一动不动,所以她瞪了他一眼,"科林!照我说的做!"

"好吧。"他从座位上滑了下来,没和我们道别,只是点点头就走了。

"对于抽烟,我知道他是对的,但我讨厌他这样说我。"科林走后,戴维娜说。她现在更放松了,又从冰箱里拿了酒,然后靠在柜台旁休息,身后的洗衣机不停地转动。"上周他也不好过,他可能看起来没那么难过,但听到这个消息时,他完全崩溃了。"她也是这么说自己的。"他不会在人前流露出感情,但我不想让你们认为他冷血。"她边喝酒边抽烟,"父亲的去世对他来说太可怕了,如果不是理查德,我不知道该怎么渡过难关。他成了科林的第二个父亲……而不仅仅是送昂贵生日礼物的人。如果科林在学校遇到问题,他有时会去找理查德而不是我。比如,这个学期,他被霸凌了。我以为他能照顾好自己,没人会欺负像他这么大个的孩子,但实际上他是一个非常温柔的男孩,别人挑衅他,理查德帮忙解决了麻烦。"

"你能告诉我们关于他父亲的事吗?"霍桑问道,"我知道发生了一起意外。"

"是的。说实话,我不是很想谈论这件事。"

"我想听听。"洗衣机现在一声不响,衣服也不再转动。她站在那里,一手拿着杯子,一手拿着香烟。她明白霍桑是不会罢休的。"他们以前常常一起去洞穴探险。"她说,"从大学起就一直玩这个。理查德、查尔斯和格雷戈里是牛津大学的校友。"

"格雷戈里?"

"格雷戈里·泰勒,他是个财务经理,住在约克郡。"

就是发生洞穴事故的地方。

"你丈夫是做什么的?"霍桑问道。

"他做市场营销。"她没有透露更多细节,谈起丈夫还是会令她痛苦。"他们每年都要离开一个星期。"她接着说,"我不喜欢这样,一想到要钻进一个洞穴,我就不寒而栗。老实说,我很惊讶他们愿意花精力做这件事。但这对他们来说是个放松的机会。他们不只在英国探险,还走遍了世界各地。他们去过法国、瑞士……有一年甚至远道前往伯利兹。他们从不带上家人一起。格雷戈里结婚了,我知道苏珊也不赞同这项爱好,但我们也无能为力。只要查尔斯能平安归来,我就很满足了。"

她停下来,伸手拿酒。酒精能帮她继续说下去。

"然而有一年他没回来。"她喝了一大口之后接着说,"二〇〇七年,他们去了里布尔德附近的一个洞穴系统,叫'长路洞'。事发后,警察进行了调查,一致认为他们采取了所有正确的预防措施。他们联系了当地的洞穴俱乐部,留下了一张联络单,上面写着他们要去的地方以及回来的大致时间。他们有备用的手电筒,一个医疗箱和所有适用设备。格雷戈里是三人之中最有经验的,但也并不算一个真正的领队,因为他们三个都是高手。"

"所以发生了什么事?"

"发生了什么事?那天下雨了,下得非常大。那可是四月份。天气预报没有说过要下暴雨,但突然发洪水。他们那时已经深入洞穴,距离出口只有四分之一英里。他们决定必须尽快离开,也努力这样做了。"

她深吸了一口气。

"不知何故,查尔斯与他们走散了。他走在最后,当他们回头找他时,他不见了。三人本来是在洞内一个叫'多层式立交桥'的地方,那里的通道通往不同方向。他选错了路,你知道,当时的情况非常危险。水流向他们冲来,如果他们花太多时间去找查尔斯,就会有危险,他们都会被淹死的。即便如此,理查德和格雷戈里还是回头去找他了。他们冒着生命危险回去找查尔斯,大声呼喊,试图找到他,尽管通道被完全淹没了。最后,他们不得不放弃。他们别无选择,只好出来求救,这是正确的做法。"

"但是太晚了。"她深吸了一口气,"查尔斯被困在了通道弯曲处,就像是一根连接两个通道的细管,一条通道在另一条的上面。当洪水喷涌进来时,他还在那儿。"她又停顿了一下,"他被淹死了。"

"尸体找到了吗?"霍桑问道。他拿出自己的烟,点了一支。

她点点头:"第二天一早。"

"你和其他人谈过吗?理查德·普莱斯和格雷戈里·泰勒。"

"当然,我和他们……在调查中说过话,但并没讲太多。我们都很伤心,他们是主要的目击者。最后的判决是没有人应该为此负责,那只是个意外。"她叹了口气,"格雷戈里很自责。毕竟,他是这个小队的队长。但他怎么知道会下这么大的雨呢?谁能料得到呢?"

"那你呢?"霍桑问道,"你会责怪格雷戈里·泰勒吗?"他停顿了一下,"或者理查德·普莱斯?"

戴维娜沉默了。在她身后,洗衣机正在全速转动。她再次开口说话时,声音小到我几乎听不见。"我从来没有责怪过他,"她说,"但我确实恨他……无论如何,这种心理持续了一段时间。毕竟他活着,查尔斯死了,而这次旅行又恰巧是理查德的主意。他比查尔斯更热衷于此,从这点来说,我想他是罪魁祸首。"她喝了一口酒,然后放下酒杯,接着说,"我非常爱查理[①],他是个完美的男人,风趣幽默,也是一个好爸爸。我们有了科林之后,本想再多要几个孩子,但是,这一切都无法实现了。他死后,我感到一种可怕的空虚。自然,我认为我应该责怪理查德。不管他对我多好,我都认为他是在花钱赎罪,让自己过得更舒心,希望你明白我的意思。他给我的越多,我就越生气。

"在某种程度上,是科林说服我,让我意识到自己的错误。他和理查德在一起的时候,从来没有那样想过……我能看出他们关系亲密。科林需要一个爸爸,而理查德恰好扮演了这个角色。"

她瞥了一眼酒杯,酒都喝光了。

"一天晚上,理查德和我喝得酩酊大醉——这是他戒酒之前的事了。他崩溃了,所有的痛苦、内疚都涌了出来。然后我意识到我对他很不公平,从某种程度上说,他跟我和科林一样,都是这场意外的受害者……查理也是。在那之后,我有点屈服了。我接受了他的帮助,当他提出要负担科林的学费时,我没有提出异议。查理给我留下了一些钱,但不是很多。对理查德冷嘲热讽没有任何意义,不管怎样,我还是原谅了他。他对我们很好。"

"你知道他在遗嘱里给你留了钱吗?"

"是的,我不知道数额是多少。但他总说,就算他出了什么事,我也会过得很好。他很有钱。斯蒂芬也一定会从他的画廊大赚一笔。我明天要去见奥利弗·梅斯菲尔德,他会告诉我接下来的遗嘱继承流程。"她看了看手表。

"如果你没有其他问题了,希望你不要介意,我要确保科林在做功课,还要为客户做一些情绪板……"

[①]查尔斯的昵称。

"当然。"霍桑站起身来,手里仍然拿着香烟。

"我们可能还会再来。"

"我会尽我所能协助调查。"

她一直等到我们离开厨房,然后把我们送出家门。我们出来的时候天已经黑了,尽管修道院花园本来就是个藏在山下的阴暗角落。我们步行回到车站。霍桑有一阵子没说话。

"怎么了?"我问。

"托尼,老兄,我以前告诉过你。我不喜欢你问问题,那不是你应该干的。"

"天哪!"我回答说,"一个问题而已,能有什么影响?"

"我还不知道。但别忘了上次发生的事。你问了一个愚蠢的问题,差点毁了整个案子!"

"你可没告诉我戴维娜·理查森跟这起凶杀案有任何关联,难道不是吗?"

"我是什么都没告诉你,老兄。我只是不想让你干涉此事。"

我们进了车站。我从一堆报纸里翻出一份《标准晚报》,因为我觉得旅途中我们不会有任何对话。但这是一个多余的举动,因为我们乘坐的是不同的地铁。霍桑首先离开,他要去滑铁卢。我要坐到国王十字车站,然后换乘去法灵顿的车。

但我们还有最后一次交谈,在站台的时候。

"科林说理查德·普莱斯被人跟踪了,"我说,"你认为这人和阿德里安·洛克伍德说的那个闯进他办公室的人是同一个人吗?"

霍桑耸耸肩:"那个孩子说他的脸不正常……"

"他说理查德就是这么跟他说的。"

"好吧,如果是这样的话,洛克伍德办公室的接待员会注意到的。"

"她说他有皮肤问题。"这不完全是一回事,但已经足够接近了。

"也许这就是他戴蓝眼镜的原因。你自己说的,他可能故意戴那样的眼镜,为了分散他人的注意力。"

"也许吧,但科林说了些更有意思的话。"

"什么话?"

"他以前读过你的书。"

霍桑是想告诉我什么,还是惹恼我?还是两者都有?我不明白他的意图,因为就在那时,第一班地铁从隧道里飞速驶来,沿着站台的边缘停稳。

"明天见。"霍桑说完,身后的滑动门就关上了。

四分钟后我的地铁驶来。我找到一个座位,打开我拿来的报纸,读了头版和前几页。刚刚到达肯特镇,在边角的一篇小文章就引起了我的注意。

死者身份确认

十月二十六日星期六,国王十字车站一名男子遇害,当时他跌落在一辆迎面驶来的火车前,警方已经确认死者姓名。格雷戈里·泰勒,生前担任财务经理,来自约克郡的英格尔顿。已婚,有两个十几岁的女儿。警方调查仍在继续。

第九章　火车轧死人

我一直着迷于秘密通道和禁止入内的地方。孩童时，父母经常带我去昂贵的酒店，我仍然记得偷偷溜进员工区的情景。毛绒地毯和枝形吊灯消失不见，一切都变得脏兮兮的，却很实用。在伦敦北部的斯坦摩，我和姐姐会爬到篱笆下，偷偷溜进隔壁的办公大楼。甚至现在，在博物馆、百货商店、剧院、地铁站里时，我仍想知道那些上锁的门背后有些什么。有时，我认为这也是对创造性写作的一个绝妙定义：打开大门，把读者带到另一个世界。

因此，第二天，霍桑和我来到位于尤斯顿车站的交警办公室时，我兴奋得像个孩子。这里有一扇不起眼的小门，我肯定经过几十次了，却都没注意到它。

它藏在远处的角落里，就在行李寄存处旁边，对着十六至十八站台入口。当然了，门后的场景必然会让人有点失望，但这不是重点。那可是我从未去过的地方。

那扇门通向接待区，一位穿着制服、面色疲惫不堪的女士坐在金属网后面迎接我们。霍桑把我们联络人的名字递给她，詹姆斯·麦考伊警探马上就出来了。这是一位身材魁梧的男人，留着军人发型，方下巴，穿一身便服——牛仔裤、运动衫和夹克。

"霍桑先生吗?"

"是的。"

"跟我来。"

我们填了一张表格,另一扇门嗡嗡作响地打开了,他带我们进到一个迷宫般的空间,里面布满狭窄的走廊和小型办公室,延伸得比我想象的要远得多。所有东西都很破旧。我们踩着一条蓝色地毯,上面有各种污渍,又经过一台轻轻振动的自动饮料售货机,然后绕到另一个角落。有些房间几乎和橱柜一般大,在那里接受审讯的罪犯可以和逮捕他们的警官促膝长谈。我们经过一个专案室,我瞥见六个人正在检查打印的资料,并将内容转写到白板上。没有现代科技。这可能是打击犯罪和恐怖主义的前沿,但一切都很老派,桌子上盖着福米加塑料贴面,上面放着笨重的惠普电脑,旁边是廉价的转椅。这里没有窗户,和外面真是天壤之别。

这次会面由霍桑安排。我没必要告诉他报纸上的那篇文章。他已经看过,并且当天晚上就联系了我。我也没和卡拉·格伦肖交谈过。我没有忘记她对我的威胁,但我决定至少一个星期内不再联系任何人。无论如何,我还是希望霍桑来破案,或者由我破案。我仍然沉迷于这样一种想法:我会成为那个解决难题的人,并且在最后一章,当嫌犯聚集在一个房间里时,是我在解读案件。

还有一个人在陈述室等着我们,是一个身穿制服的警官,刚过二十岁,被叫来和我们谈话。他叫艾哈迈德·萨利姆,是第一个处理尸体的人。我在尤斯顿的时候就很困惑,死亡事件发生在国王十字车站,但显然那里没有刑事调查局。麦考伊解释道,他负责的区域在中线以北,一直到斯特拉特福德东部和切姆斯福德。现在他被指派负责调查格雷戈里·泰勒之死。

据这两个人说,事件是这样的。

十月二十六号,星期六早晨,也就是理查德·普莱斯被杀的前一天,格雷戈里·泰勒来到伦敦。英格尔顿没有车站,所以他从里伯斯谷地的霍顿坐早班车出发,回程时已是晚上。星期六,车站异常拥挤。那天有一场利兹对战阿森纳的足球赛,站台上挤满了球迷。正常情况下,维珍公司在列车进站前不允许乘客通过检票口,但当出现重大混乱时,他们也会随机应变。事故发生时,彼得伯勒发生了信号故障,车晚点了。所以列车进站时,有多达四百名乘客在站台等候。

泰勒在六点十二分到达站台。他并不着急上车,先是在星巴克买了一杯咖啡,又在史密斯书店买了一本畅销书作家马克·贝拉多纳(Mark Belladonna)的"末日世界"系列第三卷《血囚》。很巧的是,天空电视台最近与我联系,想要我将其改编成电视剧,我才得知这个系列。"末日世界"曾被拿来与《权力的游戏》相比(我个人觉得很不合适),后者当时正在播出第四季。他们说"末日世界"系列是英国亚瑟王版本的《权力的游戏》,兼具暴力、色情、魔法和神秘色彩。《每日邮报》将这些书冠以"纯色情毒药"的标签,出版商厚颜无耻地将标签印在封面上。我已经读了第一卷的一半,但并不喜欢,所以拒绝了改编的邀请。

"末日世界"系列第三卷刚发行没多久,购书还有特别的优惠活动。泰勒买了这本书,并获赠奇巧巧克力和一瓶水。

他穿过检票口走上站台,站在黄线后,但离站台边缘非常近。与此同时,那辆晚点的火车出现了,朝他开过来。萨利姆警官说了接下来发生的事情。

"我刚到车站上夜班,事情就发生了。在通过无线电接到电话之前,我就知道发生了一起 PUT 事故。"

"什么是 PUT① 事故?"我问。

"列车轧死人。"

麦考伊补充道:"我们也称之为'下面有人'。"

"我能听到尖叫声,"萨利姆接着说,"司机鸣笛,这是标准做法。所以我知道发生什么事了,立刻直奔站台,这就是我第一个出现在现场的原因。

"我的第一念头是:这一定是自杀。但是国王十字车站是终点站,所以类似的案件并不多。当时那里还有哈利·波特的体验活动,人们很兴奋。所以这可能是一起偶发的意外。我不知道。我只是想去看看能帮上什么忙。

"结果,这个可怜虫本来已经成功爬上了站台三分之二的高度,却从侧面滑了下去,直接跌进迎面而来的火车轨道。他可能会很幸运,只受点伤却不致死。但恐怕不是那样。他跌落在两条车轨之间,双腿和头颅都断了。"

我的手机电量不足,但我把这些都写下来了。他等着我。麦考伊和萨利姆都知道我是个作家,他们很喜欢和我聊天。有趣的是,很多人会喜欢自己的工作被写进书中。

"我的第一项工作是清理这个地方。有很多人在尖叫,还有几人吐了出来,有一个女人甚至晕了过去。当然,通常也有人会用手机拍下整件事。大多数群众都穿着足球队服——头巾、卫衣、毛线帽之类的。很难分辨谁是谁。我开始集中人群,告诉他们不要离开现场。我们需要记下姓名、住址、证人证词和其他所

---

① PUT 是 Person Under a Train 的缩写。

有的信息。那时已经有不少警官到场,我知道英国电信中央控制部正在处理此事。救护队马上就到。我最担心的是有人会心脏病发作。这种事以前就发生过,只会让事情变得加倍复杂。

"我们设法拉起了警戒线,控制了现场,然后必须把死者从火车下面弄出来。我们只有四十五分钟。"

"为什么?"我聚精会神地问道。

萨利姆解释说:"这就是成本问题。在这种情况发生时,我们必须清理站台,保持列车运行。不能什么都不做。"

"是你把尸体弄出来的吗?"霍桑问道。

萨利姆点点头:"是的。这样可以得到五十英镑的奖金,而我正准备和母亲一起度假。情况本可能更糟,但列车运行速度不是很快,所以尸体没有飞溅得到处都是,也不需要把火车抬起来。司机被吓坏了,我让他把火车倒回去,之后的处理就很容易了。我们把尸体抬出来,我把手和其他残肢都装袋。在那之后,麦考伊警探来了,他接手了这个案子。"

现在轮到麦考伊讲述经过。

"我需要处理的事情不多,"他说,"我在钱包里找到了死者的身份证,然后让北约克郡警察厅派出几名警员去通知他的妻子。她和两个年幼的女儿在家,我不想让她在电话里听到丈夫的死讯。她马上就来了伦敦,我第二天就见到了她。苏珊·泰勒受到了不小的打击,她不敢相信发生了这样的事。她丈夫身体不太好,两人也有经济困难。他们和其他人一样身无分文,但格雷戈里没有抑郁症的病史。事实上,她说他这次出行很顺利。他们预订了一家餐厅,计划星期天晚上庆祝一下。"他吸了一口气,"唉,计划泡汤了。"

"他去伦敦干什么?"霍桑问道。

"见一位朋友。"

霍桑以为还有其他信息,但是发现麦考伊没什么要补充的。

"她只告诉我这些,"他解释说,"我去询问了她,她住在尤斯顿路附近的假日酒店。但我不能逼问她太多。这个可怜的女人身无分文,丈夫还被列车轧死了!他们结婚二十年了。她必须去辨认尸体,虽然这对她来说过于残忍。我认为这是一起死因不明案件,但我觉得她应该没有什么可以补充的。"

"死因不明案件?"我草草记下了这个词。

"我们把案件分三类,即不明案件、已决案件和可疑案件。据我所知,这起案件完全没有什么可疑之处,但即使看了监控视频,也没能找到泰勒先生跌落的原因。"

"有证人的证词。"萨利姆提醒他。

"什么证词?"霍桑问道。

麦考伊瞥了萨利姆一眼,也许有点恼火,因为他被一个下级反驳了。"就在摔倒前,泰勒喊了句'小心!'有不少人听见了。"

"有人撞到他了?"

"要很使劲,才会把他推到那个位置。他几乎是垂直坠落到轨道上的。还有,当时有不少喝得酩酊大醉的乘客。人们看了足球比赛后的样子,你是知道的。"

"他会不会是被人故意推下去的?"

"没人发现可疑人员。他们只是听到他喊了一声,然后就掉下去了。我们有监控,你自己看吧。"麦考伊有一台笔记本电脑,他把它转过来,方便我们看到屏幕。同时,他解释说:"到车站时,我做的第一件事就是打电话给维多利亚线的阿尔法·维克多。他们很快就把图像下载给我了。多亏了他们,我们才追踪到他去星巴克和书店的影像。我们看着他走到车站。"

"他是从哪儿过去的?"

"他从海格特站上的地铁。"

海格特地铁站,这不可能是巧合。

"这里……"麦考伊按下了按钮。

电视和大屏幕显示的影像模糊不清,画面颗粒感重,仿佛镜头上沉积了一层灰尘。摄像头的位置太高,而且角度倾斜。画面颜色很暗淡,有点不协调。利兹足球队的队服是藏青色和金色相间的,画面上则变成了落日色和法式芥末色。格雷戈里·泰勒死得相当普通,没有任何艺术性或刺激感。一下就结束了。

一开始,我看不见火车,只有一大群人在周围转来转去,其中很多是球迷。

"那是泰勒。"麦考伊说。

果不其然,一个模糊的人影正沿着站台的外侧走着,离边缘很近,但又不至于让自己置于危险之中。他慢慢走着。影像没有声音,他的身影很小,又离得很远,看起来,他在礼貌地请求让路。然后三件事几乎同时发生了。格雷戈里·泰勒从视线中消失了,人群攒动,紧接着,鲜红的维珍列车出现了。一般肉眼看来,列车进站的速度并不快,但在影像中,列车瞬间就能到达屏幕的边缘。然后格雷戈里摔到了轨道上。他背对着镜头,所以即便我们能看到他的身影,也不可能看到他脸上的表情。就像笔刷在画布上一带而过,他一头栽了下去,又一次消失了。列车继续无情地前进,轧死了他。几秒钟后,人们才意识到刚刚发生的事。人群迅速后退,形成一个烈日风暴般的图案。很容易就能想象出现场的尖叫声。

"这些是火车前部的摄像头拍的。"麦考伊说。

从司机的角度看同样的画面,铁轨向前延伸,等候的乘客在右侧。然后有什么东西——可能随便什么——从影像中闪了出来。那是格雷戈里·泰勒生命的最后一秒钟。司机可能踩了刹车,但列车没有减速。

我眼睁睁看着一个人死去。

麦考伊合上笔记本电脑。"国王十字车站的管理员允许我们将尸体送到最近的太平间。我已经把档案交给了死亡调查组,事后肯定会有调查。但老实说,我看不出任何犯罪的迹象,百分之九十是一次事故,一次普通事故。"

"他有仇家吗?"萨利姆问道,"这就是你们调查这起事故的原因吗?"

霍桑说:"他可能与第二天发生在汉普斯特德的谋杀案有关。"

"好吧,至少你可以把他从嫌疑人名单上划掉了,"萨利姆若有所思地喃喃道,"他什么也做不了了。"

我们离开办公室,来到大厅。一呼吸到新鲜空气,霍桑就点了一支烟。我可以看出,他正在反复思量刚才听到的一切。我常常觉得他就像一位即将有重大发现的科学家,或者一个即将打开墓穴的考古学家。他没有表现出任何情绪波动,但我能感觉到他的激动和兴奋。

"你是怎么想的?"我问道。

"他去过海格特。"

"也许他来伦敦见戴维娜·理查森。"

"或者理查德·普莱斯。从海格特可以步行去他们任何一人的住处。"

"是的,这不可能是巧合。他几乎死于谋杀案发生前的二十四小时内。"

"你说得对,托尼。这不是巧合。"

他默默地抽着烟。尤斯顿是伦敦环境最恶劣的车站之一,四周都是快餐店和混凝土建筑。站在这儿,我都觉得自己肮脏不堪。最后,霍桑开口说道:"英格尔顿。"从他的语气听来,他以前应该去过那里,而且他并不喜欢。

"怎么了?"

"你现在忙吗?"

"你明明知道我很忙。"

"我们必须去那儿。"霍桑的语气再次证明,他似乎不是很想去。

他抽完烟,我们走进售票处,买了次日的票。

第十章　约克郡的英格尔顿

第二天我们在国王十字车站见面的时候,霍桑的心情不太好,当然这很正常。我们在一起的时候,他的态度也往往很冷漠、令人生厌,甚至粗鲁至极。我经常认为他调查谋杀的时间太久了,被传染了反社会情绪。有时我怀疑他不仅仅只是在扮演一个难搞的侦探……而是本来如此,就像他永远不变的白衬衫和深色西装。为什么他不愿意透露任何私事?为什么他从来不谈论他看过的电影、见过的人、周末行程,或者除了公事以外能拉近我们距离的事情?他在害怕什么?

即便如此,我还是希望这次约克郡之行能有机会打探出点什么。毕竟,我们会在一起待至少四个小时,也许可以边喝咖啡,边吃培根三明治,好好聊聊,加深一下感情。会有机会的。火车发动起来,他弓腰坐着,忧郁地凝视着窗外。他的举止、那双锐利的棕色眼睛,还有他随身携带的那个小巧的老式手提箱,都让我想到了在战争中流亡的孩子。当我问他要不要吃点东西时,他只是摇了摇头。顺便说一下,我买了头等座。因为我要工作,我想霍桑也会乐意拥有足够的私人空间。但他显然没有注意到。

很明显,他不想离开伦敦。十分钟后,列车加速穿过北部郊区时,他仍然盯着变得越来越小的公寓和写字楼。中间的绿地似乎让他惊醒,我突然想到,除了在肯特郡待了一天,我们从未离开过这座城市。我从未见过他穿牛仔裤或运动鞋,他会去锻炼吗?我很想知道。

一个收票员走过来,我想利用这段间隙会会他。"你很安静。"我温和地说,"发生什么事了吗?"

"没有。"

"我很期待在乡下待几天,出去可真好。"

"你去过约克郡吗?"

"我曾在那里上大学。"

他对此了如指掌,我的一切他都知道。所以这个问题一定另有所指。仔细想来,他的声音中似乎有一丝烦闷,我理解了他的言外之意。

"你不喜欢约克郡?"我说。

"算不上喜欢。"

"为什么?"

他犹豫了一下:"我在那儿待过一段时间。"

"什么时候?"

"这不重要。"

他从口袋里掏出一本平装书,啪的一声放在桌子上,示意谈话结束。我低头一看,他拿的是一本阿瑟·柯南·道尔的《血字的研究》。"这是你读书俱乐部要读的吗?"我问。

"没错。"他还有别的事想告诉我,但是火车又行驶了十英里以后,他才说出来,"他们想让你来参加下一次读书会。"

"谁?"

"读书俱乐部。"我大概看上去很茫然,于是他又补充道,"你的上一本小说写的是关于歇洛克·福尔摩斯的,他们想了解你的想法。"

"当然可以,"我说,"我只是不明白他们是怎么知道我的……我是说,只有你认识我。"

"好吧,但我没有告诉他们。"

"我敢肯定是你说的。"

霍桑深吸了一口气,我看得出他要抽烟。"你走进大楼时,有人看见过你。"他解释道。

"在河苑?"

"是的,在你乘电梯上来的时候。"

我记得那个坐在轮椅上的年轻人,还有我在一楼遇到的一对夫妇。我偶尔上电视,我的照片也在书的封页上,他们可能认出了我。

"他们让我邀请你。"霍桑说。

"你担心的是这个吗?我很乐意去。"

"我是担心你去了说什么。"霍桑打开他的书开始读。

同时,我拿出一支笔开始写我的剧本。在《向日葵》这一集中,弗伊尔的任务是保护一名战争结束后住在伦敦的前纳粹分子,在这个过程中他发现了法国发生的一场大屠杀。像往常一样,剧集出现了制作问题。我写到一个高潮,血腥处决是在一片灿烂的金色向日葵花田执行。但十月的英国,哪里都没有向日葵。塑料花的效果不理想,计算机生成影像又太贵。但到目前为止,我又一直拒绝将题目改为"防风草"。

我们在利兹转车,从那时起,我开始被越发美丽的乡村吸引。车站变得越来越小,越来越远,景色也越来越美。到达加尔格雷夫和哈利菲尔德时,我们仿佛来到了另一个世界,一个也许是托尔金想象中的世界:秋天的阳光洒满大地,翠绿的山丘上点缀着干石墙、树篱和羊群,绵延起伏,非常美丽。这让我很纳闷,为什么我每天都要花十个小时待在城市中心的一个房间里?明明只需几个小时的路程就能看到这一切。

霍桑对这些并没有什么反应,一直在读他的书,望向窗外时也阴冷沉默,仿佛他最恐惧的事情正在发生。我猜他童年的一段时间在这里或附近的某个地方度过。他说他在约克郡待过"一段时间",但是他至少在伦敦住了十二年。他住在间士丘,有个十一岁的儿子,所以那一定是很久以前的事了。他现在肯定不想待在这里,看到他如此坐立不安,我觉得很有趣。

列车驶入里布尔德,一个似乎没有理由存在的小车站,这里除了车站本身和一个酒店,几乎没有其他的建筑。我们就在这里过夜。这一站只有我们两人下车,火车开走了,把我们留在一个长长的空站台上,只有一个人影在远处等待我们。霍桑在伦敦已经做好了所有的安排,我知道他已经和当地的洞穴救援队取得了联系。那个在等我们的人叫戴夫·加利万。查尔斯·理查森在长路洞失踪时,他是值班班长,是他发现了尸体。

我们朝对方走去。风景如此辽阔,车站如此荒凉,让我想起了电影《狂野西部》中牛仔们准备枪战的情景。走近后我发现戴夫是一个五十多岁的英俊男子,他身体结实,肌肉发达,一头浓密的白发。户外生活使他面色红润,尤其是在天气极端的约克郡山谷。

"你是霍桑吗?"我们一碰面,他就询问我们的身份。

"是我。"霍桑点点头。

"你想办理入住吗?需要先去厕所之类的吗?"

"不需要。"

"那我们走吧。"

没人问我,但我并不惊讶,我怎么会有所期待呢?

英格尔顿是一个充满魅力的村庄,却努力让自己变成了一个不那么吸引人的普通小镇。它可能建在一个曾经的采石场边缘,台阶和观赏花园都很陡峭,向下延伸,所以当我们沿着大街行驶时,比下面许多房子的瓦片屋顶和烟囱都要高。一座废弃的巨大高架桥延伸出来。看着它,我想到了那些曾经为此汗流浃背、辛苦劳作的建筑工人,不知他们是否想过,将来有一天这会被当作一道美丽风景。我们经过了一家咖啡馆和两家专营洞穴探险书籍和设备的商铺,然后,一个与周边建筑格格不入的大型疗养院映入眼帘。可能是因为刚刚提到了歇洛克·福尔摩斯,我想起道尔的母亲曾经住在附近,他本人也经常来这里。

苏珊·泰勒住在离山顶大约两分钟路程的一栋房子里,房子已有损坏,有一扇新式前门,双层玻璃窗,一个温室从后面凸出,非常难看。很明显,开车穿过英格尔顿时我就发现,这里的居民中鲜有人在意建筑物是否精致。这座房子墙壁坚固,方方正正,显得很有男子气概,现在却只有一个寡妇和她的两个小女儿居住。夏洛蒂·勃朗特很可能会把它作为一部小说的背景。当然,要先去掉那间温室。

戴夫·加利万敲了敲门,没等应答就开门走了进去。我们跟着他走进了一个敞亮的地方,房间的地板上简单地铺着剑麻垫,花瓶里插着干芦苇,墙上贴着洞穴和裂缝的照片。另一边,一扇门通向客厅,里面有一架立式钢琴和壁炉,壁炉上有很多干花。一只猫躺在地毯上睡着了。我们转向另一条过道,进了厨房,苏珊正站在那里等我们,手里拿着一把大刀。

正是由于这个原因,她给我的第一印象是"危险"。事实上,她正在准备晚餐的蔬菜。她面前摊着大块的胡萝卜和土豆,我们进来的时候,她正在用刀从案板上把菜推进砂锅里。

五天过去了,她仍然处在震惊之中。她不仅失去了丈夫,也失去了整个世界。她没有了笑容,甚至连我们进入房间都几乎没注意到。她脸型方正,肤色和肤质都像潮湿的黏土,头发枯燥,了无生气。穿的裙子不是太长就是太短,反正看上去很不合适,裙长到小腿,显得腿又粗又壮。加利万带我们进来时,她没有说话,但我一眼就能看出,她并不希望我们出现。

"苏珊,这是霍桑先生。"加利万介绍道。

"哦,好的。你们要喝点茶吗?"

我不知道这是要给我们准备茶,还是预示她对接下来的事情不感兴趣,但她漠然的语气有些出乎我的预料。

令我吃惊的是,霍桑轻快地回答道:"一杯茶。谢谢,泰勒夫人。"

"我来沏茶。"加利万走向水壶,他显然对厨房很熟悉。

苏珊放下刀,坐在餐桌旁。她四十多岁,但看起来很显老。她的每一个动作都在告诉我们她已经受够了。我们坐在她对面,她第一次打量着我们。

"希望这不会花太长时间。"她说,带着浓重的约克郡口音,"我必须准备晚餐,女儿们很快就从学校回来了,这一周已经很艰难了,我不想让她们看到你们在这里。"

"请节哀顺变,泰勒夫人。"霍桑说。

"你见过格雷格[①]吗?"

[①]格雷戈里的昵称。

"没有。"

"你也从来没见过我,所以不要用你的同情来烦我,没用的。"

"我们想知道发生在他身上的事。"

"你知道他的事,他掉进了火车底下。"

霍桑看上去怀有歉意:"这可能不是简单的事故……"

"你说什么?"她的眼睛闪过一丝亮光。

霍桑观察了她一会儿,然后继续说:"我不想让你难过,泰勒夫人,但我们还没有排除他被人推下去的可能性。"

我很惊讶他竟然说得如此直白,我不知道她会有什么反应。她无法接受格雷戈里·泰勒已经死亡的事实,更不用说他有可能是被谋杀的。即使以霍桑的处事标准来衡量,这样说也太残忍了。

然而事实上,她表现得非常冷漠。"谁会做这样的事?"她说,"我想不出谁会想伤害格雷格。除了我,没人知道他要去伦敦,他甚至没有告诉女儿们。"

"他为什么去伦敦?"

水烧开了,苏珊没有回答,直到加利万沏好茶,端上桌来。他把茶包放在杯子里,将用细线连着的小标签挂在杯沿。

"他病了。"她说,"他需要钱。"

"严重吗?"同样,霍桑没有给她丝毫喘息的机会。

"很严重,但你不要想错了,他会没事的。他就是因为这个去伦敦的。"

"他去见谁了?"

"我会解释的,霍桑先生。但是如果你不介意的话,我会用自己的方式来讲述。我不想逐一回答你那些讨厌的问题。我来讲,你们听着,这样你会更轻松,我也不那么痛苦。"

霍桑拿出香烟。"介意我抽根烟吗？"他问道。

"你可以随便抽，但在我家里不行。"

她愤愤地盯着茶，然后端起茶杯，连茶袋都没拿出来就抿了一口。我也喝了一口。加利万未经允许就加了几勺糖，他一直在水壶边上晃悠，我们三人则留在桌旁。

"我们认识的时候，格雷格是个会计。"她开始说道，"在利兹的一家大公司工作，能力出众，前途大好，相信你明白我的意思。我在酒吧工作，我们就是在那里遇到的。我们约会，结婚，有了孩子。但是他在城市里一直都不开心。他喜欢待在山谷里——去徒步旅行、观鸟、在星空下睡觉。仅仅是待在山谷里也不能满足他，他要去山谷的下面。他是个彻头彻尾的探洞者，每隔一周就来这里一次。我对此的看法并不重要，总之，当时最好的做法就是卖掉房子搬来这里。他在阿特金森公司找到了一份工作，尽管薪水不太高。"

"他们是做建筑的。"加利万在一旁喃喃地说。

"没错，他是他们的财务经理。"

"你有你丈夫的照片吗？"我问。我不知道他长什么样子，如果要谈论他，这或许会有帮助。

她瞥了我一眼，好像我冒犯了她，然后微微点了点头。加利万走到桌子旁，拿出一张装在塑料相框里的照片。照片上是一个高大、面带微笑的男子，长着一张橄榄球运动员的脸，鼻子塌陷。他穿着一件颜色鲜艳的夹克。胡子从脸上炸开，至少占去了一半的照片。他咧嘴大笑，对着镜头竖起大拇指。一个热爱生活的人。

"我们并不富有，但在这里也不需要很多钱。我没有抱怨，我们有朋友，有琼和梅西两个女儿，当然还有山谷。我每周在疗养院工作三天，习惯了以后发现英格尔顿是一个不错的地方。夏天游客太多，街上很拥挤，山谷里也是。我们最喜欢冬天，你应该看看这里的雪天，真的很美。

"后来格雷格病了，大约六个月前。当然，刚开始我们什么都没想到。他走路困难，尤其是上下楼梯。我劝他去看医生，但医生只说是关节炎，给他开了消炎药……蠢医生。后来病情发展到了胳膊和脖子上。格雷格很少提起得病的事，但情况越来越糟。他的脖子最糟糕。皮肤开始出现瘀青，呼吸困难。我们再次回去看医生，这次她把我们送到了利兹，但是他们要过一段时间才能确诊。"

她停顿了一下，眼神有些迷离。"埃莱尔-当洛综合征。我第一次听说这种病，听起来太晦涩，但就是这个名字，简称EDS。他总是叫它艾德。'艾德来了'他会这么说。格雷格总是拿所有事开玩笑。"

"他的确是这样。"加利万表示同意。

"但这并不好笑，一点都不。埃莱尔-当洛综合征会导致死亡。很简单，他的脖子会脱臼，这意味着他的脑干不能正常工作。再过几个月他就会卧床不起，癫痫发作，然后瘫痪，最后死去。"

她将这些经历分开讲述，把丈夫缓慢的死亡过程划分成不同阶段，就像求爱和婚姻的不同阶段一样，一段连着一段。

"埃莱尔-当洛综合征有一种治疗方法，"她继续说道，"有一些援助组织与我们取得联系，这是他们告诉我们的……通过手术把所有的椎骨连接在一起，这样他的脖子就可以稳定下来，就能救他的命。问题是，这种手术没有被纳入国民医疗服务体系中，手术昂贵又复杂。格雷格必须去西班牙。那里的医生在这方面取得了很大的成功，但手术费并不便宜。再加上飞机票、治疗费、住院费和其他费用，需要二十万英镑。

"我们没有这么多钱。我们虽然有这栋房子，但是房子有抵押贷款。格雷格从来不擅长存钱，这很奇怪，因为他本身就是做财务的。他确实有一份价值二十五万英镑的人寿保险：是他在利兹时办理的。但是没有用处，因为必须要死后才能拿到，这还有什么意义呢？"

"但他在伦敦有个有钱的朋友。"霍桑说。

"没错，正是如此。他十九岁时在牛津大学读书，在那里交了两个好朋友……理查德·普莱斯和查尔斯·理查森。他以前常叫他们小鬼头和狡猾鬼。他们过去常常一起探险——三人就是这样认识的。他们经常聚在一起。格雷格以前每年都盼着和他们相见的日子，那是他最快乐的时候。他们多数在英国聚会，有时也去欧洲甚至南美。那两人知道格雷格负担不起异国度假的费用，长途旅行时，会出钱帮一点忙。他们谁也没说破，格雷格也不喜欢谈论这件事——他是约克郡人，有自己的骄傲——但没有他们，他永远也没法那样出去玩。

"二〇〇七年查尔斯在长路洞意外死亡后，这一切都结束了。理查德来这里参与调查，但之后他和格雷格再也没见过面。也许是因为他们都对发生的事情感到内疚，无法直视对方的眼睛，尽管其实没必要这样，因为他们都是无辜的。戴夫是证人，最先告诉他们没人做错，那只是一场意外。"

她说话的时候，加利万一直在专注地看着她，但是，听到自己的名字，他又转过身去，好像并不想牵扯进来。

"是我说服了格雷格去伦敦和理查德谈谈的。"她接着说，"作为一名高级律师，理查德很优秀。他在伦敦和乡下都有房子。

也许他不可能承担所有的费用,但如果他能帮帮我们,我们就有机会。不管怎样,我们两人会想办法筹到剩下的钱,像众筹之类的。格雷格不喜欢这个主意,认为他和理查德的关系已经结束。他们都六年没说话了。"

霍桑说:"他是星期六去的。"

"没错,我亲自开车送他去车站,明确地告诉了格雷格——如果他不上火车,我就和他离婚,还会让理查德·普莱斯在法庭上为我辩护。他大笑起来,尽管笑会让他更痛苦。那是我最后一次见到他,早上,在里布尔德的站台上。他只打算在伦敦待几个小时,我还在等他回家喝茶。"

"理查德·普莱斯拒绝帮忙。"我说。

我很确定她会这样说。这个说法会让一切看起来更合理。理查德不想提供这笔钱。格雷戈里跳到火车底下自杀。苏珊第二天去了伦敦。也许是她杀了理查德。

"那是你的想法——但你大错特错。"苏珊尖刻地回答道,"理查德·普莱斯是个好人,也许他在为长路洞的事自责,就像格雷格那样,但他们从来没有互相指责过。他们当时一起决定离开那里,所有人都认为这是正确的决定。"

她转向戴夫·加利万求证,但他仍然看着别处。

"格雷格已经安排好了,就在理查德位于汉普斯特德的家里见他。"她继续说道,"那应该是午餐时间。理查德说他一个人在家。嗯,我不知道事情的来龙去脉,但他接待了格雷格,就像这六年从未存在过一样,他们又成了最好的朋友。他听格雷格讲完,不仅同意拿出两万或五万英镑,还同意负担所有的钱。他就是那种人,他是个圣人。"

"你是怎么知道的,泰勒夫人?"霍桑问道。

"格雷格打电话告诉我的。"她直视着他的眼睛。

她在口袋里翻找，最后，拿出手机，放在桌子上。"他打电话时我正在开车。星期六下午，我带琼去上舞蹈课。他应该记得有舞蹈课，所以他留了言。"

她伸手按了几个按钮。我们看到了死者的照片，现在又听到了他的声音。

"亲爱的。我刚离开。理查德太棒了，我真不敢相信。他带我进了他家——顺便说一句，你应该参观一下——我们喝了一杯茶，然后……不管怎样，他说他有能力支付全部费用，全部，你能相信吗？他好像想弥补几年前发生的事。我说了手术费用，但他说他的公司有一笔基金，专门用来做这类事情，然后——"声音断掉了，"我现在要回国王十字车站。我会在火车上打电话给你，或者你打给我。我们星期天晚上去马顿兵团吃晚餐吧，要好好庆祝一下。我过会儿再和你聊，好吗？我爱你。"

手机中传来微弱的咔嗒声，接下来一片寂静。

"警察把这段留言录了音。"苏珊说，"我不愿意失去它。他到车站之后，我们又谈了一次，但那是我对他声音的最后记忆。他发了这个……"

她把手机转过来，给我们看格雷戈里·泰勒的照片：一张自拍。他站在一条路上，我一眼就认出了这条路，那是海格特的霍恩西巷。横跨拱门路的霍恩西巷大桥就在他身后。他正微笑着。

"这是唯一能安慰我的东西。"苏珊接着说，"他死的那天，本是他这一生中最开心的一天。他在世界之巅。他认为自己会没事的。"

这些话在我脑海中引发了另一个想法：格雷戈里·泰勒的病不会痊愈。手术永远也不会进行。这难道就是普莱斯被杀的原因吗？是为了阻止普莱斯为格雷戈里支付手术费用吗？

霍桑似乎也是这么想的。"你丈夫在回家的路上心情很好。"他说,"那么你认为在国王十字车站发生了什么事？"

"这是你的工作。"苏珊回答道,"我不知道,警察也不会给我看监控。但是他们说站台上有很多利兹队的支持者,他们一直在喝酒。"她紧握着电话,仿佛这是一个神圣的遗物,里面装着她所爱的男人的骨灰。我第一次看到她眼中的泪水。"我不想去回忆。现在我已经把一切都告诉你了,如果你不介意的话⋯⋯"

加利万走上前来,好像要带我们出去,但霍桑没有动。"你必须去伦敦。"他说。

"我星期天早上去过,见了一个警察,一个叫麦考伊的人。戴夫在这里照看我的两个女儿。"

"你去确认尸体。"

"他们给我看了照片,确实是他。"

"你什么时候回来的？"霍桑这样问她,原因只有一个。理查德·普莱斯遇害时苏珊·泰勒就在伦敦！但是她不可能和这件事有任何关系,那完全没有道理。

"我一直待到周一,他们把我安排在车站附近的一家旅馆里。那里太糟糕了,但是当时来不及赶晚班火车。"

"星期天晚上你做什么了？"

"我特别开心,所以去跳舞,然后在外面吃饭。"她皱着眉头,反问道,"你觉得我还能做什么？那天我一个人坐着,盯着钟表,直到可以离开。"

她很想赶我们走,但霍桑仍然没有结束对话的意思。"还有一件事,泰勒夫人。"他说,没有丝毫歉意,"我想问问你关于长路洞的事。"

"我可以告诉你。"加利万说。

"我想听听泰勒夫人怎么说。"

"那是六年前的事了。"

"你说理查德·普莱斯和你丈夫从来没有互相指责，但也许别人会责难他们。"

她睁大了眼："你凭什么这么说？"

"泰勒夫人，这话你或许不爱听，但他们二人在二十四小时内相继身亡。长路洞似乎是这两起命案之间唯一的关联。"

苏珊·泰勒瞥了一眼手表，然后向加利万示意。她看起来不大高兴，但也会多给我们一点时间。

"我只能告诉你格雷格告诉我的话，但我想这正是你想知道的。那是四月的一个周末。他们两个——理查德·普莱斯和查尔斯·理查森——从伦敦过来，住在里布尔德的车站旅馆。格雷格也在那里租了一个房间，这真是浪费钱。旅馆离这里只有二十分钟的路程。但这说明他们三个人在一起喝酒了，我敢肯定，他们确实喝了不少。男人们聚在一起，重温旧日时光之类的。"

"你见过理查德·普莱斯吗？"

"当然，见过几次面。说实话，我对他没有好感。我觉得他太油嘴滑舌了。格雷格从没有带他来过家里。这房子让他觉得尴尬，他觉得这里简直就是垃圾，但我们还是会去马顿兵团之类的地方吃晚饭。我也在调查时见过他，但是我们没有说话——当时没有。我没和任何人说话。

"不管怎么说，格雷格告诉过我。那是四月，天气一直很暖和，连续两周都是大晴天。但是那天天气预报说会下雨，甚至有人说会有暴风雨。但格雷格看看云层，认为只是局部会有暴风雨，他们出发的地方离风暴中心很远。格雷戈里懂得天气，他从来没出过错。他们中午前就进去了，应该下午晚些时候出来。那个地方的探险难度是四级。全程两英里，要跨越好多高地，有些地方相当难走。

"然后，当暴风雨来临时，就恰好降临在他们头顶上，麻烦的是地面很坚硬，这意味着洪水会流得更快。他们很快就意识到有麻烦了，但那时还有选择的余地。他们可以爬到更高的地方，或者以最快的速度到达出口。他们三人决定选第二个方案。他们需要越过一处弯曲的地方，但之后就会变得很容易……这个弯道需要爬行过去，但只要他们在水到来之前爬出去，就不会有事。

"三人都同意选这个方案。但是，在匆忙往外走的时候，查尔斯走散了，落在后面。当他们离出口只差最后一个通道时，另外两个人才注意到他不在。那他们该怎么办？出口的阳光就在前面等着他们，如果在洪水向他们喷涌的时候回去找他，那就太疯狂了。他们大喊他的名字，但这是浪费时间。他可能在五米之外，有水声和其他噪声，听不见他们的叫喊。所以他们决定回去，但刚刚走过的路已经变成一条湍急的洪流向他们涌来，这就是他们所说的垂直裂缝……"

"那里落差很大，水道狭窄。"加利万解释道，"他们可以用臀部和肘部在水面上方移动，将自己固定在墙壁之间。"

"但这仍然很危险。"苏珊·泰勒补充道，"因为如果他们滑倒了，就会被水流卷走。但他们两个竭尽全力返回去，却还是不见查尔斯的踪影。"

她停了下来，好像没必要再多说什么。

"他们猜测他一定是错过了那个弯道，继续向前进了一个通道混乱的地方，那里就像一个地下迷宫。"

"就是多层式立交桥。"加利万说。戴维娜·理查森也告诉过我们这个名字。

"他们无法回到那里,所以他们做了第二个决定,那就是出去求助。"

"他们去了英巷农场。"加利万继续讲这个故事,"那里的农场主是克里斯·杰克逊,他们知道即使他不在家,他妻子也会在。他们去那里报警,直接联系了我。我在五点过五分记下了电话,然后搜救队全员出动。七点钟的时候到达长路洞。"

"警察也给我打了电话。"苏珊端起茶杯,但茶已经凉了。她皱了皱眉,又放下茶杯。"那时我才知道出事了,直到第二天他们才找到查尔斯——"

"够了,"加利万咆哮道,"如果你们想知道更多的话,应该看看调查报告。一切都是公开的,你们该离开了。"

"女儿们马上就回来了。"苏珊说,她伸手去拿纸巾,我看到她的手在颤抖。抬头一看,我发现她在哭。

"在外面等我。"加利万走到她跟前。

霍桑站了起来。"谢谢你答应与我们见面,泰勒夫人。"他说,"我们会查出国王十字车站事故的真相,我向你保证。"

她几乎愤恨地抬头看了他一眼,好像真的在责备他。她有理由这样做,他的来访揭开了她的伤口,迫使她重温曾经发生的一切。我点头致意,什么也没说。我们离开了。

我们没有马上离开她家。在确定没人看见时,霍桑穿过前厅走进客厅。我在后面跟着。房间里空空如也,非常简朴。除了壁炉和钢琴外,还有一台电视机、两张沙发、一张放着仙人掌的咖啡桌,以及几张全家福照片。一扇落地窗通向温室,有只猫蜷缩在一把椅子上。这就是屋内的所有东西,再无其他。

"你到底在找什么?"我低声问他。

"你没看到吗?"霍桑反问道。

我等着他继续说下去,但他没有。

"我没看见。"我说道。

霍桑摇摇头:"就在你眼前,老兄。"

每当霍桑看到什么或想出什么办法时,都会故意瞒着我,好像这是个猜谜游戏。这是侦探小说中经常出现的情况,我总是觉得很恼火,但又非常清楚我无能为力。我们离开客厅,蹑手蹑脚地回到街上。一到外面,他就点了一支烟。

"你真的要对她这么无情吗?"我说。

霍桑看上去真的很惊讶:"我有吗?"

"她很难过。"

"她是很紧张。"

她紧张吗?我不这么认为,我的确没看出来。她有什么好紧张的?这些想法在我脑海里回荡,这时,我想起了一件事,我知道霍桑可能不知道。因为我在伏尾区住了十六年,虽然可能与案情无关,但我还是决定告诉他。至少能帮点忙。

"你记得那张照片吗?就是她给我们看的那张。"我说。

"他发给妻子的那张?"

"我碰巧知道照片是在哪里拍的。"我停下来以示认真,"是在海格特的霍恩西巷,离自杀桥大约一分钟的路程。"

"自杀桥?"

"大家都这么叫,就是霍恩西巷大桥。如果他想自杀,完全可以从那里跳下去——但是真正有意思的是,从那儿步行五分钟就到戴维娜·理查森家了。"

霍桑对这一点很感兴趣。"有意思,"他同意道,"但我要告诉你一些我更感兴趣的事情。"

"什么?"

"他为什么要买那本书?在国王十字车站的史密斯书店。"

第十一章　车站旅馆

我本来以为回到英格尔顿后我们会直接回酒店,但霍桑想先去长路洞的入口看一看。我不知道这有什么用,但他没有提议我们自己穿上装备,进入洞穴系统,我就已经谢天谢地了。戴夫·加利万开着他那辆破旧的路虎载着我们,每当驶过障碍物或拦畜沟栅时,车子都像会散架一般,弄得我一路上都提心吊胆。霍桑坐在副驾,我坐在后面,被塑料桶、绳子和背包环绕,透过窗户向外望去,是一条泥泞的小路。

铁路横穿乡村,公路却绕村而行,蜿蜒曲折。窗外的景象——小屋和农舍、溪流和桥梁、林地和山丘,从近处看更加可爱。加利万偶尔会点评几句,但他的用词故意有些平淡无奇,好像车上有个作家让他感到不舒服。

"这是浑赛德峰,是三座山峰中最高的。那边是英格尔博罗峰。往上看那边,山脊是石炭纪的石灰岩。那是斯韦尔代尔山谷。"他指着一群羊,"这里放牧已经有两百年历史了。"

霍桑坐在他旁边,视野最好,但他还是不感兴趣,只是坐在那里,一言不发。

公路岔出一条崎岖的小路,我们沿着这条小路进入山谷中一片翠绿的空地,最后停在一个大门前,门砌在干石墙里。我们下车，穿过大门，走上另一条道路。这期间，除了脚踩在沙砾上嘎吱作响的声音外，几乎没有一点别的声音。我们在英格尔顿的时候阳光明媚，现在天越来越昏暗。我突然想到，理查德·普莱斯、查尔斯·理查森和格雷戈里·泰勒最后一次出发时一定也是这样。天空依旧蔚蓝，但远处的云相互摩擦着，在田野上投下黑暗的阴影。竖井伫立在空地上，散发出某种神圣的气息，光线斜照在其上，将黑暗撕裂。

我们来到一条小溪边，溪水欢快地流淌着，流到石壁旁，在那儿突然溢出，变成瀑布，深不见底，似乎一直深入地壳中心。前面有一座小山，山上有个漆黑的洞口，洞口四周爬满常春藤和苔藓，看起来很像故事里用来吓唬孩子的场景。这里就是那三个人开始探索洞穴、又被黑暗吞噬的地方。

"出口在哪里？"霍桑问道。

加利万指着一个地方："向东两英里，在德雷尔山的后面。你想去看看吗？"

霍桑摇摇头。他扫视了一下地平线，看到一座涂着白色油漆的农舍，四周围着草垛。"谁住在那里？"

"就是我跟你说过的那个人，克里斯·杰克逊。那是英巷农场。"

"他现在在家吗？"

"可能吧，你想和他谈谈吗？"

"如果你不介意的话。"

"我无所谓。"

我们没有步行前往，而是回到车里，驶过大门，沿着一条更为崎岖的道路继续前进，轮胎不断扬起碎石和灰尘。也许我们是在长路洞的洞顶行驶。我想不明白这次探险的意义何在。霍桑是否觉得那三人的行为有可疑之处？地下是很好的杀人场所，至少没必要担心埋尸的问题。会不会是理查德和格雷戈里谋杀了查尔斯·理查森，结果被人发现并采取报复行动，用重器打死其中一个，又将另一个推下站台？这是一个非常合理的假设。但为什么是现在？为什么这三位只在冒险假期偶尔见面的大学同学，会突然自相残杀呢？

我们向北到达了大约一英里外的农场，这里依山而建，看起来就像一个老人在靠着山坡休息，四周堆放着废弃的农机碎片和装着动物饲料的塑料袋。戴夫·加利万上前敲门，开门的是一个瘦骨嶙峋、头发花白、留着八字胡、穿着T恤和牛仔裤的男人。他是个退伍军人。他还没说话，我就看出来了。从他站立的姿势、手臂上的文身和冷酷的眼神中就能看出。

"咋了？"我不会模仿约克郡的口音——写在书上看起来会很可笑——但这是他仔细打量我们时，说出的前两个字。

加利万介绍了我们的身份以及前来的原因。

"进来吧。"

前门直通厨房，石头地板踩上去一点也不舒适。我们在桌子旁坐下，他没有请我们喝茶。

"我知道那天会有麻烦，"他告诉我们，"那天下午雨下得很大，我担心会发生意外。我看了看窗户后面的小溪，它一年中有半年都是干涸的，但是四点钟的时候，有水涌出来。这条小溪就是给我们的提示。"

"提示洞内情况。"加利万补充道，"附近有很多这样的小溪，如果溪水太多，就不能去洞穴。"

"我就是这样跟芭芭拉说的。"他向上看了一眼，他妻子可能就在楼上，"我希望没有人蠢到坚持要下去。但是，一个小时后，有人敲门,两个男人进来了——他们的情况很糟糕,浑身湿透,其中一个还流着鼻血。我花了一两分钟才认出格雷戈里·泰勒,但不认识和他在一起的那个家伙。不管怎样,他们说了长路洞里发生的事情。他们一直想回去找那个朋友,担心得要发狂。我打电话报警时,让芭芭拉给他们弄了点喝的。"

"他们有没有说别的什么?"霍桑问道。

"他们说了很多话,但没什么意义。雨一直在下,我们等着洞穴救援队到达。不过,我得告诉你一件事。他们俩中格雷戈里的情况更糟。另一个人一直沉默,坐在那里,像被鬼附身了似的。但是格雷戈里一直在说:'这是我的错。'一遍又一遍地重复'这是我的错,这是我的错。'没有人能阻止他。"

"后来呢?"

"来了一辆警车,把他们带走了。那时,戴夫和他的团队已经竭尽全力,但是太迟了。我最后一次看到格雷戈里时,他像个死人一样盯着窗外。但那天死的不是他。"

"他现在已经死了。"加利万嘀咕道。

"是的,我听说了。也许这是他的报应。谁说得准呢?死神最终会追上所有人。"

那天晚上,我们在车站旅馆一个舒适的餐厅里吃了晚饭,房间的天花板很低,横梁涂了亮漆。吧台旁边的地上铺了一块搁脚板。我想象得到,夏天这里一定挤满了人,但是那天晚上很安静。角落里有一台巨大的水果机,它像个外星入侵者一样坐在那里,忽闪忽闪,但没人摆弄它。一只肥胖的拉布拉多犬在窝里打盹。

霍桑邀请加利万一起，我们三人坐在靠窗的位置，正好可以看到另一座高架桥。我们点了一大份牛排和牛排腰子布丁，霍桑小心翼翼地吃着，仿佛怀疑这些东西有问题。加利万和我喝了几品脱约克郡苦啤酒。像往常一样，霍桑喝水。

我们聊了一会儿——旅游、洞穴探险、当地八卦——但霍桑邀请加利万来只有一个原因，他想了解一些事情，果然没过多久他就开始了。

"戴夫，可以告诉我你在隐瞒什么吗？"他问道。

"我不明白你的意思。"加利万的叉子举到半空，停下了。

"我们询问苏珊·泰勒时，她提到你参与了调查。"

"是的。"

"你告诉他们没什么可疑的，不必自责。"

"这是事实。"

"你确定吗？"加利万什么也没说，于是霍桑继续说，"你和她在一起很不自然，现在也是。我在警察局待了二十年，有人撒谎可瞒不过我的眼睛。你还有什么没说的？"

"什么都没有……"

"死了两个人，戴夫。你的朋友格雷戈里死在火车下，他见到的最后一个人在二十四小时后被人打死。这可能与这里发生的事情有关，我需要知道实情。"

"好吧！"加利万放下叉子，眼睛睁得大大的，"我不想在她面前谈论这件事，也不确定是否应该告诉你。我没有证据，什么都没有，只是一种感觉。"

"继续。"

"好吧。就算查尔斯·理查森不是专业人士，他也是个经验丰富的探洞者，他知道自己在做什么。所以我不明白他怎么会这么蠢。很简单,他没理由死。"

他一旦开始讲,就忘了食物。就好像自从事故发生后,他就一直在等一个机会讲讲他的猜想。他回忆往事时,眼中一片凄凉。"格雷戈里·泰勒带他们进了山洞,理查德·普莱斯紧跟着,查尔斯·理查森殿后。当然,他们还不知道,地面上大雨倾盆而下。当他们意识到时,已经太晚了。洪水脉冲已经形成,正朝他们奔涌而去。"

"如果看不到,他们怎么知道?"我问。

"他们能听到,一种类似轰鸣的声音和模糊的低音……这是世界上最可怕的声音,在他们周围,越来越响。很快他们就感觉到了。雨水已经从裂缝和钟乳石上流下来了。"他不耐烦地打发了我的提问,转身面对霍桑。"他们大概有十分钟的时间,最多十五分钟,必须迅速做出决定。所以他们选择继续前进,就像你知道的那样,查尔斯错过了德雷克通道——就是那个弯道——进入了多层式立交桥的交会处。这个地方很容易错过,尤其是在匆忙的情况下。但我不明白的是,"他用手指敲着桌子以示强调,"他到了那里,为什么不待在原地?他本可以找到地势更高的地方,原地等待,直到所有的水都流过去。最糟糕的情况不过是一个人待在黑暗中,等我们来找他。"

"也许他太慌张了。"我说。

加利万摇摇头。"一个有经验的探洞者不会惊慌,他有充足的电池电量。不仅如此,他还带着一个安全包。"我们还没来得及问,他就解释道,"安全包是用防水材料做的。把它拉过头顶就可以坐在里面,可以保证人在等待救援时的体温。但这个东西却杀死了他。"

"怎么讲?"霍桑问道。

"他就是被这个卡住的,安全袋用一根短绳系在他的腰带上,他摔倒的时候,把他困在了弯道中。你能明白吗?"他用手比了一个形状,一根窄管子垂直立着。"他离开了多层式立交桥,去找返回德雷克通道的路。因为他想追上其他人,但不慎摔倒了,袋子又被卡住。他全部体重都压在绳索上,无能为力。没有人帮忙,他就爬不起来。那个蠢货没带刀,所以他没法割断绳子,只能被悬挂着。洪水席卷过来,他就这样被淹死了。"他停顿了一下,"这是我们找到他时的样子。也许他是先被击晕然后才溺亡,这样或许仁慈些。"

"你跟格雷戈里·泰勒谈过这些吗?"霍桑问道。

"我当然和他谈过,我们是朋友,而且我的工作就是值班管理和救援。但查尔斯·理查森死的时候他并不在现场。他和普莱斯已经走在前面了。理查森当时脑子里在想什么?我真的不明白。"

"如果那里更安全的话,他们三人为什么不待在多层式立交桥等待救援呢?"

"也许他们应该这么做。但格雷戈里说他担心一旦他们进去,就永远找不到出路了,他说得有道理。我去过那里,简直就是一场噩梦。"加利万叹了口气,"不管怎么说,事后想来,是有很多种应对措施的。但他们当时听到水冲过来了,就想赶紧出去。如果我和他们在一起,可能也会做出同样的决定。"

他们沉默了很久,这时我才意识到只有我还在吃东西,于是放下刀叉。

加利万又说道:"还有一件事你可能想知道,格雷戈里死的那天从伦敦给我打过电话。"

"星期六?"霍桑问道。

"没错，星期六下午，他在去车站的路上打来电话，说想和我聊聊长路洞——关于事件的真相。"

"他是这么说的吗？是他的原话吗？"

"没错，他说他一直在考虑，有件事他想说出来。我们约好星期一晚上七点钟在这家酒吧见面。"

"但他一直没回家。"

"他跌下了站台。"

这时，我思路瞬间清晰，就像水喷涌进长路洞一样。事情突然变得昭然若揭。格雷戈里·泰勒知道一些不为人知的事。他本想告诉戴夫·加利万，但他还没回家就被杀了。

他是被谋杀的，而这，就是原因。

那天晚上加利万走了以后，我对霍桑说了我的猜测，但令人恼火的是，他似乎不太认同。"这不合理，老兄。如果他在去车站的路上打电话时，有人无意中听到了，那凶手一定和他在一起，但据他妻子说，他是一个人。"

"他可能在伦敦遇到了某个人。"我理了理时间线，"可能是戴维娜·理查森，那地方离她家不远。"

"你觉得她跟踪他去了国王十字车站，然后把他推下站台？"

"为什么不会？如果她把她丈夫的死归咎于理查德·普莱斯和格雷戈里·泰勒，就可能把他们都杀了。"

"但她没有怪他们。她原谅了普莱斯，而且六年没见泰勒了。我们甚至不知道在他死的那天，他们是否见过面。"

"你可能要问问她了。"

霍桑给了我一个恰当的微笑。"我们当然会去问她。你喜欢她,不是吗?"

"她人看起来不错。"

"她儿子还读过你的书!"

"对!不像你儿子。"

那天晚上还发生了一件奇怪的事情。我们很早就结束了谈话,因为要赶第二天早上七点的车,正准备回房间的时候,一个男人走进酒吧。我看到他站在门口,茫然地看着我们。他三十多岁,一头金发,身材矮小纤瘦,穿着连帽衫和牛仔裤。他犹豫了一下,然后走到我们身边,我猜他认出了我,并打算夸赞我的书。

但实际上,他以为他认出了霍桑。"比利!"他的语气介于陈述句和疑问句之间。霍桑抬起头来看着他,但不认得他,这个人开始怀疑自己是不是认错人了。"我是迈克,"他说,"迈克·卡莱尔。"

"对不起,老兄。"霍桑摇了摇头,"我不叫比利,也不认识迈克·卡莱尔。"

那人完全被泼了一盆冷水。他认出了霍桑的脸,还以为自己也认得那个声音。"你不是在里斯吗?"

"不,我不知道你在说什么。我刚从伦敦过来,从没去过那个叫里斯的地方。"

"但是……"他还想继续问,霍桑并不领情,甚至带有敌意。"对不起。"那人结结巴巴地说,仍然盯着霍桑,不愿意离开。

霍桑拿起一杯水。"没关系。"我能听出他声音生硬,眼神也是。

"对不起。"那个人明白了。如果他来这里是为了喝一杯,现在也已经改了主意。他离开了。

"我要睡了。"霍桑说。

我想问他刚才是怎么回事。也许以前有人叫他威廉或者比利？或者只是对方认错了人？这些都让我很不解，但无论如何我确信事情绝非那么简单，而且霍桑的情绪一整天都怪怪的，这和迈克·卡莱尔一定有些关系。

霍桑一句话也没说就走了。第二天早餐时，还有后来在回伦敦的火车上，我们都没有再提这件事。

第十二章　俳句

回来后，我去了《战地神探》制作基地，刚走进去就看出不对劲。刺耳的电话声，打印机打印文件的声音，会计师绝望地盯着电脑屏幕，滑行装置像被追赶一样四处滑动，还有弥漫的恐慌感……这些都很正常。让我担心的是寂静，当我走进吉尔的办公室时，大家都避开了我的视线。

"怎么了？"我问。

她站在办公桌前（她从不坐着），刚刚挂断电话，查看邮件，给助手安排任务，一气呵成。正如她经常告诉我的，只有女人知道如何同时进行多项任务。"没什么需要担心的。"她说。

"不，请告诉我！"

"我们丢了一个外景拍摄场。"她说。

"哪一个？"

"追逐戏，全部。"这是该系列中少有的动作戏，弗伊尔和萨姆在伦敦街头被一名俄罗斯武装刺客跟踪。"警察已经撤回了许可，"她接着说，"他们甚至没有给出一个合理的理由。"

"他们怎么说的？"我问。我的胃开始有点不舒服。

"我不清楚，是关于谋杀案的调查。听起来完全不可能。但他们说有人被杀害，因此不得不封锁整条街道。我们无能为力。

他们不会让我们在那里拍摄的。"

是卡拉·格伦肖,一定是她。吉尔一提到谋杀案调查,我就明白是怎么回事了。但我什么也不敢对她说,只是悄悄地回到我的办公桌旁,位于偏僻的角落。我从口袋里拿出卡拉给我的名片,盯着它看了很长时间,然后拿起电话拨过去。电话铃响了两遍她才接通。我原本还期待着能直接转到语音信箱。

"喂?"她的声音生硬,近乎苛刻。

"我是安东尼——"

"我知道是你,什么事?"

"是你不允许我们团队在哈克尼拍摄吧?"

电话里先是短暂的停顿,然后是呼吸声,再然后——

"你打电话就是想问这个吗?你他妈的以为你是谁?"

"我是想告诉你线索!"我打断了她,因为不想让她继续对我大喊大叫。

"什么线索?"那声音冰冷至极,不像是通过电话线传来的,更不像是人发出来的。

"霍桑和我刚去过约克郡……普莱斯被杀一案可能与六年前发生在那里的洞穴事故有关。"

背叛霍桑让我感到很不安,但如果要在他和吉尔之间做选择,我还能怎么办呢?剧集制作必须排在第一位。尽管如此,我说话的时候还是小心翼翼地选择措辞,决心不透露太多。

"我们知道那次事故。"她的声音很冷淡,但我不知道她说的是不是实话。她肯定没在我们之前去过英格尔顿,否则苏珊·泰勒会告诉我们的。

"周六,也就是理查德·普莱斯被谋杀的前一天,在国王十字车站,一个叫格雷戈里·泰勒的男子死在了火车底下。"我接着说,"霍桑认为死者知道些事情,而这就是他被杀的原因,有人不想让他说出来,只有死人才能永远闭嘴。"

实际上这并不是霍桑的想法,而是我自己的,虽然霍桑没有完全否认,但他肯定不认同这个结论。这似乎是扔给格伦肖的一个好诱饵。如果她真的决定去查一下,可能会发现,我们已经安排好那天下午要再次约见戴维娜·理查森。

"格雷戈里·泰勒与这件该死的案子无关。"格肖伦说。我讨厌她老是说脏话,虽然霍桑也好不到哪儿去,但不知怎么的,她总会把事情弄得更加不堪,更情绪化。

"你为什么这么说?"

"你不要问问题!即使问了,也别指望我会回答。霍桑在约克郡?"

"我们昨天去的。"

"他在浪费时间,还有别的吗?"

我努力回想发生的一切,寻找一些无关痛痒的信息。"有人在理查德·普莱斯被杀前一周闯进了阿德里安·洛克伍德的办公室。"我说,"可能与案件有关。"

"这个我们也知道。"我根本不需要看她的脸,听她的声音就能想到她轻蔑的表情,"在你得到我真正想听的情报之前,不要再给我打电话。"

"有人禁止我们拍摄——"我又试了一次。她什么都没说就挂断了电话。

我在座位上坐了好一会儿,什么也没做。我无法专心工作,尤其是在和格伦肖通话之后。想到她和她对我的态度,我比以往任何时候都更有决心亲自破案。事实上,霍桑几乎和她一样差劲。我突然想,如果我能自己找出凶手,指着他们的脸大笑,那该有多么大快人心。这样他们就都不会再来烦我了。

我没再烦恼拍摄的事情,打开笔记本电脑,静下心来开始整理约克郡谈话的笔记,然后在办公室的打印机上打印出来,按事件发生的时间把每一页都排好,这样我就可以捋一捋到目前为止发生的每件事。我希望能弄清楚下一步该怎么做。

第一个问题:这到底是一起谋杀还是两起谋杀?格雷戈里·泰勒究竟是被推下站台的,还是摔倒或自杀?

如果是他杀,那么这两起命案肯定有所关联。霍桑在问苏珊·泰勒的时候也说过同样的话:"泰勒夫人,这话你或许不爱听,但他们二人是在二十四小时内相继身亡。长路洞似乎是这两起命案之间唯一的关联。"我一字不差地写在笔记本上。霍桑在尤斯顿车站外也说:"这不是偶然。"因此,如果理查德·普莱斯和格雷戈里·泰勒是出于同样的原因被害,那么这一定与长路洞事故脱不了干系,凶手肯定是两个遗孀中的一个:戴维娜·理查森或苏珊·泰勒。虽然戴维娜有不在场证明,谋杀发生前后,她一直和阿德里安·洛克伍德在一起,但两位嫌疑人那天都在伦敦。

还有戴夫·加利万说的:"他说想和我聊聊长路洞——关于事件的真相。"如果杀死泰勒是为了堵住他的嘴,那么这是否就排除了戴维娜和苏珊呢?也可能是其他人——比如克里斯·杰克逊,我们在约克郡遇到的农场主,或者卷入这件事的某个人——急切地想让他保持沉默?

但话说回来,长路洞事故也可能与命案完全无关。这就让人发愁了,我是不是只能写出两三章——里布尔德之行、车站旅馆——而实际上这只是一些转移注意力的线索,完全是在浪费时间?在我们回伦敦之前,霍桑几乎已经提出了同样的观点:"这不合理，老兄。"假设我不考虑约克郡事件，那我还剩下什么线索？

理查德·普莱斯，一位富有的离婚律师，在家中被杀。就在几天前，阿基拉·安诺，一个被他故意羞辱的女人，曾扬言要用酒瓶砸他的脑袋，而这正是他的死因，所以我曾得出结论——她是凶手！霍桑第一次陈述案情时，我已经和他谈过了，当时这个结论似乎是合理的。星期天晚上，她真的在林德赫斯特附近一个偏僻的小屋吗？霍桑对此表示怀疑。奥利弗·梅斯菲尔德提到的秘密收入来自哪里？理查德一直在调查什么呢？

还有她的前夫阿德里安·洛克伍德。据我所知，他没有杀害律师的动机。普莱斯努力帮他打赢了离婚官司，他送了律师一瓶昂贵的葡萄酒。况且洛克伍德也不可能犯下这起谋杀案，至少他自己一个人做不到。他一直和戴维娜在一起，直到晚上八点多才离开。普莱斯的邻居，就是那个总是板着一张脸的费尔柴尔德先生看到有人在七点五十五分左右拿着手电筒向普莱斯家走去，而且还有那通电话，洛克伍德根本来不及赶到那里。

然后，我将疑虑转向理查德的丈夫斯蒂芬·斯宾塞。当他说他和生病的母亲在弗林顿时，基本上可以肯定他在说谎，这确实让我感到奇怪。为什么案发后没有人说实话？你可能以为人们会主动配合——但事实并非如此。就好像他们都在排队等着成为嫌疑犯。所以案发时他在哪里？和别的男人……或者是女人在一起吗？也许理查德·普莱斯最近聊起过遗嘱，斯蒂芬发现自己即将被淘汰出局？

我想到了戴维娜·理查森。她告诉我们，她不会再因丈夫的死而怨恨理查德·普莱斯，这点我相信她。她从他那里拿钱，让他成为她儿子的第二个父亲。而且，她似乎还从他那里收获了很多客户，甚至还在为他重新设计装修房子。但是，她有没有可能对他怀有某种不为人知的仇恨呢？如果有，为什么？从来没有人认为他应该对长路洞事故负责。恰恰相反，格雷戈里·泰勒在英巷农场的时候，反复强调过责任在自己。如果她真的怀恨在心，那也该是针对泰勒。

最后，有一个脸有些奇怪（可能长了疹子），戴蓝眼镜的人，闯进了阿德里安·洛克伍德的办公室。我仍然不知道他是谁，但很可能就是理查德·普莱斯对戴维娜的儿子科林提起过的那个人——他的脸有点不对劲。据科林说，普莱斯注意到这个神秘人已经有一段时间了。这个人是阿基拉·安诺雇来的吗？她知道前夫和理查德·普莱斯都在调查她。雇用这个人，可能只是想了解对手都掌握了什么线索。

我再一看表，已经过去了几个小时，但我仍然没有触及真相。到处都是笔记和涂鸦。有趣的是，我的桌面总能反映出我的内心状态。现在，就是一团糟。我抓起一页，上面写着：你在这里做什么？有点晚了。

这是理查德·普莱斯死前的最后一句话，是他丈夫斯蒂芬·斯宾塞在电话里无意中听到的。但当时才八点钟。不过，考虑到之后发生的事，也确实是晚了。

我拿出一支红笔，在这句话下面画了一条线。我知道这句话很重要，但我不明白其中的含义。

我到戴维娜·理查森家时，霍桑还没到。当时还有十分钟才到五点。我早到了几分钟。我正站在街上找他，这时前门开了，戴维娜出现在门口，喊我进屋。

"我在窗外看见你了,"她解释说,"你是在等朋友吗?"

"他不能算是我的朋友。"我说。

"你说你在写一本关于他的书,那是不是意味着我会成为其中一个角色?"

"如果你不想的话就不会。"

她笑了笑:"我无所谓,你为什么不进来?"

又下起了毛毛雨——这讨厌的秋天。在街上闲逛毫无意义,所以我跟着她穿过杂乱的走廊,进到厨房。这里到处都弥漫着烟味。三十年前我就戒烟了,但即使抽烟,我也不会在家里抽,我不知道她是怎么忍受烟味的。我在厨房的桌子旁坐下,发现她在读阿基拉·安诺的《俳句两百首》,一本新书放在桌子上,封面朝下,书页呈扇形散开。

"来点茶吗?"

"不用了,谢谢。"

"水刚烧开。"她把一盘巧克力饼干端到桌上,"我真的不该吃这些,但科林很喜欢。你知道的,一旦打开包装,就会……"

"科林在哪里?"我问。

"他在和一个朋友做作业。"她咬了一口饼干。照这个速度,我离开的时候她应该能吃四五个。她穿着一件宽松的马海毛运动衫,但我认为她这样穿并不是为了掩饰自己的身材。虽然她总在道歉,但我并不觉得她是一个特别害羞的女人。她泰然自若,我不确定她是否和阿德里安·洛克伍德有私情,但如果有,我相信她会比阿基拉·安诺更适合他。她会像照顾科林一样照顾他——唠叨他、哄骗他,她会尽一切努力让他开心。

"你对阿德里安·洛克伍德了解多少?"我问。

她的饼干咬到一半停下来。"你上次来的时候,我告诉过你。

他起初是我的客户,但后来成了我的朋友。你为什么这么问?"

"只是随便问问。"

"我想念家里有个男人的感觉。"她看起来真的很渴望。"我知道自己不该这么想,但是如果没有男人,我什么都办不到。我无时无刻不在想查理,什么都做不好。我弄不清电视遥控器上的按钮,停车也是个噩梦,尽管只是一辆小的丰田普锐斯。我还总是忘记把钟拨回去,早一个小时或晚一个小时醒来。我讨厌扔垃圾,更讨厌一个人套羽绒被!"她叹了口气,"阿德里安和阿基拉在一起时,他一直都不开心。他没有对我说很多,其实不用他说我也能看出来。女人对这种事情很敏感。"

她说话的时候,我一直不安地注意着霍桑的动静,没等他来我就进屋,他可能会不太高兴。他讨厌我问问题,我也不想说出任何可能扰乱他调查的话,尤其在有了先例之后。所以我瞥了一眼桌上的书,然后问:"你读过这些诗吗?"

"哦,是的。有人给了我些书,因为他们知道我是阿德里安的朋友。"她含糊地指了指,"老实说,我看不太懂。对我来说太晦涩了。"

我拿起这本书,像许多诗集一样,《俳句两百首》是一本很薄的书册,只有四十页左右,十五英镑的价格也不算便宜。但我认为这个价位很合适,诗歌的销量有限,在水石书店的前排货架,你很难找到标着半价的诗集。这是一个精装本,封面上有一幅很小的木版画,我猜是葛饰北斋的作品。俳句四五句为一组,印在精美的纸张上。背面有一张阿基拉·安诺的黑白照片,她脸上毫无笑意。

我上学时接触过俳句。我不是一个特别聪明的孩子,但我喜欢俳句,因为很短。十七世纪时,是松尾芭蕉让俳句闻名于世。

古池塘／一蛙入水／水溅起。① 这是我能完整记起的为数不多的几首诗之一，尽管在日语原文里，它的第一行有五个音节，第二行七个音节，最后一行又是五个音节。这是重点。

我看着阿基拉的作品，这本书是全英文的，尽管印刷方式模仿了日文书。现在书正好翻到了一百七十四到一百八十一首俳句的那一页（每个俳句都有编号，没有标题）。一时冲动，我往后翻了一页，霎时就被印在这一页顶部的第一百八十二首俳句吸引了。

182.
呼吸向耳侧
每一字都是审判
判决是死亡②

这正是写在理查德·普莱斯尸体旁边那面墙上的数字。

我感到头晕目眩，简直不敢相信自己看到了什么。阿基拉·安诺不仅威胁要杀了普莱斯，她还写过一本诗集。不，这样说并不妥当。应该说她是写了一首关于谋杀的诗……如果俳句是这个意思。我不太确定。即便如此，这些句子必然与普莱斯被杀一案有关，这个数字就是再清楚不过的标志。

但是，如果她是杀死理查德·普莱斯的真凶，为什么会留下这样一条明显指向自己的罪证？如果墙上的数字不是她留下的，又会是谁？为什么要这么做？我想问戴维娜是否读过第

---

① 原文：古池や／蛙飛びこむ／水の音。
② 判决是死亡（The sentence is death），正是本书的书名，Sentence 一词在英文中既有"句子"也有"审判"的含义。书名为与上一册《关键词是谋杀》相呼应，故译为"关键句是死亡"。

一百八十二首俳句,她却一脸不解地看着我,似乎想知道我为什么如此震惊。

就在这时,门铃响了,一定是霍桑。我松了一口气。我愿意见到他的时刻少之又少,现在算一次。他可能要问戴维娜一些问题,我们离开时,他就会明白我刚才的发现。

"你朋友来了!"

"是的。"门铃又响了一次。"你最好让他进来。"我说。

戴维娜似乎不愿意留我一个人在屋里,但还是站起来,出去开门。

我把第一百八十二首俳句又读了三遍,然后将各种可能性在脑海里过了一遍。同时,我听到了大厅里戴维娜的声音,她说我已经到了。几分钟后,霍桑在门口对我怒目而视,我一点儿也不意外。

"你来早了。"他说,不是陈述,而是谴责。

"我正在外面等——"我刚准备解释。

"我看见他在门外就请他进来了。"戴维娜圆场道。

"我们只是聊了几句。"我试图让他明白,我没有随便问问题,"理查森夫人给我看了几首诗。"

霍桑看上去还是有些怀疑,他坐了下来,把旧风衣叠放在沙发扶手上。戴维娜要给他沏茶,但他拒绝了。他开门见山,仿佛是为了弥补失去的时间。"上周末你有没有见过格雷戈里·泰勒?就是下午晚些时候?"

"谁?"她看上去很困惑。

"就是和你丈夫一起去洞穴探险的一个人。"

"我知道他是谁,也明白你的意思。但你为什么问我他的事?"

"理查森夫人,我不想惹你不高兴,但他上周六死了……就在理查德·普莱斯遇害前一天。"

她流露出的表情不是悲伤,而是震惊。"格雷戈里死了?"

"摔下铁轨被火车轧死的。"说完我就后悔了,果然又得了霍桑一记眼刀。

"你没看报纸吗?"

"我真的不看报纸,颜色太灰暗了。我有时看电视新闻,但没有看到这件事。嗯,他们可能不会报道,对吧?如果有人摔下铁轨被火车轧死……"

"我不确定他是不是自己摔下去的。"霍桑坐得笔直,双腿微敞,脸上仿佛有同情的微笑,凝视着她。他头发及耳,穿着黑色西装,系着领带,整个人看起来并无冒犯之意,却又充满挑衅。

"什么?我不明白……"

"他没来过这儿?"

"没有,我刚刚告诉过你,四点半我就出去了,没在家。不是,我是说三点半,我也不知道我在说什么……我总是搞错!三点半我带着科林去了布伦特十字购物中心,他长得太快了,所以要买新的足球服。你凭什么认为格雷戈里来过这里?"

"他死前给妻子发了一张自拍,在霍恩西巷拍的。"

她想了想。"离这儿很近,"她坦承道,"我不知道他在那里做什么,据我所知,他现在还住在约克郡。"她摇了摇头,"我已经六年没见到他了,也没有听到过他的消息。当年调查结束以后,他给我写了一封信以示哀悼,除此之外,再无联系。老实说,我不确定自己是否希望他来看我。我已经告诉过你了,查理去世那天发生的事情不应该归咎于理查德。但是格雷戈里·泰勒要承担一些责任,天气预报已经说了会下雨,他还是决定继续探险。我跟他之间没什么好说的。"

"那他在霍恩西巷干什么?"

"我不知道。很抱歉,让你白跑了一趟。我也可以在电话里告诉你这些,我真的没见过他。"

没有白跑一趟。我等不及要告诉霍桑俳句的事了。

霍桑拿起风衣,站起来。"谢谢你的配合。"他说。然后,他想了想又说:"理查森夫人,很抱歉要问这个问题,但请你如实回答:你和阿德里安·洛克伍德到底是什么关系?"

她脸红了,就像我们第一次见她的时候那样,但这次是愤怒而不是尴尬。"霍桑先生,我真的不明白这和你的案子有什么关系。阿德里安是我的客户,后来成了我的朋友,只是一个好朋友而已。我努力支持他,因为他觉得离婚诉讼压力很大,因此他对理查德非常生气,他来这里只是为了放松一下。仅此而已,真的。他觉得可以信任我。"

"他为什么生理查德·普莱斯的气?"

"我说过吗?我不是这个意思。他对整件事都很生气……漫长的诉讼期,还有阿基拉。他知道和她结婚是个错误——你真的应该去问他,而不是我。我不能背着他谈这些。"

会面就这样结束了。她把我们送到门口,很快我们又回到街上,朝海格特地铁站走去。我把刚才的事情告诉了霍桑。在我看来,写在尸体旁边的数字182与这首诗之间存在某种联系。我背诵了一遍,强调了第三行。

"判决是死亡。意思就是她必须杀了他,因为再也无法忍受和他一起生活。我知道这听起来很疯狂,但她的确想让全世界都知道她打算做什么。"

霍桑看上去很疑惑:"这本书是什么时候出版的?"

"我不知道,今年上半年吧。"

"所以她可能很久以前就写了那首诗。"

"但她已经嫁给了洛克伍德,而且恨他。"

"她没有杀洛克伍德,而是杀了理查德·普莱斯。不管怎么说,这只是你的猜测。"

"她写了一首关于死亡的诗,看看第二行!'审判'指的可能是离婚。"

"好吧,我告诉你一件事。"雨越来越大了,霍桑拉紧外衣。"案发当晚,阿基拉不在林德赫斯特,也不在附近的其他地方,她对我们撒谎了。"

"你怎么知道的?"

"我看了舰队街服务区的监控,她从来没有去过那儿。并且 ANPR 记录了 M27 和 A31 公路上的车牌号。"

"什么是 ANPR?"

"车牌自动识别系统,安诺女士开一辆捷豹 F 型敞篷车。两条路上都有摄像头,除非她为了去那里开车绕英国一周,否则不可能没有踪迹。"

"格伦肖探长告诉你的?"

"没错。"

我很惊讶,格伦肖很讨厌霍桑,只允许他参与几场调查——可能她是被迫的——她真的会和他分享车牌自动识别系统的数据吗?我对此表示怀疑。但另一方面,他还能通过什么途径得到这个信息?

"不管怎样,格伦肖和瑜伽老师谈过了。"霍桑接着说,"那个小别墅的主人,一开始他说把车借给了阿基拉,但在格伦肖的逼问下他崩溃了,又说他不知道她去没去。"

所以,这是什么意思?突然间,这个案子似乎和约克郡的长路洞毫无关系。我们又回到了离婚的话题上,一对吵得不可开交的夫妻,还有那个夹在他们中间的律师。

"俳句呢?"我问。

"你到底是怎么发现的?"他举起一只手,在我还没来得及回答之前,就让我闭嘴。"帮我个忙,托尼。请描述一下你拜访理查森夫人时发生了些什么——我不在的时候——就当成是在写那一章小说,也许我能弄清楚事情的真相。"

"我不喜欢乱序写作。"

"别担心,剩下的那些我也不会读的。"

我们已经到达自动扶梯。有一些人上来,但下降时只有我们两人,电梯仿佛要直达地心。

"别忘了读书俱乐部。"霍桑说。

"什么时候?"

"星期一晚上。"

"对不起,那天我要去剧院。"

"但你说过会来的,你原本打算看什么?"在他的心中,我原本的安排已经变成过去式了。

"《群鬼》。"这是一出热门剧,是亨利克·易卜生的作品,由理查德·艾尔在阿尔梅达剧院执导。

他遗憾地摇了摇头:"好吧,我已经答应了他们,看来你只能错过这部剧了。"

我站在那里,就在他身后几步远。虽一步未动,却被带到越来越深的阴影里,我记得当时就在想,我应该把这些写进霍桑传记的最后一章。

这正是我的感受。

第十三章　柏力街

迈克·卡莱尔是谁？

我花了一个小时在网上搜寻，但是毫无收获。这个突然闯入里布尔德车站旅馆的男人，他和霍桑差不多年纪，也许比他年轻几岁。除非他是来度假的（但在十月末度假太奇怪了），他肯定住在约克郡谷地。他从事什么职业？农民？旅游业？当然，他的全名也可能是卡莱尔斯，我试过了。迈克尔·卡莱尔，或者迈克·卡莱尔斯。我把目标转向领英、脸书和推特，查到了曼彻斯特的办公文具供应公司、澳大利亚维多利亚浸信会的主管等，看了几十张照片，但没有一个人和我遇到的那个人相像。

我无法将这次偶遇从脑海中抹去。它似乎与霍桑的奇怪情绪有很大关系，我们离开伦敦时他显得很紧张。卡莱尔管霍桑叫"比利"，很确定自己认识这个长得和霍桑一样的人。他们也许在里斯相识。那是斯瓦尔代尔附近的一个村庄，维基百科上说，这里以手工编织业和铅工业闻名。霍桑不仅对他怀有戒心，甚至有些粗鲁无礼。虽然我不能确定，但很有可能是"比利"欺骗了"迈克"。他们曾经认识。

想到这里，电话铃响了。霍桑约我在梅费尔柏力街画廊见面，这里正好是斯蒂芬·斯宾塞工作的地方。

"我们之后可能要去马里波恩。"他说道。

"去那里做什么?"

"阿基拉·安诺要在那边的书店做一个演讲。"我听到他翻页时的沙沙声,"《女性大规模毁灭:现代战争中的性别物化与性别编码》。"

"听起来很有意思。"我说。

"我们可以跟她聊聊,如果幸运的话,你还能得到她签名的俳句书。"

他挂断了电话。

接下来的几个小时,我一直在工作。中间我出去散了会儿步,然后把霍桑想要的那章写出一个简单初稿。这听起来有点无聊,但作家的生活就是如此。一天中我至少有一半时间是独自安静度过的。从一项工作写到另一项,开始是用笔,后来是用电脑,不停地输出文字。这就是我喜欢写《少年间谍》的原因。虽然我不能真的去冒险,但至少可以想象冒险。

写霍桑时我一直不太满意,我困囿于现实环境。例如,我本想开篇写得劲爆一点:比如戴维娜·理查森和阿德里安·洛克伍德睡在一起,或者苏珊·泰勒身穿黑衣,去约克郡谷地参加丈夫的葬礼,送葬队伍沿着蜿蜒的乡村小路缓缓前行。最有挑战性的是想象自己就在长路洞里,描述查尔斯·理查森溺亡时的最后情景,或者把自己变成墙上的一只苍蝇,目击理查德·普莱斯被凶手袭击时的场景。可悲的是,这些都不能写。我的工作是跟随霍桑的调查,记录他的问题,偶尔试着弄清楚答案,却几乎没有成功过。这真的非常令人沮丧。与其说这是写作,还不如说是录音。

不过能走出家门,我还是很高兴的。我乘地铁到格林公园,然后走到梅费尔。这次霍桑比我先到，他在画廊外等着。画廊开在一座小巧雅致的建筑里，充满了"穷人勿进"的气息。画廊的名字用精致的字体拼写而成，橱窗里只有三件艺术品，而且没有标价。

我认出了沃兹沃思和保罗·纳什的作品——是幅漂亮的鹅卵石海滩水彩画。玻璃门已上锁，但是门内有一个助手，他把我们领了进去。

"请问需要帮助吗？"他问。他皮肤黝黑，胡子又黑又亮，来自中东地区。他不到三十岁，穿着一身价格不菲、量身定制的西装，相比之下显得霍桑的衣服很廉价。他没系领带，脖子上挂着金链子，左手中指戴着金戒指。

不用说，霍桑立马就对他产生了厌恶。"你是谁？"他问道。

"什么？"助理也不高兴了。

"我想跟斯蒂芬·斯宾塞先生谈谈。"

"斯宾塞先生很忙。"

"法拉兹，没事。我认识他们。"

斯宾塞从后面办公室出来，走在厚厚的地毯上，完全听不到脚步声。他也穿着西装，看起来比我上次见到他时好多了。他的头发经过精心梳理，脸上的胡子刮得干干净净，透着一层粉色，像是刚沐浴后的样子。

"有什么我能帮忙的吗？"他问道，"我猜你们不是来买艺术品的。"他在我们面前显得很拘谨，但我明白他为什么会这样。我们上次见他时，正是他最脆弱的时候，时常流泪，但霍桑并没有对他表示同情。即使到现在，他俩之间也有一种潜在的敌意。霍桑厌恶同性恋，这是他最不讨人喜欢的一点。我敢肯定，斯宾塞已经意识到了。

"我想知道你上周末在哪儿。"霍桑毫不留情地问道。

斯宾塞转向他的助理:"你先回办公室吧,法拉兹。"

"斯蒂芬——"

"没事的。"斯宾塞一直等到他离开才对我们说,"我早就说过了。"

"你骗了我们。我去弗林顿的圣奥斯疗养院问过你母亲,她不记得你去看过她。"

斯宾塞有些生硬地说道:"我母亲是老年痴呆症晚期,有时她甚至都不记得我是谁。"

"那里所有的护士都老年痴呆吗?她们没有一个人记得见过你。"

我以为斯宾塞会否认,但他比我想的要聪明。斟酌了一会儿,他耸耸肩说道:"好吧,我撒谎了。"

"你跟你男朋友法拉兹在一起。顺便问一下,他是哪里人?伊朗人?"

"是的。你凭什么认为——"

"请不要把我当傻子,斯宾塞先生。我们在调查一桩谋杀案,你可能会因妨碍警务而受到起诉。"

"你根本不是警察。"

"但你骗了格伦肖探长,你应该不想站在她的对立面吧?"确实如此,我深受其害。"你那个伊朗朋友用的须后水味道很特别,你的车上也有这种味道。"霍桑闻了闻,"我现在还能闻到你身上那股难闻的味儿。你丈夫去世后,你没等多久,不是吗?他搬到你在汉普斯特德的住处了吗?"

"没有!"

"但理查德·普莱斯发现了你们的关系,对吧?在他看来,婚姻、民事契约——随便你怎么称呼,都已经结束了。他只想让你搬出去。"

"不是这样的!是谁告诉你的?"斯宾塞的眼睛微微眯起,"是奥利弗·梅斯菲尔德吗?"

"确实是他。"霍桑没让斯宾塞打断他,继续说道,"你已故丈夫的律师合伙人也是他遗嘱的执行人,他真是一个非常谨慎的人。但他确实说过,他们几周前讨论过遗嘱内容。在这种时候,谈遗嘱只有一个原因,那就是要修改它。考虑到你和戴维娜·理查森是遗嘱的主要受益人,戴维娜没做任何让他生厌的事,而你却在周末和那个阿里·巴巴一起在外面闲逛。"他伸手指着办公室。我闭上眼睛,悄悄在指控霍桑的清单上加上了种族歧视。"这很公平,他已经看穿了你的伎俩,他要付诸行动。

"周日晚上八点,你从奇斯威克给理查德打电话,很巧的是,那里正是你的伴侣法拉兹·德里亚尼的住所。这一点格伦肖探长已经知道了,她还没冲过来,真是太奇怪了。所以在她来之前,你最好告诉我,你当时到底在做什么——不介意的话,也可以额外告诉我具体的细节。运气好的话,说不定能说服我相信你没有偷偷溜回家去杀人。"

"我没有杀人!"架子上有一瓶矿泉水,斯宾塞走过去打开。我听到了瓶内气体释放的声音。他给自己倒了一杯。"我和理查德一直有矛盾。没错,我们的确讨论过分开一段时间。我也确实和法拉兹在他奇斯威克的公寓里过了周末。很多人都看到我们了。我们在上里士满路,一个叫劳伯格的餐厅吃了晚饭。"他掏出钱包,拿出一张纸条递给霍桑,"这是票据,当然你也可以去问餐厅的人。我们是靠窗那桌。"

"我会问的。"霍桑收起票据。

"霍桑先生,这可能会让你吃惊,但我非常爱理查德,不会做任何伤害他的事情。"

"除了背着他和别人睡觉。"

"我们是开放式婚姻,可以容忍彼此的轻率言行。如果理查德要修改遗嘱,他也很有可能是想修改针对戴维娜的遗嘱。"

"为什么?"

"算了吧,当我没说。"显然,斯宾塞觉得自己说得太多了,非常后悔。

"你最好实话实说,斯宾塞先生。"

"好吧。"他皱起了眉头,"如果你真的很想知道。为了满足戴维娜的各种要求,理查德已经筋疲力尽了。他帮她招揽生意,让她儿子接受私立教育。他一直在她身边,帮她解决各种问题。但这远远不够。为了得到更多客户,她不停地压榨他。实际上,他也不喜欢她的审美观,她的设计全是红色、黄色,还有那刺目的暗绿色,他称之为'坏死绿'!他很绝望,想让她离开他的生活,但是约克郡发生的事情束缚了他。我完全无法理解这种做法,那根本不是他的错。我曾告诉他让她滚蛋——也许他确实是这么做的,也许他最后也算成功摆脱了她。"

"你认为是她杀了他吗?"霍桑轻声问道。

斯宾塞摇了摇头:"我已经跟你说过了,是阿基拉。当时她在饭店威胁他时,我恰好在场,全都听到了,她还说了些别的……"

为了营造效果,他停顿了片刻,我也第一次扫视了一下画廊,挂在墙上的油画和水彩画,每一幅都被小心翼翼地放置在各自不同的光池里。这会是个完美的电影布景。

"理查德盯上她了,"斯宾塞继续说道,"他说已经调查过她了。你应该去和法维翰公司的格雷厄姆·海恩谈谈。他是一名法务会计，和理查德一起工作。他发现阿基拉名下有一家有限责任公司，和一条隐秘的收入来源。显然阿拉基不想让任何人知道这些。理查德认为她可能在做些违法的事情。"

"是什么？"事实上，我们已经知道了这一点。奥利弗·梅斯菲尔德跟我们说过，但他说得没有这么详细。

"他没说。但是她在努力隐藏这件事，因为这可能会对他们的离婚案有影响，双方都必须说明拥有多少财产，他知道她在撒谎。"

霍桑在心里默默记下，他从来都不写下来。霍桑的记忆力惊人——当然了，他还有我。"你之前为什么不告诉我？"他问道。

"我那时很沮丧，而且还没考虑清楚，所以才会对你隐瞒法拉兹的事。我不想把他牵扯到这件事情里，但我真的没有其他任何事情要隐瞒。现在，如果你不介意，我还有工作要做。"斯宾塞慢慢走回办公室。霍桑也没打算阻止他。

回到街上，我回身转向他。

"你不能那样做！"我大声喊道，"刚刚你说的那些……阿里·巴巴的笑话，还有你的态度。你不能那样说话！"

"我做了我必须做的。"这次，霍桑被我吓了一跳。"托尼，我必须得深入了解他。你没看见吗？他站在他的智能画廊里，周围环绕着价值一百万英镑的艺术品。他在对我们撒谎！他认为自己可以逃脱惩罚。我必须要让他崩溃，我必须这么做。"

"但我不能把那些东西写进书里。"我说道。

"为什么不能写？"

"读者不会喜欢。"我停下来说，"他们不会喜欢你。"

这让他有些震惊。一瞬间，我看到了他的脆弱，看到了那个曾经的孩子，眼里闪着光。他紧接着问道："那你喜欢我吗？"

我不知该如何回答。"我不知道。"最终我结结巴巴地说道。

他看着我。

"我不需要你喜欢我，我只需要你写这本该死的书。"

我们站在那儿，互相盯着对方。已经没什么好说的了。

第十四章　敦特书店

在伦敦，敦特书店①是我最爱的书店之一。它位于马里波恩大街的中段，这条街本身就给人一种愉悦和传统的感觉。与其说是购物区，倒不如说是一片住宅区。书店离我家不远，每次我去那里，都感觉又回到了一个更加文明的城市（查令十字街一直都没什么变化，直到高昂的租金将大部分二手书店赶走）。敦特书店覆盖八十三号和八十四号两个店面，促销台在中间，像是一座小岛，两侧各有一个门廊和一条走廊，将两个店面连成一个整体。书店有一种卫理公会教堂的感觉，尽头处是一扇网状窗花格的窗户。书都堆放在旧木质书架上。比较特别的一点是，这些书不是按作者或主题，而是按区域排列的。一切都感觉很狭窄。大约走到一半，就看到一条楼梯延伸向地下室，楼梯那头是个矩形的空间，也是邀请作者来演讲的地方。我曾经在那个地方演讲过一两次。

晚上六点半，阿基拉·安诺就要在这里演讲。我和霍桑及时赶到，在后排找了位置坐下。看到他在书店里这么放松，我觉得很有意思。现在他肯定比在约克郡时要开心多了。我们坐下，他

---

① Daunt Books，有多个分店，马里波恩大街的这家号称伦敦最美书店。

非常高兴。我想起他也是读书俱乐部的成员，周一晚上我还要过去。我已经有段时间没读《血字的研究》了，星期天我得花几个小时再重温一下。

大约有一百人参加了阿基拉的演讲活动，座无虚席。还有人没有座位，就站在后面。她走出来时，现场响起了热烈的掌声。我很惊讶，她并没有出版新书，为什么要办这场活动？她和读者都没有必须赶来的理由。而且说实话，演讲题目也不是很吸引人，至少我不会为此在寒冷的十一月晚上赶过来。

主持人是一个身材修长的男人，顶着一头乱蓬蓬的黑发，戴黑框眼镜，穿着带黑色马球领的夹克，是伦敦大学亚非学院的讲师。我不知道他的名字。他花了大量时间讨论她的早期作品《广岛的清风》。此书的主角是一个叫郑顺的朝鲜慰安妇，在原子弹爆炸后的几天里得以幸存，却死于白血病。这本书我只读过封底简介。在接下来的四十分钟里，我不停地走神，但我还是尽量记下了她说的话。

"作为一种比喻，核武器的性别化当然是不言而喻的。前两枚炸弹分别是'胖子'和'小男孩'，这绝非巧合。而这两座城市的名字听起来很女性化，尤其是'广岛'开头的清音音素。正如我解释过的，我用郑顺被奸污一事作为本书的开篇，这在某种程度上预示了将要发生的事情。这是历史，或者该说，是'她的故事'[①]。但我认为我们必须小心。长期以来，导弹扩散、网络战争和核战略等问题，人们都是从以国家为中心和男性为主导的角度来看待的。如果我们接受这个问题的男性化特征，那么应对它就变得更加困难。我们不能让政治有性别等级，而且我认为语

[①] 她把英文历史一词 History 拆分成 his story（他的故事），并替换成了 her story（她的故事）。

言很容易影响我们的思维方式。"

她说的也许很有道理，但我可能没太理解。令我费解的不仅仅是阿基拉所说内容的含义，还有她的表达方式。她说话非常轻柔，几乎不带任何感情色彩。所以，如果她说出的话被译成医疗剧里的那种波长，几乎就是一条直线。

但听众很喜欢，尤其是"广岛"的清音音素那句话把他们都逗笑了，那个大学讲师不断点头，眼镜都快掉下来了。再也没有比这更让人感到孤独的地方了，因为你是此处唯一一个心情不好的观众。在剧院里我时常有这种感觉。当演讲的第一部分结束时，阿基拉回答了台下的问题。霍桑一直面无表情，这时他用胳膊肘碰了碰我，指着我们前面大约五排的两个人。

我认出那是探长卡拉·格伦肖和她的皮夹克助手，不由得心里一紧。他们也来了，大概计划在演讲结束后再次询问阿基拉。我担心的是，我没有把我和霍桑来这里的事告诉他们，如果他们看到我，便会知道我没有遵守他们强加给我的约定。更糟糕的是，如果她当着霍桑的面提到我们最近的通话，我该怎么办？

我总算听完问答环节，但没听进去多少。从弗吉尼亚·伍尔芙到多丽丝·莱辛和安吉拉·卡特，都是我一直很欣赏的女性主义作家，但阿基拉那种毫无幽默感的思辨，以及听众叹服的态度——都让我感到不适。最后全场响起了热烈的掌声，宣布阿基拉将签名售书，其中包括她最近出版的俳句集，大家都站了起来。我和霍桑待在原地，看着人们排成了一小队。尽管大家热情高涨，但留下来买书的人并不多，想必他们已经买过了。格伦肖和她的朋友达伦背对着我们。我不确定他们是否知道我们也在场。

一直等到所有人都走了，我们才起身向前，四个人呈钳形从两边走向她。看到我们,她显然很惊慌,在讲师的脸颊上匆匆啄了一下,便让他赶紧离开了。格伦肖看到霍桑,朝他转过身来。

"没想到会在这里见到你。"她瞥了我一眼,眼里带着寒光,给她刚才的台词添了一丝恶意。

"你不介意我们一起吧?"霍桑淡然问道。

"当然不介意,"现在她的注意力全在阿基拉身上,"我们还要再聊几句,安诺女士,可以吗?"

"我的意见真的重要吗?"

"确实不重要,我们换个地方吧。"

经理带我们下楼。这里不完全是私人空间,但是壁龛里有一张柳条桌子和几把椅子,更安静一些。格伦肖独自前来,把达伦留在楼上。霍桑坐在她旁边的椅子上,面对着阿基拉。阿基拉坐下,双腿交叉,淡紫色的镜片后,双目咄咄逼人。我斜靠着站在那儿。这里几乎没有自然光。天花板上的玻璃砖模糊地映出了阿基拉刚才讲话的那个地方。

我们刚坐下,格伦肖就直接提问道:"安诺女士,星期天晚上你在哪里?"

"我告诉过你了……"阿基拉说道。

"我们知道你不在林德赫斯特的格拉斯海斯别墅。你真的以为我们不会核实证词吗?"

阿基拉耸耸肩,她似乎早就料到了。

"你知道对警官撒谎是一种非常严重的犯罪吗?"

"我没有骗你,探长。我很忙的。很多事情我都记不清。"

她在说谎。她甚至根本就没打算让人相信。

"那天晚上你到底在哪里?"

她眨了眨眼睛,然后指着我。"我不会在他面前说。他是一名商业作家，与此事无关。"

我从未听过有人把"商业"这个词说得这么难听。

"他要留下来。"霍桑说。我很惊讶他竟然站在了我这边，当然，他希望我能记下发生的所有事情。

"当晚你在哪里？"格伦肖又问了一遍。我很吃惊，这次她居然没有让我走。

阿基拉也明白她这次不会如愿。

她再次耸耸肩。"我和一个朋友一起，在伦敦。"

"你朋友叫什么名字？"

阿基拉仍然犹豫不决，我不知道她想极力隐藏的到底是什么。但她别无选择。"道恩·亚当斯。"

把酒泼到理查德·普莱斯头上的那晚，她和这名出版商在共进晚餐。

"整个周末你都和她在一起吗？"

"没有，只是星期天。她住在温布尔登。"

她勉强说出最后一条信息，仿佛是为了让格伦肖不再纠缠她。但是探长才刚刚开始。"你什么时候到的？什么时候离开的？"

阿基拉无奈地叹了口气。她宁愿回答关于清音的问题。也许她和道恩·亚当斯有婚外情，但她应该会自愿提供这类信息。无论如何，她有一些事情不想让我们知道。"我大概六点钟到的，第二天就离开了。"

"你待了一整晚？"

"我们聊天喝了太多酒。我又不想开车，所以她让我留宿了。"

"你应该知道，我们会要求亚当斯做证。"

"我没有骗你!"阿基拉怒吼道,"我不想跟你讨论我的私生活,尤其不能在他面前。"那根又长又尖的手指再次指向我,"她是我的一个朋友,仅此而已。她去年离婚了,现在只身一人。"

"她打离婚官司了?"

"是的。"

"谁是她的辩护律师?"

"我不知道。"

"那谁为她前夫辩护?"

中间安静了很长时间。阿基拉真的不想告诉我们。

"是理查德·普莱斯。"

虽然不想承认,但格伦肖探长确实一针见血。两个女人,一个是作家,另一个是出版商,都遇到了同一个律师。她们中至少有一个人被他欺侮并威胁要杀了他,而另一个人则为其提供不在场证明。

我看向霍桑,默默地催促他问一件我很想知道的事。这一次,他答应了。"我一直在读你的诗。"他面对着阿基拉说。

阿基拉可能有些受宠若惊,但她什么也没说。

"我对你的一首俳句很感兴趣……"

"你在开玩笑吗?"格伦肖问道。

"第一百八十二首俳句。"

这让她很惊讶。她等着霍桑往下说,但事实上是我背诵出来的。

"呼气在耳侧／每一字都是审判／判决是死亡。"

"这是什么意思?"霍桑问道。

"你认为是什么意思?"阿基拉回过神来。

霍桑耸耸肩,并有没受影响。"它可能表示各种事情。如果和理查德·普莱斯有关,那可能是你不喜欢他说的关于你的一些话。他想要在法庭上撒谎——这是你说的。所以你决定杀了他。"

一阵短暂的沉默后,阿基拉笑了。那笑声很奇怪,十分刺耳,就像是抓住了一根荨麻刺,被刺痛得喘不过气来。

"我写的字你一个也不懂。"她说,然后转向我,"第一句应该是'呼吸向耳侧'。如果你要引用我的作品,至少应该说对!"她对自己很满意,赢得了一分。"我真的需要向你解释吗?"她继续说,"俳句跟理查德·普莱斯没有任何关系。这本书早在我认识他之前就写好了,这与我的婚姻有关,是为阿德里安·洛克伍德写的。我是在读给他听!而他却贬低我。他以自我为中心,漠视我的需求,还羞辱我。其中的意象显而易见。"她有些愤怒,"第一行与性有关。就像《葛特露和克劳狄斯》。他躺在我旁边,离我很近,我能感觉到他的呼吸。呼吸不光是他说的话,也是他这个人。我慢慢意识到,第二次结婚,我就是把自己送进了死囚牢房。我用'审判'这个词有两层含义。它指的是我每天经受的痛苦,也指我在法律上是他的妻子,这是我在法庭上的身份。我不会判他死刑。事实上,恰恰相反,我才是那个将死之人。最后一行,'判决'(Sentence)这个词是双关语,能让人反思整首诗的含义,同时也意味着,这一切虽然痛苦,但我仍可以从中幸存。"

她平淡地说完,在说最后四个字时提高了音量,增添了一丝美国歌手葛罗莉亚·盖罗的味道。格伦肖丝毫不为所动,但霍桑还在继续努力。

"你知道理查德·普莱斯在调查你吗?"

"他被我迷住了,想多了解我一点。"

"我不是这个意思。他认为你在欺骗他,雇用了一个名叫格雷厄姆·海恩的法务会计调查你的财务状况。"

"这太荒谬了。"

"但这是真的。"

"他什么也找不到。我没什么好隐瞒的。"但是她眯起了眼,抿紧嘴唇,她的身体语言是防御性的。

"把道恩·亚当斯的联系电话给我。"格伦肖再次掌握了询问的主导权。

"你可以在金斯顿出版社找到她。"

金斯顿出版社是一个独立出版社,我听说过。

"她在那里工作?"

"她是老板。"

"谢谢你,安诺女士。"格伦肖说。我感觉她已经对阿基拉得出了"无罪"的结论。

我们站起来往外走。阿基拉走在前面,霍桑紧随其后,卡拉·格伦肖则在他们两个后面,而我是最后一个,所以独自一人,正不知该往哪儿走,格伦肖突然在楼梯中间停下来看着我。

"你没说你要来这里。"她说。她的身材看起来有些魁梧,挡住了楼梯,那副厚实的黑框眼镜背后,眼神格外凶狠。

我赶忙找霍桑,但前边看不见他。"我本打算今晚给你打电话的,"我说,"你想要从我这里得到信息,这完全是浪费时间。霍桑从不告诉我任何事情。"

"你有耳朵,也有眼睛,怎么不用啊!"她怒视着我,"这是对你最后的警告。"

"你们妨碍《战地神探》——"

"我向你保证,如果你们比我先查出杀害普莱斯的凶手,你就再也不用拍你那该死的电视连续剧了。"

她转过身，穿着黑色裤子，在我前面摇摇晃晃地走着，一直走到门口。

我以为我在敦特书店的历险已经结束了，但后面还有曲折。达伦在等我们，我到了一楼，又匆匆忙忙追赶霍桑，就在这时他撞到了我，差点把我撞倒在地。"对不起。"他说，但我很清楚他是故意这么做的。

阿基拉·安诺正站在门口。霍桑在销售柜台前，那名经理在他后面。通向街道的门敞开着，雨又下起来了，雨点敲打着窗户。我没有带伞，决定叫辆出租车。

我刚朝出口走了一步，卡拉·格伦肖就向我喊道："等一下！"她因为愤怒而提高了声音。

我转过身来。"怎么了？"

"那本书的钱，你不打算付了吗？"她说得那么大声，书店里的每个人肯定都听到了。

我一阵头晕。"我不知道你在说什么。"

"我刚才看见你拿了一本书放在包里。"

我确实背着我的黑色挎包，是吉尔送我的生日礼物，我几乎一直带着它。这个包比我进来时重了吗？我摸了摸挎包，外层的隔包里有东西，而且我发现包带松开了。

"我没有——"我开口说道。

"需要我帮忙吗？"经理从销售柜台后走了出来。我以前在店里做演讲的时候见过她，她一直很友好，有点像学校老师，短短的灰色头发，一双蓝眼睛炯炯有神。

"这里是你负责吗？"格伦肖问道。

"是的。我是丽贝卡·勒费弗尔。你是谁？"

"卡拉·格伦肖警探。"她指着她的搭档，第一次当着我的面说出了他的全名,"这位是达伦·米尔斯警员。"

勒费弗尔惊讶地看着我。"我们可以看看你的包吗?"她问道。

我瞥了霍桑一眼,但他没有丝毫着急帮忙的样子。如果说现在的他有什么不同的话,那就是他被逗乐了。我已经知道是怎么回事了。达伦·米尔斯在楼梯那里撞上我的时候,把一本书塞进了我的包里,目的是让我难堪,以此惩罚我,甚至可能逮捕我。如果我明智的话,就应该把书放回去,然后走出来,或者至少试着解释一下。相反,我打开包,拿出一本厚厚的平装书,书名是《神剑崛起》,是马克·贝拉多纳的"末日世界"系列第二卷。这也是格雷戈里·泰勒去世那天买的同一系列的书。这本书一直陈列在书店门口的一张桌子上,而现在却在我手里。

阿基拉·安诺盯着这本书,脸上是一种既恶心又恐惧的表情。她花了好一会儿才找到合适的字眼。"他是个小偷!"她喊道。

"我不是小偷……"我说,"这是个圈套!"我指着米尔斯,"是他把书放在我的包里。我上楼之后,他撞了我一下。"

米尔斯举手表示无辜。"我为什么要这样做呢?"他问道。

格伦肖怒视着我。"你是在指控一名警官伪造证据吗?"

"对!是的!"

"你知道我可以逮捕你吗?"她转向勒费弗尔,"你想让我逮捕他吗?"

"等一下。"勒费弗尔懊恼地看着我。如果以前我觉得她像一名老师,那么现在她更像一名女校长。面对一名她曾经宠爱过的学生,我几乎能听到她说:"你让书店失望了,让你的读者失望了,也让你自己失望了。"实际上她说的是:"能把书还给我吗?"

我把书递给她。我能感觉到自己的脸颊在发烫。

"敦特书店的惯例是把所有商店扒手都移交给警察,"她接着说,"我不得不说,我很惊讶,也很失望,但是否要采取进一步行动,要由警方来决定。"

"不是我干的。"我知道我听起来很可怜,但我控制不住自己。

"不过,安东尼,非常抱歉,我们这个书店不再欢迎你。我们以后应该不会再继续进你的书了。"

我受够了,真的受不了了。我从霍桑和阿基拉的身边挤了过去,在他们的注视下,急匆匆地跑进了雨中。

第十五章　朗姆酒兑可乐

直到星期一晚上，我才再次见到霍桑。我没有去剧院看《群鬼》，而是去了河苑，按下了霍桑家的门铃，要和他一起去读书俱乐部。至少这一次他在等我。通常情况下，也就是前两次，我都得找个借口去他住的公寓附近。我们约好在七点钟见面，然后一起过去。

当电梯门打开时，他正站在走廊里，我想他会走进来，直接带我下去。但是他自己家的前门是开着的，他温和地领着我回到了他的公寓。

"托尼，你还好吗？"

"挺好。"但我并不是很好，我想让他知道，自从在敦特书店发生的事情之后，我一直就不太好。

"你听起来不太好啊。进来喝一杯朗姆酒兑可乐，你就会高兴起来。"

我几乎从不喝可口可乐，也不太喜欢朗姆酒，但这份邀请无论怎么看都引起了我的兴趣。我跟着他进到屋里。

如果这个公寓真的属于霍桑的话，那么我就会从中了解更多关于他的事情。但这地方和我之前来的时候一样，光秃秃的，什么也没有，令人沮丧。窗户太窄，看不到本来应该看到的迷人景色：泰晤士河在夜幕下暗流涌动。这里没有照片，没有花草，没有杂物……没有任何迹象表明他除了睡在这里以外还做过别的事情。

当然，模型除外。第一次拜访时，我就发现霍桑喜欢空军装备，虽然他起初有些不好意思，但最后还是兴趣占了上风。我们之间与犯罪无关的话题不多，这是其中之一。地上挤满了坦克、吉普车、救护车、高射炮、战舰、航空母舰等，几十架不同的飞机悬挂在天花板的电线上。我看见了酋长马克十的模型，我上次来的时候他还在组装。他组装得很完美，没有一点胶水痕迹，也没有一处油漆脱落。这些藏品一定耗费了他几千个小时的时间。我可以想象霍桑弓着背，在桌子上工作到深夜的样子。这也是他能够完全与外界隔绝、属于自己的时间。

我曾问过他是什么时候开始组装模型的。他说："这是我打小就有的爱好。"我与霍桑在一起的时间越多，越是感觉他小时候一定经历过什么创伤，才会变成现在这样。我指的不仅仅是他的同性恋恐惧症、喜怒无常、对我的态度，还有成为侦探、结婚、分居、独自住在空荡荡的公寓里、做模型……这些似乎都是同一个事件导致的，而且这个事件可能发生在约克郡，也有可能他正是因此才改了名字。

"你又开始做新模型了。"我说。

模型被摊在桌子上，是一架侧面印有英国皇家空军标志的直升机。

"韦斯特兰海王，"他说，"是WS-61型。用于马尔维纳斯群岛、海湾战争、伊拉克和阿富汗……的搜索和救援。要来杯饮料吗？"

"你有葡萄酒吗？"

"没有，我只有朗姆酒。"

"好吧。"

我没见过霍桑喝酒，他也从没提过。即使在里布尔德的车站旅馆，他也坚持喝水。我跟着他进了厨房，厨房由一个宽阔的门廊与客厅相连。一般情况下，厨房能透露很多关于屋主的信息——但这间厨房不行。所有东西都是高端的，全新的，很干净，看上去像刚安装的一样。我自己的公寓，不管打扫多少次，也总会因为烤箱感到尴尬，因为它总是给人一种已经烤过数百顿饭的感觉。霍桑的烤箱还有崭新的玻璃门和银色的煤气环，我猜这个东西从未投入使用。

他要给我的朗姆酒放在大理石台面上。是他专门出去买的吗？我觉得更有可能是别人送给他的礼物，比如理查德·普莱斯和他那瓶价值两千英镑的葡萄酒。不管怎样，瓶盖周围的塑封都没有破损，加上放在旁边的一只玻璃杯，就像场景道具一样。我立马意识到这是房子里唯一的一瓶酒，而且是特意为我摆在那里的。

霍桑走过去打开冰箱门。我想看看里面有什么东西，就漫不经心地转过头去，努力不要显得太好奇。冰箱里和厨房的其他地方一样干净，对此，我并不惊讶。在我家，我们要么东西太多，要么什么都没有，有时候为了找到需要的某种食材，我会疯狂地翻遍整个冰箱。相比之下，霍桑的冰箱极为简朴。他似乎都在吃即食食品。大约有半打放在塑料托盘里，堆得很整齐。周围的空间很大，就像摆了一件达明安·赫斯特的艺术品，让人觉得没有胃口。蔬菜托盘有一半是空的，透过磨砂的塑料可以看到一些胡萝卜。这个冰箱的主人一定是个对食物没有特别兴趣的人。他可能会拿出一小包，直接用微波炉加热，都不会打开盖子看看他吃的是什么。这会儿，他从冰箱门上拿出一罐可乐，从冷冻柜里拿出一些冰放到桌子上。

"你不打算跟我一起喝吗？"我说。

"我有咖啡。"水槽旁边有一个白色的杯子，我之前没注意到。

他用两块冰，一些朗姆酒，半罐可乐，和一片不知从什么地方弄来的柠檬……机械地做了一杯饮料，然后带着一点自豪感，将杯子推给了我。我又一次感受到，这是一个孩子在扮演成年人的角色。

他喝了咖啡，然后在桌子旁坐下。我从口袋里拿出四张折叠的纸推给他。"这些是你要的那几页。"我说，仍然和他保持着一些距离。

"哪里的？"

"书上的。我去见戴维娜·理查森时你没在，你说过想要这几页。"

"哦，对。"他把那几页纸放在一边，甚至都没有打开看。

"你至少应该说声谢谢。"

他认真地看着我，不明白我为什么会这么生气。难道他真的忘了我在敦特书店的遭遇了吗？"好吧，"他终于承认道，"你把卡拉惹毛了。"

"你能注意到，真是太好了。"我抿了一口酒，真希望他能给我来一杯葡萄酒或杜松子酒。

"我以为是她把那本书偷偷放进你的包里的。我猜你不喜欢'末日世界'系列。"

"什么？如果是查尔斯·狄更斯或者萨拉·沃特丝，你就认为我可能会被诱惑去书店疯狂行窃吗？"

"不，老兄。我不是这个意思。"他的声音虽然充满歉意，但看起来仍旧很开心。

"你似乎不明白，那天在书店里发生的事情太可怕了！有可能终结我的职业生涯。如果这件事上了报纸，我就完蛋了。"我气得差点喘不上气来，"总之，不是她。是她的助手，米尔斯。"

"他也是个讨厌的家伙，他们很般配。所以你做了什么，把他们惹火了？"

我别无选择，只得从头解释，格伦肖探长是如何来到我家并袭击我的。"她想赶在你之前破案，"我说，"她想让我与她保持联系，把我知道的一切都告诉她。"

"这太荒谬了！"霍桑喊道，"你什么都不知道！"

"等一下……！"我的手紧紧抓着玻璃杯，"我可能不知道是谁杀死了理查德·普莱斯——但就这一点来说，你也不知道。"

"我已经把范围缩小到了两个嫌疑人中的一个。"霍桑边喝咖啡边向我眨眼。

"哪两个嫌疑人？"

"这是我的看法。你不用知道，所以你也不会说。"

"事实上，我给她打过电话。"即使在愤怒中，我也不得不承认我心有愧疚，"我别无选择。她阻挠《战地神探》的拍摄，至少我是这么想的。我告诉她我们去过约克郡，还说了格雷戈里·泰勒被害的事。我说了在阿德里安·洛克伍德办公室发生的入室盗窃事件。"我等着看霍桑的反应，但他什么也没说。我又补充道："我不得不告诉她一些事情，但是她说她什么都知道。"

"她在撒谎。"我原以为霍桑会对我更加恼火，但他并不在意，"卡拉·格伦肖和达伦·米尔斯都笨得像狗屎，我见过的警犬都比他们俩聪明。你可以把我们所做的一切都告诉他们，从头到尾。即便这样，他们仍然只会绕着圈跑，互相追对方的屁股。"

"你非要描绘得这么形象吗？"

"你可以每天给他们打电话，这样他们就不会烦你了。你应该早点告诉我这件事。说实话，老兄，我们的进度比他们快多了。在他们发现谁是凶手之前，你甚至有时间在牛津饥荒救济委员会的商店里写完你的书。这也是我被叫来办案的原因。警察厅知道他们根本办不了这个案子，他们需要尽可能多的帮助。"

接下来安静了好一会儿。我又喝了点儿酒。他用的是有糖可乐，甜过头了，像是糖堆起来的。

"你真的知道谁杀了理查德·普莱斯吗？"我问道。

他点点头："两人中的一个杀的。"

"好吧，至少给我一些暗示吧！你去过的地方我都去过，你见过的东西我也都见过。然而我还是不知道谁杀了他。你只需指出我漏掉的线索就行——那条最重要的线索。"

"不是这样的，托尼。"我可以看出霍桑想抽烟，但他不能吸烟，因为他旁边都是别人的家具和配件，"我以前告诉过你。你必须找到犯罪形态，这才是关键。"

我皱了皱眉，没有回应他。

"我还以为你写书的时候也是这样呢，难道不是先找到框架吗？"

霍桑的话让我大吃一惊，因为他说得太对了。在创作一个故事的开始阶段，我确实把它看成一个特定的几何构架。例如，我要开始写《丝之屋》的续集《莫里亚蒂》时，想用一种反转式的叙事方式，到故事最后可能会自行展开，有点像莫比乌斯带。《丝之屋》的封面看起来则像是字母 Y。一部小说是一个容纳八万到九万字的容器，你可以把它看作一个果冻模子，把材料都倒进去,然后等待它凝固做好。但我从没想到侦探可以用同样的方式工作。

"好吧,"我说,"那么理查德·普莱斯谋杀案的框架是什么样子?"

"死的不仅仅是理查德·普莱斯,格雷戈里·泰勒也死在了那辆火车下面,对此有三种解释。"

"这是个意外事故,或者是自杀,或者有人故意杀了他。"

"没错。每一种可能性都会改变整件事的形态。"

我在想:霍桑的话对我没有多大意义。也可能是朗姆酒的缘故。"你以前就一直想成为一名侦探吗?"我问他。

这个问题出乎他的意料。"是的。"

"小时候就想?"

他立刻有所警惕。"你为什么问这个?为什么想知道这些?"

"我告诉过你,因为我正在写的书是关于你的。"我不确定自己是否还敢问下一个问题,但现在似乎正是提问的时间。我追问道:"你认识约克郡的那个人吗?"

"哪个人?"

"迈克·卡莱尔。他叫你比利。那真是你的名字吗?"

霍桑什么也没说。他低下头,好像不知道该怎么办。当他再次抬头看我时,他的眼神里有一种东西,我以前从未见过,几秒钟以后我才意识到那是什么。他很痛苦。

"我告诉过你,我以前从没见过那个人。他只是认错人了。"

"我不知道是否该相信你。"

然后百叶窗放了下来。霍桑就是这样,他有办法阻止任何人靠得太近——他可能一辈子都是这样——当他再次开口说话时,声音柔和了一些,话语间却没有一丝情感。"老兄,如果我现在重新考虑我们之间的约定,你觉得怎么样?如果我现在说,写这本书不是个好主意呢?"

我不敢相信我的耳朵。那个被强行卷进来的人是我,不想来这里的人也是我。

"那不是我的主意。"我提醒他,"是你的主意。"

"我们可以马上停下来。谁会在乎那一本书啊?书已经够多了。"他指了指,"你可以走了。"

"有点晚了。我已经签了一份三本书的合同……记得吗?我们两人已经签了一份三本书的合同。"

"你不需要我,你可以再虚构一个故事。"

"请你相信,我也很乐意,那样容易多了。但我已经花了一个星期在这件事上,还会继续弄清楚你所谓的形态或模式,或者其他什么东西,直到找出杀死理查德·普莱斯的凶手。"

我们坐在那里,互相瞪着对方。过了一会儿,霍桑看了看手表,说:"该下楼了,他们可能在等我们。"

"我不是你的敌人,霍桑。"我说道,"我想帮你。"

"是啊。到目前为止,你已经帮了我很大的忙。"

他往外走。我把喝了不到一半的朗姆酒兑可乐留在那儿,也走了出去。

第十六章　书友会

我们一起乘电梯下楼。奇怪的是，当电梯到达时，霍桑已经完全恢复了原样。打开的电梯门就像老电影中的转场一般，抹去了我们之间的敌意，把我们带到一个全新的场景，在那里我们又成了朋友。我们在三楼走下电梯时，已经把争论忘得一干二净。霍桑神气活现，有些兴奋，还有点紧张。我知道他有多在意隐私。其实他并不是真的想让我去他的书友会——大概是其他书友哄骗他的。霍桑说过，这些人不是他的朋友。他曾告诉过我，他们都是从当地图书馆来的。这是真的吗？读书俱乐部里至少有一个人和他住同一栋楼。或许他们都住在同一个街区。

我闻到走廊里有印度菜的味道。走到中途，我们看到一扇敞开的门，然后停了下来。霍桑解开了他衣服上的一颗纽扣。这就是他最"随意"的装扮了。

"谁住在这里？"我问道。

"丽莎·查克拉博蒂。"

"我上次来这座大楼时，遇到了一个坐在轮椅上的年轻人……"

霍桑眼神悲伤，瞥了我一眼。这是又一件他不想让我知道的事。"那是她儿子。"

他叫凯文·查克拉博蒂，患有肌肉萎缩症，曾开玩笑说他能按到电梯最高的按键。

我们走了进去。

令人惊讶的是，同一栋楼里的两个公寓，形状和大小都差不多，却有如此大的不同。丽莎·查克拉博蒂家并不是开放式设计。一条封闭的L形走廊通向一间客厅，客厅里昏暗而凌乱，有厚重的家具、壁纸和吊灯。沙发看着像庞然大物，上面铺着垫子，像老冤家一样相向摆放，中间用低矮华丽的咖啡桌隔开。地毯上有旋涡图案，这图案我好久没见过了。客厅内到处都是装饰品：瓷像、花瓶、玻璃镇纸、蒂芙尼灯、各式各样的银器。房间里拥挤又凌乱，就像古董店一样。

我感觉这里的布局有些奇怪，过了好一会儿才弄明白是怎么回事。虽然屋里堆得满满当当，但是从门到最近一间屋子的地方却留出了一大块空地。门和走廊比普通公寓房间要宽出三分之一。我知道这是为凯文设计的，他得坐在轮椅上通过。

凯文不在，但是有一群人站在那里，手里拿着饮料。尽管他们周围都是坐的地方，但他们还是选择站着，所以看起来有些尴尬。我的第一印象（也许不太公平）是这些人非常怪异，主要是因为他们都有些与众不同。有个子很高的女人，也有很矮的男人。有长得一模一样的双胞胎，还有穿着纱丽的胖女人。一个满头银发、相貌出众的男人，像是南美人；还有穿着苏格兰短裙的大胡子男人和戴着圆眼镜、穿着粗花呢、又矮又瘦的男人。总共有十几个人。如果不是我事先知道是书友会把他们联系在一起的，就很难找到他们聚在同一个房间的理由。

穿着纱丽的女人微笑着走上前。她头发是黑色的，夹杂几缕灰色，眼睛很有神。我从来没见过有人戴这么多银首饰：三条项链，每根手指上都戴着戒指，鼻子上还有一个鼻环，胸前别着一枚孔雀形胸针,耳饰长及肩膀。她大约五十岁,但是皮肤没有皱纹,给人一种温暖幽默的感觉。

"霍桑先生!"她喊道,"你太坏了!我们还以为你不来了呢。这是你的朋友吗?"

我做了自我介绍。

"很高兴您愿意加入我们。进来,快进来。我是丽莎·查克拉博蒂,您叫我丽莎就行,我称呼您托尼吧。"

"嗯,实际上——"

"恐怕今晚我只能靠自己了。我丈夫从不参加这种小聚会。实际上他对书完全没有兴趣。他去看电影了。"她说话好像很着急似的,那些单词伴随着她的热情匆匆溜走,"我们先喝点酒,吃点东西,然后开始谈正事——歇洛克·福尔摩斯!能和一名真正的侦探和一名写福尔摩斯的作家在一起读书,这真是一种特别的享受!布兰尼根先生,请为我们的客人斟酒,好吗?"

布兰尼根先生有点矮,他的妻子倒是很高。我进来的时候,他就在微笑,现在还在微笑,一直保持一个表情不变,给人一种狂热的感觉。他的头发几乎掉光了,圆圆的脸,像是急于取悦别人,上唇留着小胡子。"你好!"他大声喊道,将一杯微温热的白葡萄酒塞到我手里,"我是肯尼斯·布兰尼根。很高兴认识你,托尼。你能来真是太好了。给你介绍一下我夫人,这是安吉拉。"

他的妻子也来了,只是面容憔悴,神情专横。"见到你真高兴,"她说着,但声音生硬,没有笑容,"是你写的儿童间谍系列吗?"

"是的,是《少年间谍》。"

她有些难过地看了我一眼。"恐怕我们的孩子从来没有读过这些书。"

"哈米看过！"肯尼斯反驳道，他向我眨了眨眼。"哈米十二岁时读过不少。《阿特米斯奇幻历险》是他最喜欢的。"

"其实这本书的作者是欧因·科弗。"我说。

"我很想听听你对歇洛克·福尔摩斯的看法。"安吉拉说道。我刚要开始说，她就先开口了："我个人觉得很难读，我不知道他是怎么被选中的。"

"这根本不合我们的胃口，"肯尼斯附和道，"但是我们都在电视上看过本尼迪克特·康伯巴奇出演的《神探夏洛克》。追根溯源一下也许会很有趣。"

后来，我开始在房间里走动，认识了一位兽医、一位精神病科医生和一位退休的钢琴家。霍桑没有和我一起，他独自站在一边，警惕地看着我。如果他是怕我会打探他的私生活，那他根本不必担心。我确实想向那些人打听他的情况，但是对于他的私生活，似乎没有人知道多少，或者是他们不愿意告诉我。他就只是霍桑，独自住在楼上，过去曾是一名警察。我有一种感觉，其他人也像我一样，认为他就是个谜。只有那个穿苏格兰短裙的人（后来知道他是一个肉商，在史密斯菲尔德市场工作）补充了一点，他压低声音，抱怨霍桑是书友会中唯一不允许大家在他的公寓聚会的成员。"我不知道他在隐瞒什么，"他用短促的语调说，"但我认为这样做不对。"

其间，丽莎·查克拉博蒂手忙脚乱地端着一盘盘食物来回穿梭，有萨莫萨饼、炸丸子和糕点式的印度小吃。布兰尼根端着酒尽职尽责地跟着她。我不想吃东西，也不想喝酒。终于丽莎宣布讨论将在五分钟后开始，我不由得松了口气。小组的成员们都落座了，我则拿起几个脏盘子，跟着丽莎进了厨房。

"你真好，托尼。谢谢你。把盘子放在洗碗机旁边就好了。"

"书友会最初是怎么开始的?"我一边把盘子递过去一边问她。

"这是我的主意。我在本地图书馆登了一则广告,我们成立已经快五年了。"

"霍桑一直是成员吗?"

"哦是的。当然!他从一开始就是。我在电梯里遇见了他。你是知道的,他独自住在楼上。"

我们正说着,一阵轻柔的嗡嗡声传来,环顾四周,我看见凯文在门口,正推着轮椅进来。看到我和他母亲站在一起,他并不惊讶,似乎很高兴,显然是他邀请我来的。他不仅在电梯里认出了我,还知道我来拜访谁——这说明霍桑肯定把我的事告诉过他。当时我就那样径直回到一楼,对此,我不知道他会怎么想。但他很快就让我明白了他的想法。

"你好。"他说,他很快认出了我,会意地笑了笑,"你总是在电梯里这样上上下下吗?"

"很高兴再次见到你,凯文。"我说,"你好吗?"

"有点糟糕,但不该抱怨。"

丽莎插话道:"亲爱的,书友会要开始了,你还需要什么?"

"还有剩下的萨莫萨饼吗?"

"当然有。"

"能给我一杯可乐吗?"

她走到冰箱前,拿出一罐给他打开,插了一根吸管,把可乐放在他轮椅一侧的支架上。然后把三个萨莫萨饼装进盘子里,放在他腿上。

凯文高兴地抬头看着我,解释说:"我会把这些扔进嘴里,就像扔套环一样。"

"不是这样的，"妈妈责备他，"你不应该开那样的玩笑！凯文患有杜氏肌营养不良症。"她对我解释道，几乎喘不上气。"但是他的胳膊还能活动，吃东西完全没问题。"她摇了摇手指，"而且他吃得太多了。"

"这是你的错，你的厨艺不应该这么好。"

"再这样吃下去，对这个轮椅来说，你就会变得太重，那时我们怎么办？"

"再见，安东尼！"凯文咧嘴一笑，转过身来。厨房的设计和房子其他部分一样，都给他留出了足够的空间。我们看着他操作轮椅回到走廊，轮椅的电机嗡嗡作响。走廊尽头有一扇门开着，但是看不到屋内。他消失在了房间里。

"他的胳膊变得越来越无力了。"丽莎平静地说，"终有一天他会变得连东西也没法吃。以后，他就只能吃流食。我们都清楚，但我们尽量不提及这个话题。这种病就是这样，真的是一个接一个的麻烦。"

"非常抱歉。"我低声说。我有些尴尬，不知道该说些什么。

"不需要道歉。他是个很可爱的男孩，像他父亲一样帅气。我很幸运能有他这样的儿子，"她对我微微笑着，"当然了，他有时会陷入抑郁，我们也会自问该如何应对。我们的生活有起有落，但你的朋友霍桑先生绝对是上帝的恩赐，他是个了不起的人。从他进入我们生活的那一刻起，他带给我们的东西——我都不知道该从何说起。他和凯文是最好的朋友，他们经常待在一起。"她放低声音："事实上，如果不是因为霍桑，我有时都以为凯文可能已经放弃了。"

我瞥了一眼客厅。霍桑正在和那个南美人谈话，似乎已经忘记了我的存在。"但是凯文也帮了霍桑。"我说。

"哦,是的。霍桑先生总是找他。"

"找他做什么?"

就在我感觉丽莎·查克拉博蒂正要告诉我的时候,肯尼斯·布兰尼根从门口探出头来。"都准备好了!"他喊道。

"我这就去拿咖啡。"

咖啡早已做好。丽莎从我身边走过,把咖啡端出来。我跟着她,意识到自己错过了一个机会,一个从后门进入霍桑生活的机会。现在我知道了凯文的房间在哪儿,我的脑海中已经形成了一个计划。这一晚还没结束呢。

大家围着咖啡桌大致坐成一个圆,餐桌上有几本《血字的研究》,不知从哪里冒出来的。由于座位不够,所以有些客人挤在沙发上,而那对双胞胎则盘腿坐在地上,连姿势都相同。霍桑在他旁边给我留了一把直背椅。我走过去坐下。

"你去哪儿了?"他问我。

"我和丽莎在厨房呢,还遇到了凯文。"我说话时看着他的眼睛,但霍桑并没有表现出丝毫兴趣。

"别提案子的事。"他阴沉地说道。

"你是说劳里斯顿花园的伊诺克·德雷伯谋杀案[1]吗。"我问他。

"你知道我的意思。"

"我尽力而为。"

霍桑还没来得及多说什么,丽莎·查克拉博蒂就开始了。"大家晚上好。今晚我非常高兴,欢迎你们来到我家。我们要讨论阿瑟·柯南·道尔爵士于一八八六年写的《血字的研究》。开

---

[1] 出自《血字的研究》。

始讨论之前，我先说两句。今天晚上，有一位非常著名的作家会与我们一起参与讨论，这是件非常幸运的事情。托尼曾写过《大侦探波洛》《骇人命案事件簿》和《战地神探》。他写了许多成人和儿童侦探小说。我相信安东尼肯定有很多有趣的见解可以和我们分享，真希望听他讲讲。但首先让我们欢迎他加入河苑书友会！"

一阵掌声响起，房间里人很少，让我有些尴尬，但我还是鼓起勇气笑了笑。霍桑没有跟我一起笑。

"那么就让我们一起进入书中的冒险吧。"

我现在已经意识到，房间里所有人对《血字的研究》的看法，我都不感兴趣。虽然他们都喜欢BBC播的《神探夏洛克》，但他们中似乎没有人喜欢原著。不知何故，我对此竟然一点也不意外。

"我很失望……写得太笨拙了！"肯尼斯·布兰尼根首先发表了意见。"故事应该由华生医生讲述。他被设定为叙述者，但是中途你突然发现自己被带到了北美的塞拉布兰科，不知不觉中，你又向后退了三十年，退到故事开始之前，还碰到了一群荒唐的摩门教徒。"

"道尔真的不喜欢摩门教徒，一定是这样！我认为他的描述很有种族主义色彩。"

"至少这个故事很短，这算加分点。"

"我一点也不理解这个结局。最后两行为什么是用拉丁文写的？"

"我一个字也不相信……"

我一直都很喜欢《血字的研究》。他们一个接一个地发表意见，我勉强听进去了一半。奇怪的是，邀请我加入小组后，似乎再也没有人注意到我。但这正合我意,因为我的心思在别处。

我想到了凯文和霍桑。那天在十二楼时,他俩在说话,我听到了只言片语:"没有你我做不到。"他做不到什么呢?凯文为什么会在霍桑的公寓?我必须弄清楚。

交流进行了大约四十分钟,我还是没有说什么,我俯身对霍桑耳语:"厕所在哪里?"

丽莎·查克拉博蒂无意中听到了我的话。"在走廊尽头,左手边第二间。"她大声说道。这让房间里的其他人也都听到了。我起身离开房间时,屋里一片寂静。我感觉所有人都在看我。

"墙上留下的那个线索,"我听到有人说,"'复仇'这个词是用血写的。真傻,现实中根本不会发生这种……"

我沿着走廊继续向前,声音也渐渐消失,淹没在厚重的墙壁、地毯和过多的家具中。我并没有去厕所。我对自己以这样的方式闯入他人的居所感到羞耻,但我已经下定决心必须这么做。我几乎可以肯定,以后不会再被邀请到丽莎的公寓来,所以我再也不会有这样的机会了。我穿过厕所,来到凯文进去的那个房间。我在门口站了一会儿,耳朵贴在木门上,里面没有声音。我轻轻地转动把手,脑海里有个声音告诉我,这样做太危险了。但是又有另一个声音响起,是我心底默默准备好的借口——"抱歉,我走错门了。"

我朝里面看了看。

这是一间典型的青少年的卧室——除了床是病号床。床的旁边放着升降机,超宽的门通向浴室,有一股奇怪的药物和消毒剂的味道。屋里很乱,灯光幽暗。我看到墙上贴着《星球大战》和《黑客帝国》的海报,一旁还有成堆的书籍和杂志。我的目光被两样东西锁定,首先是凯文,他背对着我,坐在桌子旁,没有听见我进来，其次是放在他面前的超大尺寸工业级电脑显示屏。这台电脑既不是苹果也不是其他我认识的牌子，离我有五六米远。如果电脑显示的是书面资料，我可能就看不清了，即使是一幅图也很难辨认。但是现在屏幕上的东西对我来说太熟悉了，如此出乎意料、令人困惑，结果我一时竟忘了其他所有事情。

那是我自己的照片。

准确地说，是我和我的小儿子卡西纳的合照。当时他二十二岁，正在准备完成城市大学的新闻课程。我记得这张照片是在课程结束的前几天拍的。照片上，我俩在耶路撒冷酒馆喝酒，这个酒馆离我住的地方很近。但令我震惊的是，这张照片从未公开过。我没有把它发给过任何人。它怎么会出现在凯文的电脑屏幕上？

"凯文？"我控制不住自己，站在门口喊他，没有进房间。

他回头一看，认出是我。我看到了他眼中的惊慌。与此同时，他的手抓住鼠标一通操作，屏幕变黑了。"你在这儿干什么？"他问道。凯文喜欢开玩笑，但他现在非常严肃。

"你从哪里弄到的那张照片？"我问他。

"你在这里干什么？这是我的房间！"

"我在找厕所。"

"你可以离开了吗？"

"除非你告诉我，你是怎么得到那张照片的，否则我不会走。"我意识到自己表现得不太好，不应该用这种方式和他说话。对一个坐在轮椅上的人发脾气，这怎么能让人接受？但刚才看到的情景真的把我吓到了。凯文不仅监视我，还监视我儿子。"你侵入了我的电脑！"我大声说道。这是他获得照片的唯一途径。

"我没有！"他坐在那儿，有些局促不安。

"你有!"从他旁边看过去,桌子上堆满了复杂的电子设备,奇怪的黑匣子,还有天线和键盘,都连接着错综复杂的电线。我指着屏幕说:"那是我儿子。那是我!"

他想解释,但又没有办法解释,只得痛苦地缩起来。

"不是侵入你的电脑,是你的手机。"

我甚至没有试着反驳。"你是怎么做到的?"我问道,"为什么要这么做?"接着我想到了另一个问题:"霍桑知道这件事吗?"

霍桑当然知道。凯文就是这样帮助他的。突然间,我完全明白了。车牌自动识别系统证明阿基拉·安诺从未去过汉普郡。这监控录像是从舰队街的休息服务站拍摄的。我一直不明白卡拉·格伦肖为什么会把录像拿给霍桑看,但其实她从来没有拿给他!是他偷了录像,是这个住在三楼的聪明的朋友帮助他侵入了警方的计算机系统。

凯文惊恐地盯着我。他的身体变得更加扭曲,而且有些失控。"不要告诉霍桑先生你发现了。"他说。

"你为什么要看我的个人资料?"我坚持问道。

"因为我喜欢你。"

"这样说很可笑。"

"我对你很感兴趣,我读过你的书。"

好吧,听到这句话我确实开心。但这并不意味着我乐意让凯文在我洗澡的时候,通过电脑里的摄像头盯着我,或者通过我的手机听我说话。这样我会很生气,但是考虑到他的情况,我强迫自己保持冷静。

"你到底在为霍桑做什么?"我问他。

"我什么都没做。如果他知道了这件事,他会杀了我的!"

"别对我撒谎,凯文……"

"我不能告诉你。关于他的事情,我真的不能说。求你了……"

我不知道他是不是在演戏,但突然间他眼里充满泪水,这让我觉得自己像世界上最差劲的恶霸。而且,我离席已经有一段时间了,我不希望凯文的母亲或者霍桑发现我在这儿。我不知道哪种状况更糟。

我深吸了一口气,试图让自己保持理智。"我什么也不会对霍桑说,"我说,"但这事还没完,凯文。我会再来和你谈的。"

"你不能这样。"

"我一定要谈,你别想躲着我。"

"我哪儿也不去。"即便在这种情况下,他也很有幽默感。

"我要你离我的手机远点!事实上,我打算买一部新手机。"

"说实话,那样根本没用。"

"看在上帝的分儿上!"好像有人来了,我朝凯文伸出一根手指,"离我的手机、电脑和平板电脑远一点儿……还有我前门的电话。答应我!"

"我保证!"他看上去不太好,我不能再逼他了。

"我们下次再详谈。你明白了吗?这事还没完!"

我退了出去,随手关上了门。

"我一点儿也不相信歇洛克·福尔摩斯。我的意思是,在书的第三十二页,他说他研究过雪茄烟灰,只要看一眼烟灰,就能认出雪茄的品牌。"

我走进房间时,听到霍桑在说话,果然,整个书友会的人都在听他说。我回到自己的位置,假装听他继续说下去。

"我可以告诉你们,最近美国人刚做了实验。他们用硝酸和盐酸的混合物溶解灰烬，然后用等离子质谱分析结果。"他摇摇头，"即使这样，也只能达到百分之六十的准确率，所以我不明白福尔摩斯在说什么。"

霍桑停顿了一会儿，然后开始讨论嫌疑犯的身高和步长之间的关系，完全抛开另一个虚构侦探的理论。但是我没有听清他在说什么，他的话像是飘浮在空中。我在想凯文，他居然连我的手机都没有碰过就能侵入。我又在想，霍桑作为一名私人侦探在苏格兰场工作，而实际上他使用的方法很可能就是在犯罪。当然，这让我对他产生了完全不同的看法。

那天晚上剩下的时间里，我一直恍恍惚惚。有人提到了《丝之屋》，尽管只有两个人真正读过，也就是那对双胞胎，但他们还是要求我谈谈柯南·道尔的写作风格。我勉强说了几分钟，然后被丽莎·查克拉博蒂打断了。

"好，非常感谢你，安东尼，"她说，"这是一个非常有趣的话题，也是结束今晚讨论的一个很好的方式。现在我要把书友会移交给克里斯汀，她已经选出了一本书作为新年的讨论书目。现在让她介绍一下。"

克里斯汀站起来，她戴着眼镜，头发灰白，穿着宽松的开襟羊毛衫。"我选择了一部现代作品，"她说，"我相信这是一部杰作，是阿基拉·安诺的第一部小说《众神》。"

现在我能真切地感受到房间里的温暖和热情。

"太棒了！"

"她是一名非常有影响力的作家。"

"我读了三遍《特密苏盆地》，都把我弄哭了。"

"克里斯汀，你选得太好了！"

接着房间里又响起了一阵掌声。

我迫不及待地想出去。霍桑是和我一起来的，但现在我也想赶紧离开他。我们沿着走廊往出去的时候，几乎都没说话，我看着他消失在电梯里，不知道是该钦佩他还是鄙视他，因为他利用一个身患残疾的年轻人来帮他做违法的事。

但有一点是确定的。我对他了解得越多，知道的就越少。

第十七章　追逐

当晚我睡得很不好。我做了一个噩梦,梦里的书友会变得像《罗斯玛丽的婴儿》一样(实际上也很像)。霍桑和凯文蹲在一台电脑前,屏幕上是我生平最糟糕的那些场景。即使在熟睡中,我也很惊讶自己怎么会有如此多的糟糕表现。

我被手机铃声吵醒,发现我在自己的房间里,躺在自己的床上,不禁有些庆幸。吉尔已经走了。我伸出手去接电话,本以为是霍桑打来的,但当我听到电话那头卡拉·格伦肖的声音时,不禁叹了口气。

"我把你吵醒了吗?"她假装关心地问道。早上七点刚过,太阳正缓缓升起。

"没有。"我说。

"我猜你会想知道,我已经和敦特书店谈过了,他们不想起诉你。"

"这是个好消息。"

"我正在说服他们不要放弃。"她顿了一下,"倒不是针对你,只是我认为我们不应该包庇犯罪。"

我闭上眼睛,把头埋进枕头里。"你想要什么?"我问她。

"你知道我想要什么。"

我吸了口气。"霍桑今天要回去见阿德里安·洛克伍德。"我说。我之所以知道是因为他给我发了个短信。短信上有一个名字，克松街的一个地址，还有时间，再无其他。毫无疑问，我也会去。尽管我不喜欢与格伦肖分享这些信息，但我看不出这样做有什么坏处。毕竟，霍桑已经允许我这么做了。

"我们和他谈过两次，"格伦肖说，"他没有任何理由杀他的律师。"

"是的，但事实上就是他干的。"

"什么？"

也许是因为我刚刚醒来，也许是因为我害怕惹恼格伦肖，突然间我就有了答案。这就是霍桑说的"形态"吗？虽然这些话是脱口而出，但我知道理由。

"理查德·普莱斯之所以被称为'钝剃刀'，是因为他非常诚实，"我接着说道，"他对阿基拉·安诺不放心，因为他认为安诺隐瞒了部分收入。"

"这我知道。"格伦肖听起来又有点厌烦了。

"等一下。普莱斯有可能得到了阿基拉的一些最新信息，而且他打算给律师协会打电话。根据斯蒂芬·斯宾塞提供的信息，她甚至可能参与了一些非法活动。"

"那又怎样？"

"所以如果她真的参与非法活动，理查德就不会犹豫不决，他会推翻整个判决，即便这样做会伤害到他的当事人。阿德里安·洛克伍德不会容许此事发生。他讨厌阿基拉，不想和她有任何瓜葛。他去那儿时可能并没有想杀害理查德·普莱斯。他们可能起了争执。阿基拉说过他很暴力。也许他一时失去理智，抄起瓶子，然后——"

"等一下,"格伦肖打断道,"洛克伍德有不在场证明。他当时在海格特,和戴维娜·理查森在一起。"

"如果快的话,他开车只需几分钟路程。"

接下来是一阵短暂的沉默。"阿德里安·洛克伍德没有杀理查德·普莱斯。"卡拉断然道。

"你知道是谁干的了吗?"我问。

"我就快接近真相了,随时都能实施逮捕。"

霍桑曾跟我说过,他已经把嫌疑人的范围缩小到了两个,但我没有告诉她。我也没有说我自己把嫌疑人范围缩小到了五个。格伦肖探长发起了一场真相竞赛,每一步她都要抄近道。

"保持联系。"她挂断了电话。

我下床洗了个澡。与卡拉·格伦肖的谈话令我不安。我站在那里,水不停地洒落在身上,这一切似乎太不公平了。多年来,我从没遇到过像她这样的人,而现在,突然间,我在自己家里受到了威胁。我也很担心在敦特书店发生的事情,不知会如何解决。我告诉过霍桑这件事可能会毁了我的事业,这是真的。二十年来,媒体一直对我视而不见。后来,《少年间谍》开始畅销,特别是被改编成影视之后,媒体开始大规模支持。但最近,好像有人认为我太自负了。我注意到我的名字出现在一些记事板块上,其中的内容一半真,一半充满敌意。一个儿童作家在一家广受喜爱的书店偷东西被抓,这就不仅仅是一篇记事那么简单了。现在是二〇一三年,这个时代,对于任何一个稍有名气的人来说,即便是一条没有被证实的指控,都有可能让他万劫不复。

也许格伦肖一直在撒谎。可能这件事情不会闹大,但最终我决定不能冒这个险。我洗完澡,擦干身体,穿好衣服,然后去见希尔达·斯塔克。

希尔达是我的文学经纪人，我们已经合作了两年。是她把我的小说《丝之屋》作为三本合约书中的一本，卖给了猎户星出版社。她身材矮小，银灰色头发，双眼炯炯有神，喜欢穿偏男性化的服装。她在SoHo区希腊街开了自己的代理公司。我只去过几次，没什么太深的印象，我们通常在饭店或我的出版商那里见面。希尔达的代理公司占据一家意大利咖啡馆楼上的三楼和四楼，要通过一段狭窄、高低不平的阶梯才能到达。今天，办公室里只有不到六个人，包括两名初级职员、一名接待员和几名助理。但是因为房间较小，光线也很弱，所以还是让人感觉屋里很拥挤。

当然，我已经提前打过电话，但看到我时，她似乎还是很惊讶。"你来有什么事吗？第二本书怎么样了？"

对于一个身材如此娇小的人来说，她非常引人注目。我看到她穿着双排扣夹克和宽领衬衫，弓着背坐在办公桌前，像一个拿着水晶球的占卜师一样盯着笔记本电脑。以她在交易、尼尔森图表和国际趋势等方面的丰富知识和详尽了解，就算说她能预知未来，我也一点儿都不奇怪。如果问她哈兰·科本一共卖了多少本，或者亚马逊上都流行些什么书，她不用搜索就可以轻易给出答案。如果希尔达结婚了——她从来没跟我说过——她丈夫一定没有机会插话。这个女人不只是手捧一本书入睡，而是带着整个图书馆入睡。

我在她对面坐下。"我有一个问题。"

"你开始写下一部歇洛克·福尔摩斯了吗？"

"还没有。"

"这就是问题。你知道猎户星出版社希望在三月前拿到完稿。《丝之屋》写得很好，但你从畅销书榜单上下来了，因为这周好书太多。"销量下降总是有原因的：天气、季节，还有其他作家。但我仍然很失望。

"我正在写另一本书，关于霍桑的。"我说。

她瞪着我。我最初告诉她这个想法时，她就不太高兴，直到与企鹅兰登书屋成功地签下合同，她才改变了想法。"为什么？"她问道，"第一本都还没有出版。"

"我没有选择，"我说，"有人被杀了。"

"谁？"

"一个名叫理查德·普莱斯的离婚律师。"

她看起来不太高兴。她说："我想读者不会在乎离婚律师的。你就不能给他设定个更有趣点的角色吗？像演员或者音乐家？"

"上次被杀的就是一个演员，"我提醒她，"不管怎么说，这次不一样。在这件事上我没有任何选择的余地。我只是实事求是地写下发生的事。"

"哦，是啊。"她有些沮丧。她急着去忙自己的事情。"你遇到什么问题了？"

我把在敦特书店发生的事情告诉了她。

"哦，天哪，安东尼。你该偷更高级点的东西。'末日世界'系列完全是垃圾——即使它的销量达到了五千三百万册。我唯一能说的是，道恩·亚当斯很走运。就在金斯顿出版社快要倒闭的时候，她偶然发现了这家公司。没想到你会去偷这本书。"

"我没有偷书，希尔达。我刚刚向你解释过，是警察陷害我。"

"恐怕这也没什么区别。你在指控一位受人尊敬的警官，而且你明白报纸会站在哪一边。"

"我不确定是否有人尊重卡拉·格伦肖探长。"

"好吧，如果你要写文章贬损她，一定要小心。你不想受到起诉吧。"

"我才是受害者！"我想冲出房间——顺便说一句，我并不擅长这样做——但我回想起希尔达刚才说的话。"道恩·亚当斯，"我嘀咕道，"她出版了'末日世界'系列。"

"怎么了吗？"

道恩·亚当斯，这个名字我从一开始就知道。她就是和阿基拉一起吃晚餐的出版商，那天晚上阿基拉·安诺还威胁过理查德·普莱斯。理查德·普莱斯被杀的当晚，她和道恩在一起，至少她自己是这么说的。阿基拉还告诉我们，道恩离婚时，丈夫的代理律师也是理查德·普莱斯。差点忘了，格雷戈里·泰勒去世前刚好买了"末日世界"系列第三卷。也许他只是想要一本适合长途旅行的大部头。我突然想到道恩·亚当斯必须参与霍桑的调查，尽管霍桑还没有说要见她。

好吧，至少此行还是有些收获的。当然，好运并未止步于此。希尔达的态度和缓下来："也许我可以找詹姆斯谈谈。"

"哪个詹姆斯？"

"敦特书店的詹姆斯·敦特。他知道你写书，也许我们可以让他相信这中间有误会。"

"这不是误会！"

"不管是什么吧。还有，你真的应该继续写签给猎户星出版社的第二本书。关于莫里亚蒂，你有什么想法吗？"

"我正在构思。"

"好吧，如果我是你，就会停止思考马上动笔。"

"谢谢你，希尔达。"

"我就不送你出去了。"

他已经骑了三天,他那匹高傲的黑骏马艰难地踏着蹄子,穿行在这片被时间遗忘的大陆上,穿行在疯长的野花、盘绕的荆棘和茂密的黑色森林中间。一轮银月为他指明方向,北风轻轻在他耳旁低语。他有些饿了。自从去佩拉姆国王的宫廷赴宴以后,他就再没吃过东西。但是现在他的旅程被迫中断,因为一种更深层的、更原始的饥饿吞噬了他。他停下,忠实的骏马悠闲地站在一旁。

这女孩可能只有十来岁,但已出落成一个令人倾慕的少女。他看到她的时候,她正弯着腰,俯在潺潺的溪流边,用双手掬起一捧水,啜饮起来。现在她则倒在他身下,仰面躺在柔软的草地上。他倾下身,撕开她的羊毛套衫,露出她成熟、丰满的乳房,乳头与她的嘴唇一样鲜红。看到她的皮肤,她腹下若隐若现的绒毛,他四肢瘫软。

"你是我的,"他喃喃地说,"我对圆桌和魔法起誓,梅林,你是我的。"

"是的,大人。"她伸出双臂,全身发抖,等着迎接他。

他几乎控制不住自己,猛地脱下铠甲、腰带和其他衣物,赤身裸体地俯视着她。

*

在去见霍桑的路上,我在皮卡迪利街的水石书店停下,拿起一本《血囚》,这是"末日世界"系列的第三本。在圆形入口大厅的一张桌子上,马克·贝拉多纳的书放在最显眼的位置,我站在那儿读了几页。我不得不提醒自己这本书太差了:语言让人恶心,满篇陈词滥调,还有充满色情意味的描写。这些书一定让道恩·亚当斯赚了一大笔钱。而我从霍桑那儿学到,金钱和谋杀有着密不可分的关系。我敢肯定他很快就会讯问这个出版商。毕竟,她是阿基拉不在场的唯一证人。同时我开始好奇,这两个女人之间到底有什么共同点,才能让她们成为朋友?毕竟,她们的文学品位相去甚远。我又看了看《血囚》,希望从中找到部分答案。然而并没有。

我放下书,走了一小段路到格林公园车站,想起了我告诉卡拉·格伦肖的推测。阿德里安·洛克伍德是凶手,这个可能性越来越大。我对格伦肖说的都是事实。他有作案动机。据阿基拉说,他知道第一百八十二首俳句。而且我在他家里看到过这本书。会不会是他把数字写在了苍鹭之醒的墙上,作为某种奇怪的复仇宣言呢?

霍桑在车站等我,看到他时,我忍不住想问他和凯文的关系——他们两个是怎么认识的,他们之间的约定是什么。他是雇了这个少年为他工作,还是凯文只是单纯地觉得好玩?还有其他的问题:霍桑似乎总是知道我在哪里、在做什么。这是因为他善于观察,还是因为他黑进了我的电子邮箱?

我想和他对质,但最后决定不能这么做。我也可以利用凯文去了解霍桑。这要比其他渠道容易得多。

我们一起出发,朝海德公园走去。雨下得不大,空气中弥漫着薄雾。现在刚过暑假,还没到篝火节之夜,是一年中最沉闷的时节。街角的圣诞装饰还没挂起。不过这些东西似乎来得一年比一年早。

"你给我的东西我看了。"他和善地说。

我过了一会儿才意识到他指的是我给他的那几页纸,是关于我与戴维娜·理查森的会面和我发现的那首俳句。

"哦,"我小心翼翼地说,"有帮助吗?"

"老兄,你好像有点怕我。我这么说,希望你不要介意。"他想了一会儿,然后一字不落地引用了一段:"没等他来我就进来,他可能会不太高兴。他讨厌我问问题……"

"我是真的怕你,"我回答道,"每次我一张嘴,你就盯着我看,好像我是个行为不端的小学生。"

"不是的,"他有些生气,"我只是不喜欢你打断我的思路。你在嫌疑人面前说话要小心些,我们不能泄露信息。"

"我没有。"

霍桑扮了个鬼脸。

"我泄露过吗?"我有点警觉。

"希望没有。实际上,你写的那些东西很有用。托尼,你的问题是,你自己根本没有意识到你写下的东西有多重要。你有点像一个不知道自己身在何处的旅行作家。"

"我才不是!"

"你就是。就好像你描写了在巴黎见到的那个金属制成的又大又高的建筑(埃菲尔铁塔),却没有告诉别人这个地方值得一游。"

这样说很不公平。我把我看到的以及霍桑说的几乎所有东西都写下来了。当然,对于描述的细节,我必须有所取舍——否则这本书会长达数千页。就拿阿德里安·洛克伍德的房子来说吧,我提到过他喜欢吃越橘,不是因为越橘一定与犯罪有关(几乎可以肯定它们与犯罪无关)而是因为它就摆在桌子上,所以似乎值得注意。同时,我没有提那天早上他刮胡子时划伤了自己。他的下巴一侧有条划痕。当然,如果这条线索有意义,比如他之所以会划伤自己,是因为在谋杀理查德·普莱斯后他的手一直在发抖,那么我就会把这个细节写进第二稿里。我就是这样写作的。

"那我怎样才能帮到你?"我问他,"你可以告诉我,我描写过,但又不知道其具体位置的埃菲尔铁塔,到底在哪里吗?"

"好吧,戴维娜没完了地跟你说,生活中没有男人她就什么都做不好。我觉得这个有点意思。"

"她是单身母亲,有一个十几岁的儿子。"

"我说的不是这个。"

我们穿过皮卡迪利街,一直走到克松街,朝阿德里安·洛克伍德的办公室走去。我发现霍桑突然停了下来,盯着正前方一座现代化的六层大楼边缘的一角。前门上写着莱肯菲尔德大厦。这就是洛克伍德的办公楼。

有一个人站在那儿,抽着烟。那个人头发湿漉漉地垂着,穿着一件轻薄的石色雨衣,半边脸上有个印记。但最引人注目的是那副蓝色眼镜,我们离得这么远,他的眼镜也相当醒目,像是小孩才会戴的东西。看起来很不真实。

那个人一直在抬头看三楼,低下头时,他和我四目相对。我们俩都不知道对方是谁,但很快就意识到了这其中的联系。我向前奋力一跃。那个人扔下香烟,转身就跑,而我则下意识地朝他追去。

我写过很多追逐戏。毕竟,这算是电视剧的必需品。剧中的人物在房间里互相交谈的场景不能太多。电视剧的情节必须融入一些动作,而最常见的动作有谋杀、打斗、爆炸或追逐。

其中,追逐场景可能是最昂贵的。打斗的场景通常都是相对封闭的,除非在行驶中的公共汽车的车顶上打斗,或者有许多人参与的那种。而如今爆炸也很容易做到,你看到的几乎所有的爆炸都很简单。通过压缩空气、灰尘和几张纸片就能完成。声音是后期添加的，甚至火焰也可以由电脑合成。但是追逐的场景全部都要移动，人要动，摄像机要动，整个剧组都要动。更麻烦的是，仅仅两个演员互相追逐是不够的，因为这样很快就会变得无聊。所以必须加入一些动作，比如差点被汽车撞上，挨了几拳，老妇人挡住路，等等。

上面这些算是提前跟你们道个歉，因为我不得不描写接下来的场景。

我今年五十多了，虽然我认为自己相当健康，但我不是动作派。我正在靠双脚追逐那个比我瘦的年轻人——虽然吸烟可能严重损害了他的身体。他的动作与其说是跑，不如说是跛行。想要把接下来的几分钟拍出可观赏性，必须有一个才华横溢的导演，甚至要花费巨额资金。

那个戴蓝色眼镜的男人横穿马路，一辆白色的货车在他面前呼啸而过，但离他还有段距离。我左右看看，然后追上他。他跑到另一条人行道上，从好几个行人身边挤过去，身体并没有真正接触。我感到一阵剧痛，停下来喘口气。我回头瞥了一眼，以为霍桑就跟在我身后，但他在原地一动没动。他就站在那里，拿着手机。这实在让我意想不到，也让我很烦躁。我的猎物沿着一条通往牧羊人市场的通道钻了进去，那是一个非常有趣的地方：狭窄的街道，小小的广场，其历史可以追溯到十八世纪。我看见他匆匆穿过街角的一家酒吧，名叫叶葡萄——我跟在他后面。他肯定是以每小时七英里的速度在奔跑，他的风衣以一种很搞笑的方式在身后飘动。

他又消失在另一条小巷里，经过了几个垃圾箱。我在人行道上跟着他，但已经被他落下一段距离了。当看到他跑向主干道并拦下一辆出租车时，我离他还有一段距离。我开始着急，脸上也出了汗。如果当时还有出租车,我肯定会跳上去,但是没有。我只能等,过了大约一分钟,总算来了一辆出租车。我招呼示意,司机花了挺长时间才把车停在路边。我使劲拉开车门,爬进后座。

我仍然能辨认出载着戴蓝眼镜那人的出租车。因为交通拥堵,他离我们只有一小段距离。

"去哪儿?"司机问道。

"跟着前面那辆出租车!"话语脱口而出,我才意识到自己说了一句陈词滥调,比"末日世界"还过分。"拜托了!"我又补充道。

交通灯变成绿色。前面的出租车右转弯,沿着圣詹姆斯街行驶。我们悄悄地跟着,朝同一个拐弯驶去,但就在我们快要追上他的时候,红灯又亮了。我的出租车司机没有做任何危险刺激的动作去追赶的打算。

"对不起了,伙计。"他说。出租车慢慢停了下来。

第十八章　垃圾箱潜入者

霍桑似乎还是没有动,他仍站在原地,在莱肯菲尔德大厦外等我,直到我坐出租车回来。我坐车兜了一大圈,花了十英镑,结果却一无所获。我下车走到他身旁。

"你没有抓住他。"他看着我说。

"对,他跑了。"我心情不好。这时候雨已经停了,但我全身都湿透了。"你都不帮忙,"我嘟囔道,"你至少应该试着去抓他。"

"没必要。"

"为什么?"

"我知道他是谁。"

我盯着他:"那你为什么不阻止我?"

"我大声喊你,可你没听见啊。你就像一头公牛在狂奔,我一点儿机会也没有。"

"那么他到底是谁?"

霍桑向我投来一丝同情的目光。"你这个样子去找洛克伍德可不行,"他说,"我们先去喝杯咖啡吧。"

我们走到克松街尽头的一家咖啡馆,霍桑点了卡布奇诺,我去了卫生间。看着镜子,我发现他说得挺对。奔跑了一小会儿就让我满脸通红，雨水和疲惫把我的头发弄得又乱又湿。我对着镜子，尽量把自己整理得像样些，出来的时候，霍桑已经选好了桌子，我看到那里摆放了三把椅子。

"我们在等人吗？"我问他。

"可能吧。"

"是谁？"

"你会知道的。"

不知怎么，他看上去兴致勃勃，但同时又没打算告诉我，所以事情显得更加莫测。几分钟后，大门开了，有人走进来，这时我明白了他兴奋的原因。那人很紧张，四处张望，看见我们后走了过来。我皱了皱眉。来者正是我刚才见到的那个戴蓝色眼镜的男人，他坐着出租车沿圣詹姆斯街跑掉了。

"霍桑——"我开口道。

但是霍桑没有看我。"你好，洛夫蒂。"他说。

"你好，霍桑。"

"来杯咖啡吗？"

"不用了。"

"不管怎样，你还是买一杯拿过来吧。"

当然，洛夫蒂并不是他的真名。我再来描述一下出现在我面前的这个瘦小男人（我发誓这是最后一次了）。他身高只有五英尺三英寸左右，沙黄色的头发长及衣领，鼻孔朝上，皮肤苍白，像一个不常出门或饮食不健康的人，或者两者兼而有之。他朝我们走过来，摘下眼镜，露出惊恐的眼神，四下扫视。他的皮肤正如阿德里安·洛克伍德的接待员和科林两人都曾提到的那样，像是得了一种皮肤病，但实际上就是他少年时长痤疮留下的疤痕。

"洛夫蒂？"他去给自己点单的时候，我问道。

"莱昂纳德·平克曼是他的真名。但我们都叫他洛夫蒂。"

"我明白了,他是警察?"

"曾经是。"

"那他在这里干什么?"我停顿了一下,想起我刚开始去追洛夫蒂时,看见霍桑一直在打电话。"你打电话给他了!"

"没错,我有他的手机号码。我叫他来跟我们一起。"

"他到底是谁?和这一切有什么关系?"

"他会告诉你的……"

洛夫蒂已经点好了茶。他在桌子旁坐下,撕开四袋糖放进杯子里,用塑料勺子搅拌起来。我们都很安静,直到霍桑打破这份宁静。

"很高兴见到你,洛夫蒂。"

"不,你错了,霍桑。见到你我一点也不高兴。"洛夫蒂的声音嘶哑,牙齿歪歪扭扭,一点也不整齐。我感觉他就是想让自己听起来很生气,但他也只能发泄一下而已。他把眼镜放在桌子上,我仔细看了看,眼镜明显是平光镜。他也脱下了外衣,身上穿着一条不合身的灯芯绒裤子和一件佩斯利衬衫,扣子一直扣到脖子。如果他坐在人行道上,路人很可能会把多余的零钱施舍给他。

"已经有一段时间没见面了。"

"还不够久,兄弟。"他愁眉苦脸地看着对面的桌子,显然很害怕霍桑,也不怎么喜欢他。

"你能告诉我你在莱肯菲尔德大厦外面干什么吗?"霍桑问道。

"不关你的事。"

"洛夫蒂!"

"我为什么要告诉你?"

"看在老朋友的分儿上?"

"去他妈的!"他考虑了一会儿说道,"五十英镑。给我五十英镑我就跟你谈。不,五十三英镑,你还可以顺便把茶钱付了。"他厌恶地看着面前这一杯浑浊的棕色液体,"一杯茶他们竟然卖三英镑?这就是该死的自由。"

"你真的那么穷吗?"

"我不缺钱。如果你真的想知道,我就告诉你,我很好,很好!但是,如果你想不给我酬金就让我和你待在这儿,那你就大错特错了。霍桑,你真是个可怜的混蛋。过去是,现在仍然是。至于阿伯特那件事,我不需要承担责任。是你毁了我,都是因为你,我才会做现在这份该死的工作。"

所有警察都骂人吗?霍桑、格伦肖和这个洛夫蒂在英语语言方面都有问题,一个近似图雷特综合征[①]的问题。听到这里,我竖起了耳朵。德瑞克·阿伯特是制作儿童色情制品的嫌疑人,就是他被霍桑从楼梯上推了下来。

"那是一场意外。"霍桑摊开双手,露出愉快的笑容。

"是你叫我出去抽根烟的。我以为你是好意,但你其实早有打算。就这么可恶的一根烟,就让我把工作、退休金、婚姻还有人生都搭进去了。"

"玛吉没有和你在一起吗?"

"玛吉甩了我,她和一个消防员私奔了。"

事故发生的时候,霍桑把德瑞克·阿伯特带到审讯室,当时

[①] 图雷特综合征(Tourette's syndrome)是发生于青少年期的一组以头部、肢体和躯干等多部位肌肉的突发性不自主多发抽动,同时伴有爆发性喉音或骂人词句为特征的锥体外系疾病。

他在拘留所，周围没有其他人。阿伯特双手被反铐在身后，从十四级水泥台阶上摔了下来——确实是一次信仰之跃。结果霍桑直接被警局扫地出门。洛夫蒂的职责是护送阿伯特到审讯室，所以他也失业了。

"那你现在能告诉我阿德里安·洛克伍德的事了吗？"霍桑问道。

"五十镑！如果你不答应，我可能会改变主意，让你交更多钱。"

霍桑瞥了我一眼。"好吧，给他钱。"

"我给吗？"但在这件事上我别无选择。我拿出钱包，幸运的是，我刚好有足够的现金。我把五张十英镑钞票放在桌子上，又加了一些零钱。洛夫蒂把钱折叠起来放好。

"我猜你在为格雷厄姆·海恩工作。"霍桑问道。

"你认识他？"

"我们没见过面，但我知道他。"

格雷厄姆·海恩是理查德·普莱斯雇用的法务会计。斯蒂芬·斯宾塞跟我们提到过他，但是有些事情我还是不太明白。据斯宾塞说，海恩一直在调查阿基拉·安诺，试图找到她的秘密收入来源。换句话说，在洛克伍德和安诺的离婚案中，他一直站在洛克伍德那一边。那么，洛夫蒂为什么要闯进洛克伍德的办公室，今天又为什么会在莱肯菲尔德大厦外面？海恩在干什么？他为什么要监视自己的客户？

霍桑解释说："洛夫蒂是一个垃圾箱潜入者。"他扫视了一下桌子。"告诉他这是什么意思。"

洛夫蒂被激怒了。"我才不用这个词呢，"他愤怒地嘀咕道，"我的名片上写着'资产交易员'。"

"你还有名片吗？你肯定很快就会出人头地的。"

"比你快，老兄。"

"什么是资产交易员？"我问他们。我对这些玩笑已经有点厌烦了。

洛夫蒂又喝了一口茶，再开口时，他变得更有自信了。他确实混得不怎么样，我也并不想打探他的私生活，但无论私下如何，此时他表现得很专业。"这些大的离婚案件——这些有钱的混蛋，你根本不了解他们！他们到处存钱，包括泽西岛和英属维尔京群岛。他们在那里有信托公司、空壳公司和离岸公司，到处都是影子董事，不可能查出他们的资产。像我这样的资产交易员——我们这样称呼自己。可以帮忙把这些资产都找出来，找出哪些资产是谁的。"

"前任警察，"霍桑说，"前记者，前安全局，有趣的是，这些都有个'前'字。"

"但我做得很好。"洛夫蒂厉声说道，"我挣的钱比和你在一起的时候多得多。"

"那就跟我们说说阿德里安·洛克伍德吧。"

洛夫蒂犹豫了，他想要更多的钱。我能从他的眼神里看出来。

"你真让我恶心，你知道吗？"他对霍桑说。他撇开这个问题，继续愉快地说道："我确实为洛克伍德的离婚官司做了些事情。他的妻子阿基拉·安诺……知道我们盯上她了。我们开始调查她的财务状况时，她就紧张起来。"他弹了弹手指，"就这样，她妥协了，给了洛克伍德先生想要的一切。她害怕我们发现她在银行里有多少钱……那家银行可能在巴拿马、列支敦士登，或者其他什么地方。所以一切都很顺利。洛克伍德先生很高兴，法院也很高兴。任务就这样完成了。"

"只是那时又发生了一些事情。普莱斯先生一直都对他的这个客户有所怀疑……认为这个客户好像对他不坦诚。所以他不高兴,非常不高兴。"

"你是说阿德里安·洛克伍德?"我说。

"没错。普莱斯先生一眼就看出洛克伍德是个恶棍。我敢打赌,他一半的客户都像 A157 一样扭曲。"

"A157 是什么?你在说什么,洛夫蒂?"霍桑问道。

"A157 是从洛斯到梅布尔索普的一条路。这条路很弯,一点儿也不直。"

我想笑,但霍桑只是叹了口气。"继续说吧。"

"普莱斯先生的问题在于他总是太谨小慎微,放不开,就跟牧师家的女儿一样死板。不管怎样,案子结束了。除了阿基拉怒不可遏,其他人都很高兴。但是,突然有一天他找了我的同事,也就是法维翰公司的人谈话,非常慎重,要求他们快速查看一下洛克伍德的资产。"他停顿了一下,眼睛溜溜地转,"他说得非常具体,他想了解价格昂贵的葡萄酒。"

"葡萄酒。"霍桑重复道。

"没错。他想知道洛克伍德是否喜欢这类东西……我是说,是否真的很喜欢——他能喝多少,都是什么样的葡萄酒,还有他收藏了多少瓶酒,诸如此类的事。问得这么具体,对我来说很容易回答。我很快就找出了他想要的东西。

"说阿德里安·洛克伍德'喜欢葡萄酒'是很委婉的说法。其实他是个不折不扣的狂热爱好者。我看过他在丽兹和安娜贝尔俱乐部的信用卡账单。一瓶伊瑟索名庄酒价值三千二百五十英镑,一瓶堡林爵老藤香槟价值两千英镑……"洛夫蒂把法语说得像是在骂人,却只是草草带过酒的价格,"这只是开始。我曾看过他在昂蒂布的地下室……"

"洛夫蒂,你是怎么进去的?"

"那是我的事,霍桑。这是我的工作。知道我找到了多少瓶在酒窖里蒙灰的酒吗?说出来你都不会相信!我还得查一下这些酒的名字,我从未听说过。还有价格!太他妈离谱了。我是说,那不过是一颗捣碎的葡萄而已!

"所以事情一件接一件,我不得不去屋大维。你听说过吗?"

我摇摇头。霍桑什么也没说。

"是科舍姆的屋大维酒窖。这家公司专门为对冲基金经理一类的人储存葡萄酒。很有意思的是,即使住在附近的人都不太了解它,但你一进去,就会发现世界上最好的葡萄酒——价值数百万英镑——都藏在威尔特郡山下一百英尺的幽暗处。当然这里还有各种税收优惠,这是一个保税仓库,没有增值税,也没有资本收益税,因为这是消耗性资产。"

虽然不太清楚这些都是什么意思,但我没有打断他。

洛夫蒂继续滔滔不绝。

"很容易就能发现洛克伍德先生是他们的一个客户,"他接着说,"可是要弄清楚他在那里储存了什么东西,只有他自己才能办到。他们不傻,有很多安全措施。我去了科舍姆,四处打探,但都没有用……"

"所以你闯进了他的办公室。"霍桑说。

"我没有闯进去。"洛夫蒂又生气了,"我只是一直等到洛克伍德先生去吃午饭,从小巷走进去。这是最简单不过的事情。我告诉他们我是信息技术公司的。接待员就带我进了洛克伍德的办公室,甚至说了他的电脑密码,真是个蠢娘儿们。这样我就能登录他在屋大维的账户,查一下他在那里到底有多少投资。"

"那他投了多少钱？"

"不到三百万英镑，全部由他在英属维尔京群岛的一家分公司支付。当然，普莱斯先生听到这个消息后勃然大怒。这些可能都没出现在他的资产列表上。"

一直以来，我们都认为理查德·普莱斯是在调查阿基拉·安诺，而且他被杀的那天还打电话给他的合伙人奥利弗·梅斯菲尔德，说要告诉法律协会，他一直在愁阿基拉的事情。但事实并非如此。其实是他自己的客户阿德里安·洛克伍德出了问题。洛克伍德隐瞒资产，对律师撒谎——而这位律师被称为"钝剃刀"，所以隐瞒资产是一个相当糟糕的做法。

为什么霍桑看上去并没有变得更兴奋呢？据我所知，这个事实颠覆了案情。他刚刚喝完咖啡，拿出一支香烟，在桌子上来回捻着。他接着说："洛夫蒂，我还有两个问题。你刚才在莱肯菲尔德大厦干什么？你为什么要那样匆匆跑掉？"

"你以为呢？"洛夫蒂冷笑道，"普莱斯先生是我的好客户，我要对他负责。我很想知道是谁杀了他，也想知道是不是洛克伍德干的。"

"那不可能，"我说，"普莱斯被杀的那个周日晚上，他和别人待在一起。"

"难道没有可能是他们两人干的？不管怎样，我一直在盯着他，说不定他遇到什么人或者做什么事的时候，会露出马脚。"

"那你为什么要跑？"

"因为发生了谋杀案，我担心自己的安全。这也是非常必要的，因为我现在是干这一行的。看到有陌生人向我跑来时，我通常会转身朝另一方向跑。当然，我一接到你的电话，就知道没必要这么做了。霍桑，你应该知道，我不想再见到你。"

霍桑说:"这么说你一直在监视他。发现什么了吗?"

洛夫蒂把椅子往后挪了挪,站了起来。放下喝了一半的茶杯,说道:"就算我发现什么,也不会告诉你。"

"你还是生气!"

"是的。我还是很生气,非常烦。这是事实。你毁了我的生活,可我都不知道为什么要告诉你这么多。总之,就是这样。你付了五十英镑,所得到的消息完全对得起这笔钱。滚开,别烦我。"

他匆匆走出咖啡店。

"阿伯特是谁?"我问霍桑。我又想起霍桑把儿童色情贩子推下楼梯的事,但我对事件的细节一无所知。

"只是我在工作中认识的一个人,出了些安全健康方面的问题。洛夫蒂是一名看守,他受到了处罚。但我不知道他为什么要怪我。"

霍桑看着我的眼神真是再无辜不过了,但我知道他在骗我,和以前一样。

第十九章 剑与魔法

阿德里安·洛克伍德不能见我们。一位一本正经的年轻接待员是这样说的，她坐在莱肯菲尔德大厦里一间小办公室的桌子后，桌子很小。我猜测，她已经取代了之前那个让洛夫蒂进入大厦的女孩——想必她通过了高级的"冷眼看人"课程测试。

"他有个电话会议。"

"我们可以等。"

"电话会议后面紧接着还有一个会议。"

我们迟到了四十五分钟，所以我想这也是公平的。但即便如此，我还是怀疑洛克伍德这时可能正静静地坐在那扇紧闭的门后，听着我们和接待员的对话。最后我们决定五点钟再来。这就给了我们几个小时的空闲时间。

我们还没走到街上，霍桑就打了电话。我听到他在做自我介绍，并要求与道恩·亚当斯会面——"与警方有关的事情"——接下来，我们打车去了金斯顿图书公司。阿基拉·安诺告诉过我们，她的朋友住在温布尔登，就在金斯顿旁边，但她的办公室在伦敦市中心，布鲁姆斯伯里出版社。

"末日世界"系列在世界范围内取得了成功，这是显而易见的。这家出版社位于皇后广场拐角处一座漂亮的四层办公楼，前门有醒目的标志，橱窗里陈列着十几本书。这是那里唯一的企业，几乎占据整栋楼。凯特·莫斯[①]、彼得·詹姆斯[②]和迈克尔·莫波格[③]都是与他们签约的著名作家。

进了前门，里面就是一个宽敞的门厅，墙上挂着昆丁·布雷克的原创艺术作品，前台放着一个盛糖果和巧克力的巨大玻璃碗。这里的接待员看到我们还挺高兴的。

"是的，道恩在等你们。"

他省略了姓氏。这是一个年轻的小伙子，可能是实习生，陪同我们来到一楼的办公室。办公室有两扇窗户，可以看到广场。桌子上堆满了书和合同，道恩正等着我们，她是一位非常优雅的黑人女性，坐在矮咖啡桌后面的沙发上，双膝并拢，双腿交叠。她五十多岁，和阿基拉·安诺年龄差不多。她穿着昂贵的衣服，戴钻石耳环，脖子上挂着一条细银链，链子那头拴着名牌眼镜，令人印象深刻。

她对面放了两把椅子，我们应邀坐下，这时我发现自己正好可以俯视她。这是故意的，一种逆反心理学技巧。如果我们不想让人觉得自己恃强凌弱，就必须谨言慎行。她舒适地坐在沙发上，离我们有些距离，她把一切都安排好了，这样她就可以悄无声息地发号施令。

她对着我微笑，我感到很惊讶。"安东尼，见到你真高兴。"她说。我不记得自己见过她。"猎户星出版社还好吧？"

"都挺好的，谢谢。"我说。

[①]凯特·莫斯（Kate Mosse, 1961— ）英国奇幻、历史小说家，著有《迷宫》《燃烧的房间》等。
[②]彼得·詹姆斯（Peter James, 1948— ）英国小说家、编剧，著有《炼金术师》《预言》等。
[③]迈克尔·莫波格（Michael Morpurgo, 1943— ）英国作家、学者，著有《战马》《柑橘与柠檬啊》等。

"我非常喜欢《丝之屋》。我很好奇你是否读过《独奏》？"

这是威廉·博伊德刚刚出版的一本詹姆斯·邦德小说，是继塞巴斯蒂安·福克斯和杰夫里·迪弗之后的又一个小说系列。"我还没看。"我说。

"我认为让你写下一部邦德小说，会是一个很棒的想法。我认得伊恩·弗莱明版权方的人。如果你愿意，我可以和他们谈谈。"

"好啊，我当然很感兴趣。"我努力使自己听起来非常干脆，实际上这也是我梦寐以求的事情。

"我会和他们谈的。"她转向霍桑，有点冷漠，"我不确定能否帮到你。"

"我在电话里跟你说过，我正在调查理查德·普莱斯谋杀案。"

"是说过。好吧，我在饭店里偶遇普莱斯先生时没和他说话。打完官司后，我有一年多没见过他，和他也没有业务往来。我是看报道才知道他死了，当时也没怎么难过。"

"我可以理解，亚当斯女士。你第一次见到他是你离婚的时候吧。"

"霍桑先生，实际上我从未和他单独见过面。他给我写信，也写过关于我的文章。他在法庭上说我在经济方面完全依靠丈夫的智慧，尽管他还说我丈夫是个酒鬼，是花花公子，从他父亲那里继承了所有的财产。那时候，我花了七年时间全力打造自己的出版事业，或许你可以想象那种描述对我是怎样的无礼和羞辱。或许你也想象不出来，"她轻蔑地挥了挥手，"不管怎样，我和他的死没有任何关系，不过，就像我说的，听到这件事的时候，我也可能会举起一杯夏布利葡萄酒庆祝一番。"

"哦，并不完全是这样，对吧？"霍桑回道，"你说你和他的'死亡'没有任何关系，但你从一开始就作为旁观者参与进来了。"

"我不明白你的意思。"

"阿基拉·安诺威胁普莱斯先生时,你和她都在德劳奈餐厅。你第二次和她在一起,恰好是谋杀案发生的当晚。起初,安诺女士的记忆有些混乱。她说她在林德赫斯特的一间小别墅里。当这一说法被推翻后,她才不得不承认当时和你在一起。"

我以为道恩会反击,但她无视霍桑,转向我。"你为什么会来这里?"她愉快地问道。

"我正在写有关他的事。"我回答道。撒谎似乎没有意义。道恩·亚当斯知道我是干什么的,或许还知道我正在干什么。

她很惊讶。"写给报社?"

"写一本书。"

"真实案件?"

"是的,算是吧。我得做些修改,换换名字,但基本上都是真的。"

她考虑了一会儿:"这很有意思,你找到出版商了吗?"

"我和兰登书屋的塞琳娜·沃克尔签订了三本书的合同。"

她点点头。"塞琳娜人很好。只是不要让她拿截稿日期欺负你。"她转向霍桑,"我现在回答你的问题,首先,阿基拉从没威胁过理查德·普莱斯。那天我们在德劳奈餐厅吃饭,她看见他在房间的另一边。我们不免开始谈论他,发现我们竟有相似的经历。我们可能是喝多了,阿基拉想把事情闹大。她走到他的桌旁——普莱斯和他丈夫在那儿,阿基拉拿起一杯酒,从他的头上倒了下去。这样做真的很愚蠢,我不得不承认这一点。但与此同时,我也感到非常痛快。"

"她还威胁说要用酒瓶子打他。"

"没有。她是说他很幸运没点一整瓶酒,否则她就会用一整瓶，我猜她的意思是她会把一瓶酒都倒在他身上。"

"但你不觉得，仅仅过了一周，他就被一个酒瓶子砸死，未免太巧合了吗？"

"我觉得这可能就是巧合。你有没有想过这种可能性——餐厅里的人可能偷听到了她的话？"

我从未这样想过。阿基拉·安诺很可能无意中为别人提供了这种杀人方法，而那个人认识理查德，又碰巧目睹了这一切。他们甚至还可能是故意陷害她。我不知道霍桑是否查过那天晚上在德劳奈餐厅所有顾客的名单。

"至于阿基拉周日晚上在我家这事，"道恩继续说，"这也没什么奇怪的，我们是老朋友了。"

"你们是怎么认识的？"

"在迪拜的书展上，我们在洲际酒店住了一周。那是个认识人的好地方。"

"她在你家待了多久？"

"霍桑先生，你真的认为这条线索值得深究吗？好吧！那天她大约六点钟来吃晚饭，我们又喝了很多。你可能会觉得我们是一对老酒鬼，但事实并非如此。我们没有喝醉。我们一直在工作。但是阿基拉喝了两三杯酒，我觉得让她开车回去不太明智，所以留她在我家过夜。"

"你说你们在工作，她为你做什么？"

道恩·亚当斯犹豫了一会儿，我觉得她挺生气，所以她接下来说的话很有可能不全是真的。"她在文学剧本方面给了我一些建议。"她说。

"你给她钱了？"

"当然。"道恩看了看手表，那是一块非常精致的卡地亚手表,表带又薄又细,是金色的,"我在电话里说过,恐怕我没有太多时间和你聊。"

霍桑对此不予理会。"既然和你在一起,阿基拉·安诺又为什么要撒谎?"他问道,"和一位出版商老朋友一起吃晚饭……这有什么好隐瞒的?"

"我不知道,这个你得问她。也许她觉得你的询问方式令人不快,所以故意带你绕弯子。"

"对警察撒谎可是犯罪。"

"据我所知,你不是警察。"

我不得不佩服道恩·亚当斯,她肯定不怕霍桑。但是如果她更了解霍桑一点儿,可能就不会对他那么粗鲁。我看到了他眼中的愤怒,这让我想到了从泥里爬出来的鳄鱼。

"你说安诺女士在给你提供文学剧本方面的建议。"他说道,"实际上你出版的文学作品有多少呢?"

这个切入点很好。在楼下的橱窗里,我看到有一两部德高望重的作家的作品,但是道恩办公室书架上的书就没有那么高雅了。架子上有一本儿童绘本、两本机场惊悚小说、三本"末日世界"系列和一本维多利亚·希斯洛普写的希腊食谱。

她有点迟疑,但很快就恢复如常。"还没有多少文学作品,但我非常想进入文学领域。我们收到了很多提交来的材料,阿基拉还把这些材料读给我听了。"

"那你为什么不出版她的作品呢?既然你们两个是这么好的朋友……"

"我提议过。但是阿基拉已经和维拉戈公司签了合同。我们今天就先到这儿吧,好吗?"咖啡桌上有个电话,道恩拿起电话拨了一个号码。"汤姆,"她说,"我的客人要走,你能到办公室来吗?"

"事实上,我还没有问完。"霍桑的声音很冷。她犹豫了一下,电话还拿在手里。"没事,汤姆。我一会儿再打给你。"她放下了电话。

霍桑顿了顿,根据以往的经验,我猜他要发表一些不同寻常的见解了。即便有所准备,他接下来的话还是让我大吃一惊。"我想和你的作家谈谈。"他说。

"哪一个?"

"马克·贝拉多纳。"

她盯着他:"恐怕马克绝对不可能和你说话。"

"为什么呢?"

"好吧。首先,他和这件事毫无关系。其次,他一直隐居。他住在诺森伯兰,而且患有很严重的公共场所恐惧症,所以他从不出门。"

"但你们在德劳奈餐厅吃晚饭那晚他也在。"

"这不可能。"

"并非不可能,亚当斯女士。这是真的。碰巧他还与另一名男士的死亡有关——格雷戈里·泰勒。泰勒死前去拜访过理查德·普莱斯。他们俩已经认识很多年了。离开后不久,泰勒就被推到一列火车下轧死了。但是在那之前,他买了一本马克·贝拉多纳的新书,他买这本书不是因为他想看,而是为了给我们传递信息……这就是我来这里的原因。"

这些我都是第一次听说。如果霍桑真的查过在德劳奈餐厅吃饭的人,他肯定没有对我提起过这件事。但他确实成功地把我的注意力转移到了《血囚》这本书上。格雷戈里·泰勒在国王十字车站的史密斯书店买了这本书。"他为什么买那本书?"霍桑当时就是这么问的。

道恩·亚当斯已经无法控制局面。突然间,她开始扭动身体,好像沙发正在吞噬她一般。"我不知道你在说什么。"

接着,在所有人都毫不知情的情况下,门突然打开,阿基拉·安诺冲进房间。道恩·亚当斯和我一样,看到她非常惊讶。"阿基拉?"

"我一接到你的电话,就直接过来了。"阿基拉恶狠狠地看着我们,"我认识这两个人。我已经和他们对质过了。我知道他们的手段,也知道他们会用这些手段来威胁、恐吓你。我不想让你独自面对他们。"

所以是道恩给她打电话,说我们要来。我觉得她们一定是串通好的……但她们是怎么串通的?

"我们刚才在谈论马克·贝拉多纳。"霍桑接着说。他完全没有被打断的样子。好像他已经预料到会变成这样,甚至还挺乐意。

阿基拉走到第三把椅子前坐下。她还是像以前一样姿态清高,但突然间她似乎有些不太自信,甚至害怕。

"我需要他的地址和电话号码。"霍桑说。

"我不会给你的。"

"亚当斯女士,你可以坚持你的做法。那我只好打电话给格伦肖探长和米尔斯警探,看看如果你拒绝与他们合作又会怎样。"

"我不能……"

"为什么不能?"

"你不明白,马克从不——"

然后,从房间的另一侧轻轻传来了几个字:"他知道了。"是阿基拉说的。她的脸色很难看,低头看着地板。

他知道什么？为什么我不知道？

"你为什么不直截了当地说出来呢？"霍桑喊道，"你以为我是个白痴吗？还是你真的以为我查不出来？"

他停下来，等着这两个女人中的一个说话，但她们都沉默不语，霍桑直接说出了答案："阿基拉·安诺就是马克·贝拉多纳，是吧！根本就没有马克这个人。"他转身面向阿基拉，"那些愚蠢的书是你的作品。"

又是一阵寂静。我不知道该为哪件事震惊：是我从没怀疑过阿基拉和道恩这一点，还是霍桑竟然猜中了这一点。

"你还要否认吗？"霍桑问道。

我看着阿基拉，她坐在椅子上，看起来像一个被抛弃的木偶，四肢也不协调。沙发上，道恩·亚当斯看起来真的很害怕。"你不能告诉任何人。"她低声说道。

"等一下！"我大喊，"阿基拉·安诺写了《神剑崛起》和《血囚》，还有……"我忘了她第一部作品的名字。

"《十二钢铁人》。"阿基拉喃喃地说，仍然没有正视我的眼睛。

"但是，不可能吧。那些书里充满了色情内容。"我拼命想找出最恶毒的词语来形容，"这些书将女性物化了。"

"这些书卖出了数百万册。"尽管如此，道恩还是挺身而出，为她的朋友辩护。她又站起来，走到书桌前，在另一边坐下。这样她就离阿基拉更近一点，可以重新掌控局面。"这是我的主意。我说过，我在迪拜遇见阿基拉。她是个了不起的作家。她的书获得过很多奖项，有的甚至被拍成电影。但是安东尼，你知道文学小说——市场很小，几乎没有。"

桌子上有一瓶水，她给自己倒了一杯。"这不是阿基拉的主意，是我的。我不得不说服她，我知道剑与魔法类的题材有巨大的市场。"

"还有性爱。"我补充道。

"反正就是这些东西。《权力的游戏》在电视剧播出之前就已经走红。我们两个在泳池边上喝着鸡尾酒，我向阿基拉提议，只是在开玩笑，真的。如果像乔治·雷蒙德·理查德·马丁这样的人都能靠奇幻小说发家致富，那么像她这么有才华的作家就更容易了。"

"但她根本就看不起这些东西！"我坚持道。好像阿基拉不在房间里一样。她被赶出去了，取而代之的是从诺森伯兰来到这里的马克·贝拉多纳，还克服了他的公共场所恐惧症。

"世界上没有一个作家不想卖书！"道恩反驳道。

"当然，这是真的！"我表示同意，"但是她！"我指向阿基拉，"她是个十足的伪君子！"

阿基拉抬起头："一定不能让人知道。"她低声说，即使隔着有色眼镜，我也能看到她眼中的恐慌，"你不能告诉他们！那会毁了我的！"

道恩点点头。"如果人们发现阿基拉就是那些书的作者，这可能会对她的声誉造成巨大损害。当然也会损害我的生意！"她比阿基拉更理性，也更实际。但她是一个出版商，而不是作家。"你不知道我们付出了多大的努力，就是为了不让公众注意到马克·贝拉多纳本人。"她继续说道，"的确，阿基拉的形象在其他作品中完全不同，但许多作家都用笔名。"她叹了口气，"当时我提出这个想法，只是开个玩笑。我们都不知道这个系列的影响力会有多大。"

这就是斯蒂芬·斯宾塞提到的收入，也就是阿基拉瞒着理查德·普莱斯的那笔收入。当然,道恩是对的。一旦公众发现他们是如何被欺骗的,阿基拉、马克和金斯顿图书公司很可能就都完了。

但是霍桑一副得理不饶人的样子。"我不确定,"他说,"我认为这很难瞒过格伦肖探长。"

阿基拉什么也没说。

"安东尼,我相信你了解个中缘由。"道恩决定绕过霍桑,直接向我求助,"我的一生都投入到这个行业里,'末日世界'系列是把这一切维系在一起的支点。而且阿基拉也没有做错什么。"她倾身向前,"这系列很火,正在改编电视剧,不要毁了她。"

"这是一首俳句!"我大声说道。

"什么?"

"五,七,五。你刚才说了一首俳句。"我朝阿基拉瞥了一眼,她已经把自己蜷成一团,陷入了深深的痛苦之中。尽管之前发生过种种不愉快,我还是为她感到难过。"我会尽力的。"

霍桑在我旁边动了动:"聊胜于无。"

我们回到街上后,霍桑大笑。霍桑的幽默总是很含蓄,又有点恶毒。但是我好像从来没听过他大笑。

"你是怎么知道的?"我问他,"阿基拉·安诺和马克·贝拉多纳的关系?"

"这很简单。"他掏出一支烟,我们准备出发,往回走到霍本站,"首先,我们知道阿基拉有隐藏收入——斯蒂芬·斯宾塞告诉过我们。除了写作,她还能靠什么赚钱?还有,那天与道恩·亚当斯在一起这事,她也撒谎了。她为什么要编造那个偏僻小屋的废话?对一个作家来说,与出版商共进晚餐可是再自然不过了——除非她们在一起做些不寻常的事情。

"但真正点醒我的是在敦特书店的那一刻。当时你因为偷《血囚》被抓到,你没看到她脸上的表情吗?她吓坏了。我以为她要病倒了,不仅仅是因为你偷了一本书,而是因为你恰好拿了那本书。她一定以为你识破了。"

这倒是真的。她当时什么也没说,甚至都没看我一眼,一直盯着那本书。

"这似乎是一个很大的进展。"我说。

"其实不是。她是一个作家,像所有的作家一样,她也有点自我中心,所以无法完全放弃她畅销小说作者的身份。贝拉多纳(Belladonna)的最后四个字母倒过来就是她的名字(Anno)。阿基拉(Akira)里面取了三个字母变成马克(Mark)。老兄,我挺惊讶,你竟然没有发现。"

我也很惊讶,我每天都做《泰晤士报》的填字游戏。

我喜欢字谜,代码,首字母缩略词……

我还在努力理解这些新的信息。"你刚才说的,国王十字车站的事,是真的吗?格雷戈里·泰勒真的是想传达什么信息吗?"

"是的,确实是。只不过不是你想的那样。"

那是什么信息?我们刚刚排除了阿基拉·安诺的嫌疑吗?她和道恩·亚当斯都被理查德·普莱斯欺辱过,她们互相为对方提供了谋杀当晚的不在场证明。另外,普莱斯一直在调查阿基拉的收入问题。

假设他无意中发现了马克·贝拉多纳的真相呢?这样她们就有了杀害他的动机。

我本来已经把嫌疑人的范围缩小到五个人,而现在又退回到六个人了。

第二十章　绿色烟雾

"你知道，阿基拉就是想把我牵扯进来。她想看到我被捕。我明明没做过那些事！就是她说的那些关于我的话。我不是一个脾气暴戾的人！我告诉你，如果我脾气暴躁，几年前，我早就把她干掉了。她是我见过的最讨厌的人。她简直是在挑战圣人的耐心——就我所知，她很可能已经这样做过了。

"至于她的那首该死的俳句，是的，她给我看过，还觉得自己写得非常漂亮，但我不明白是什么意思。判决是死亡？到底要表达什么？她读给我听的时候沾沾自喜，但对我来讲，跟读了一本洗衣机使用手册没什么区别。"

奇怪的是，阿德里安·洛克伍德即使在心情不好时（就像现在这样），仍然显得非常轻松愉快。他戴着墨镜，梳着整齐的马尾，穿着白色衬衫，领口微敞。与家里相比，他的办公室装饰得没有那么奢华，是一个缺乏格调却很实用的套间，可能曾经属于一家按月租赁的管理公司，我猜他不常来办公室。在他面前的办公桌上，摆放着那台被洛夫蒂强行打开过的笔记本电脑。他坐在一张带软垫的皮椅上，椅子被坐得歪歪扭扭。他双手交叉叠放在脑后。

"如果喷在墙上的那组数字是我们两人中的一个干的，那一定是她。那组数字是什么？182？你真的以为我能记住吗？它完全有可能是别的诗。讲什么停车场里盛开的花朵，或者一只掉了毛的雀鹰，或者别的什么破诗。"

"这首俳句是关于你的。"霍桑说。

"是吗？"

"阿基拉告诉过你。而且，无论如何你都能很容易记住这组数字。"

"为什么？"

"因为这是你们的结婚纪念日！你提到过，你们是在你生日之后结的婚。二月十八号。"霍桑露出了诡异的微笑，"二月十八，18/2。"

我应该亲自看过这个日期。洛克伍德提到结婚日期时，我也在场，甚至还做了笔记。不过，这次我又没能将两者联系到一起。

"听着！"洛克伍德无望地挥了挥双手，"这段婚姻就是一场血腥的灾难，我已经和你们说过——"

"这是你第二段以灾难告终的婚姻，"霍桑打断道，"你的第一任妻子，斯蒂芬妮·布鲁克——"

"不要把她牵扯进来！"洛克伍德面红耳赤地说道。我以前从未见过他这样。"太过分了。你们和那些报道这件事的垃圾记者一样坏。斯蒂芬妮是一个很可爱的女孩。曾经有段时间，我们在一起很快乐。但她的生活习惯很糟糕。她酗酒、吸毒，最后死在了巴巴多斯。但事情发生时我根本不在船上，这是一起悲惨的事故。也许就像他们说的，她自杀了。我不知道。你把时间浪费在这件事上是没有任何意义的。不管怎么说，这都和发生在理查德身上的事没有一点关系。"

"只是这两起案件，你都牵涉其中。"

"我当时离理查德很远。"

"你在海格特,不太远。"

洛克伍德犹豫了一下,知道这意味着什么。

"是的,我在海格特。"

"和戴维娜·理查森在一起。"

洛克伍德大声叹了一口气:"是的,我告诉过你……我出去喝了一杯。"

"只是喝酒?"

"我不明白你想暗示什么。"

"那么我问得直白一点,洛克伍德先生。你和理查森夫人上床了吗?"

"这是一个非常无礼的问题。只因为你是个警探,或者更确切地说,一个前警探,就有权调查我的私生活吗?"

霍桑有点不耐烦。"这是一个非是即否的问题,我们都是成年人了。"

"上不上床有什么区别吗?"

"这能让我知道理查森夫人是否会为了保护你而撒谎。"霍桑停顿了一下,"或者,反过来。"

洛克伍德思考了一会儿,并不太久。"好吧,该死的。是的,我们在一起已经有段时间了。"

"那时你还没离婚?"

"是的。"他深吸了一口气,"事情并不像你想象的那么简单。你可能会说我们都是成年人,但你忘记了,她家里还有一个未成年人:她的儿子,科林。显然,当他在家时,我们无法亲热。而我也无法将她带回爱德华兹广场的家里,阿基拉住在那里。她的鼻子像猎犬一样,房子里有别的女人,她一定会发现。所以,我们去了酒店。我不介意去酒店,只是觉得有点难堪。"

"阿基拉发现你有外遇了吗?"

"没有。"

"理查德·普莱斯知道吗?你告诉过他吗?"

"我为什么要告诉理查德·普莱斯?你觉得我应该把这个写进表格里,然后广而告之?没有人知道。"

"现在你单身了,她会搬进来吗?"

洛克伍德大笑起来。"你一定是在开玩笑。戴维娜是个很有魅力的女人,很适合做情人。但是我不可能再次跳入火坑。我的第一次婚姻……我刚才告诉你了,是一场悲剧。第二次是一场闹剧。我这辈子已经受够戏剧性的展开了。"

洛克伍德开始不耐烦了,他变得很情绪化,就像打开了开关。"我已经把知道的都告诉你了,"他说,"所以,如果你没有其他问题的话……"

"事实上,我有些事情要告诉你。"霍桑并不着急离开,"那个潜入你办公室的人……"

"怎么了?"

"我们找到他了。"

事到如今,洛克伍德已经学会不相信霍桑了,特别是在他显得很好说话的时候。"是谁?"

"他叫莱昂纳德·平克曼[①],是一位私家侦探。你也许有兴趣听听他为理查德·普莱斯效力的事情。"

"你说什么?他为理查德工作?"

"你送给过普莱斯先生一瓶红酒,对吗?"

---

① 洛夫蒂是莱昂纳德的昵称。

"我之前告诉过你了。"

"当然,你也知道普莱斯先生是被人用那瓶酒打死的,重击致死。"

洛克伍德惊呆了,他接待我们时的轻松愉快已经荡然无存。"你的意思是同一瓶酒吗?"

"是瓶一九八二年的波亚克拉菲古堡红葡萄酒。"霍桑还记得那瓶酒的商标和日期,对此,我并不奇怪。

"是的,是我给他的。"洛克伍德说完停了一会儿,发现没有人讲话,意识到大家在等着他继续说下去,"理查德官司打得很好,我想表达感谢。当然,我也支付了一笔数目相当可观的费用。但是,跟阿基拉和解显然帮我省下了一笔钱,我只是想谢谢他。"

"用一瓶两千英镑的酒表达谢意?"

"我有很多酒。"

"具体有多少瓶?"

"什么意思?"

"你把酒都存放在威尔特郡科舍姆的一家叫屋大维的公司里。你到底有多少瓶酒?"

洛克伍德慢慢地露出了一个不爽的微笑。"你是不是很闲,霍桑先生?"

霍桑等着他回答。

"我收藏的主要是法国葡萄酒和香槟,市值约为二百五十万英镑。你可能要问我,为什么没有说明这件事。显然,可怜的理查德也是担心这一点,如果是他派人来潜入我的办公室调查……我得说,这很不道德!

"我之所以没有说明,是因为这些酒是我的一家公司购买的。

但这家公司已经不属于我了,因为我用它做抵押,换取了一笔巨额贷款——为我在巴特西的一个住宅开发项目。一切都很简单,如果理查德问我,我会很乐意告诉他。但我可以向你保证,我完全不知道他会担心此事。他什么也没跟我提过。"洛克伍德把手放在桌子上,掌心朝下,"还有什么事吗?"

这时,霍桑起身,我也随之站起来。"你帮了大忙,洛克伍德先生。"

"我不认为这是一种荣幸。"洛克伍德仔细斟酌着用词。

霍桑抬腿向门口走去,然后,又似乎想起了什么。"最后一个问题,你说你在八点十五分离开戴维娜·理查森的家,你怎么能确定是八点十五分?"

"我应该是看了手表。"

"厨房里有钟表。"

"我们当时不在厨房,在她的卧室。我穿上衣服就离开了。也许她提到过时间。我真的记不清了。"

霍桑微笑着说道:"谢谢。"

阿德里安·洛克伍德说到他的手表时,伸出手炫耀了一下腕上的劳力士,正是这个动作出卖了他。就在那时,我看到了一点绿色的油漆,不是在手表上,而是在他衬衫的袖口上,非常小的一点绿色油漆,有一半被袖扣遮住了。

我很清楚那种绿色是什么。这是戴维娜从英国珐柏油漆里选的颜料,它有一个奇特的名字。

绿色烟雾。

就是这个名字。

* * *

当天晚上,我和吉尔同时到家,她因拍摄现场的问题而垂头丧气,另一个拍摄场景也没有落实。我们现在比原计划晚了整整两天。似乎一切都不顺利。

晚上我们一起吃晚餐,其实也不能称之为晚餐。吉尔吃了一份沙拉,一罐金枪鱼。我翻遍了冰箱只找到一瓶香槟,那是我的书进排行榜前十的时候,出版社送给我的。还有两枚鸡蛋。我炒了鸡蛋,就着瑞维他饼干吃,因为没有面包了。

"你今天怎么样?"吉尔问道。

"挺好的。"

"改完稿子了吗?"

"今天晚上就能完成了。"

晚饭过后,我们两个开始工作,这是常态。我们共用一间书房,常常并肩工作到深夜。吉尔是我认识的人中,唯一一个比我还努力的人。她经营公司、监制影片、安排社交,还做家务。事实上,我们是在广告公司工作时相识的,她是客户总监,我做广告文案。认识我两天后,她(强烈要求)转去了公司的其他部门。我们不知怎么的就开始谈恋爱,二十五年后,依然在一起。我为她写过四个剧本:《战地神探》《正义与否》《碰撞》《威胁》。她是我的第一位读者,甚至早于希尔达·斯塔克。把她写成我书里的角色好像有点奇怪。事实上,她也明确表示过不喜欢变成角色。然而,事实就是,她是我生命中的主角。

"你又和那个侦探一起工作了,是不是?"我们吃饭时,她问道。

"是的。"我不想让她知道,但我从不对她说谎。她能看穿我。

"这是件好事吗?"

"不算是，但是我和他签了三本书的合同，案子也快解决了。"我有点内疚，我知道她在等我的剧本。我继续说道："无论如何都该结案了，霍桑已经知道凶手是谁了。"

霍桑没说太多，但我看得出来，他身上有一种很野性的东西。他越是接近真相，你就越能从他的眼睛里、坐姿和神态上看出来。他就像一只叼着骨头的狗。与阿德里安·洛克伍德见完面后，我本想和他喝一杯，但他迫不及待地回家了。我可以想象，他正坐在桌旁，拼装他的"西域海王"[①]，就像他在侦破罪案时那样，对细节如饥似渴。

"那你知道凶手是谁吗？"她问。

这是一个令人沮丧的问题。我确信现在这个谜底已经很清楚了。我一直都希望自己可以比霍桑更早找出凶手，但我离成功还差得远。这真的很不公平。如果我对本书的最后一章，也就是书的核心诡计毫无头绪，还怎么能称自己为作者呢？

"我不知道，"我坦诚道，然后又满怀希望地加了一句，"现在还不知道。"

晚餐后，我去了书房。书房是吉尔在公寓顶层为我建造的，大约十五米长，非常狭窄，从这里可以看到老贝利法院和圣保罗大教堂。当时，一座后来被称作碎片大厦的新楼拔地而起，给天空增添了一抹银色，也完全改变了我的视野。我坐在书桌前，凝视着夜空。虽然刚才说了那样的话，但我现在没有心情写剧本。我只好拿出一个记事本，开始思考案件。

如果霍桑能解决案子，那么我也可以，我和他一样聪明。答案就在我前面，我最后再梳理一次。

[①] 飞机模型。

阿德里安·洛克伍德。

他是嫌疑最大的人。不管他自己怎么说,他很可能已经知道普莱斯调查他秘密藏酒一事,结果可能会推翻其离婚判决。

阿基拉·安诺说他脾气暴躁。他的第一任妻子已经去世。然后是我在他衬衫上看到的绿色油漆斑点。那是和犯罪现场墙上的数字一样的绿色吗?如果是,这意味着犯罪现场的数字是他写的,尽管我不太明白原因。

问题是在案件发生时,他有确凿的不在场证明。当时和他在一起的人是……

戴维娜·理查森。

她不太可能把丈夫在长路洞的死归咎于普莱斯。事情已经过去很多年了,而且自那以后,普莱斯一直资助她。并且,不管怎么说,格雷戈里·泰勒已经承担了责任。

但是她和洛克伍德是情人。普莱斯的丈夫斯蒂芬·斯宾塞是怎么说的来着?普莱斯已经厌倦了她。她快把普莱斯榨干了。假设普莱斯切断了与她的经济往来,会让她因暴怒而产生杀意吗?她还可能和阿德里安·洛克伍德共谋,因为他也有杀人动机。他们可能一起谋划了杀人案。

阿基拉·安诺。

她仍然是我的主要怀疑对象,排在她的前夫阿德里安·洛克伍德之后。她在餐厅的威胁是事件的开端,并且她写过一首暗示谋杀的俳句——即便她坚持说那是写给阿德里安·洛克伍德的。我认为,她会因复仇心切去杀掉普莱斯,把182这组数字涂在墙上也不足为奇。这让我想起了日本那种带有文字的壁画，在现场留下文字信息，这很像她的行事风格。但是，她也有不在场证明。

道恩·亚当斯。

两位离婚女士都被理查德·普莱斯这位巧舌如簧的律师羞辱过，因而怀恨在心。更重要的是，如果理查德发现马克·贝拉多纳和"末日世界"系列的真相，很可能会把她们都毁了。现在回想起来，我觉得在犯罪现场写下一些信息，留下痕迹，是种很文艺的做法。在某种程度上，道恩和阿基拉与阿德里安和戴维娜的情况一样，这两人都有着相似的目标。她们有可能是共谋。

斯蒂芬·斯宾塞。

我认为他不是凶手，但也不能完全将其排除。他谎称事发当天去探望母亲，还隐瞒了出轨的事实。斯蒂芬·斯宾塞对婚姻不忠，理查德·普莱斯知道这件事，并在梅斯菲尔德·普莱斯·腾博律师事务所和一位合伙人商量过变更遗嘱。如果斯宾塞面临失去婚姻、房子和遗产的窘境，他当然有最直接的杀人动机。

苏珊·泰勒。

我并没有忘记这位格雷戈里·泰勒的遗孀。她的丈夫比理查德·普莱斯早一天死亡，而凶杀案发生的那天她也在伦敦。没有人要求她证实自己的证词，难道她真的在旅馆呆坐了一整晚？"我还能做什么？"我记得她说这句话时，眼神冰冷。难道她隐瞒了长路洞案件的细节？由于水位不断攀升，理查德、查尔斯和格雷戈里都被困在了下面。现在他们三个都死了，这其中一定有某种关联。

凶手一定就在他们之中。

六人中的一个。但是，是谁呢？

吉尔来到书房，看到我在沉思，就把隔板拉起，横在中间。我们称这个隔板为"隔离门"。我又拿出一张纸，开始梳理我陪霍桑调查时做的笔记上的线索。从普莱斯家前门旁边被破坏的芦苇，到格雷戈里·泰勒在国王十字车站买的那本书，以及阿德里安·洛克伍德袖口的绿色油漆。我想起了霍桑对墙上数字的评价，还有理查德·普莱斯最后说的话："你来这里做什么？有点晚了。"我把这些都写下来，圈好。可还是没什么用。

还有什么？霍桑一直在谈论犯罪形态、框架。我们曾在他的公寓里，边喝朗姆酒兑可乐边谈起这些。我翻看了一下笔记，找到了他的原话。

"不是这样的，托尼。你必须找到犯罪形态，这才是关键。"

但是，如果有犯罪形态，我至今仍未找到。我坚信答案一定隐藏在某一线索中，这条线索就在我面前，但我忽略了它的重要性。

我回想着我们拜访阿德里安·洛克伍德家时的情景：门边的雨伞、维生素药片和越橘。我努力回忆自己当时为什么把这些写在笔记本上。我为什么要写这些？

然后，我懂了。

我打开电脑上网搜索。多么强大的设备——简直是作家和侦探的最佳助手！几秒钟后，我得到了答案，此时，一切豁然开朗。我突然知道是谁杀死了理查德·普莱斯。这是一种我从没想过自己会拥有的经历。阿加莎·克里斯蒂也从未描述过这种事情，我想其他的侦探小说家也没有写过：就是侦探完成破案、真相大白的那一刻。大侦探波洛怎么做到不揪胡子的？彼得·温西爵爷怎么能不在半空中起舞？要是我，肯定会忍不住想这样做。

我又花了一个小时，仔细想了一遍。我看见吉尔关了灯，听见她上床睡觉了。我又做了一些笔记，然后打电话给霍桑。已经很晚了，但我不在乎。

"托尼？"虽然已是深夜，但是他接到我的电话并没有不耐烦。

"我知道凶手是谁了。"我说道。

电话那端沉默了一会儿。显然，他不相信我。"告诉我。"他最后说道。

我告诉了他。

第二十一章 犯罪谜底

我怀着兴奋与害怕的复杂心情,迈上台阶,走进了兰仆林街角的警察局,这也是第一次询问阿基拉·安诺的地方。昨晚我和霍桑的对话还萦绕在脑海。

"告诉我,我说对了。"

"你差不多猜中了,老兄。"

"霍桑……!"

"你说对了。"

一开始我就知道,我完全能做到比霍桑更早破案。但我很失望,他不尊重我的劳动成果——可能他有点不高兴。但说句公道话,他纠正了我的思路。更重要的是,他同意了我安排的后续行动,虽然我不想让卡拉·格伦肖知道这一点。

但是我不得不把这些都告诉卡拉·格伦肖和她那讨厌的助手。我不想让他们中的任何一人揽下功劳,但是考虑到吉尔和电视剧组,我只能这样。我知道制作团队面临许多问题,格伦肖是幕后操纵者,这是我们能摆脱她的唯一方法。对霍桑来说,这无关紧要。他是按天计酬的。这也是他如此煞费苦心地进行调查的原因之一。他似乎对自己的功劳并不是特别在意。即便如此,他还是决定不跟我一起去。我不怪他,我自己也不想见到格伦肖。

格伦肖在我们之前见面的那个昏暗的讯问室里等着。她穿着一件鲜艳的橙色运动衫,戴着一条彩色的珠子项链,与她那乖戾的表情、阴沉的脸色和充满威胁的眼神形成了鲜明的对比。达伦·米尔斯身穿运动夹克和喇叭裤,看上去神气十足。总体来说,我非常敬佩英国警察。他们很乐意配合作家取材,让我们能够了解案件过程,进入控制室,等等。但警察总是被描写成咄咄逼人或腐败的样子,他们肯定也已经受够了——不过对这两个人,我觉得描述得很恰当。

"你想怎样?"格伦肖问我。她坐在桌子旁边,米尔斯则依在她身后的墙上。她连一杯咖啡都没倒,见到我一点也不高兴。

"你说过想知道进展,"我说,"我们知道是谁杀了理查德·普莱斯。"

"你的意思是霍桑查出凶手了?"

"我们一起查出来的。"严格来讲,并不是这样。但是,我需要借助霍桑来增加可信度。

"他知道你来这里吗?"

"不知道,我没告诉他。"

我有点担心,但是她并没有看穿我的谎言。"好,继续说。"

"可以给我一杯水吗?"

"不行,你他妈的别喝水了。继续说,我们没有那么多时间。"

我真想扭头就走,但是现在为时已晚,我必须面对。我直奔主题。

"这次调查的不是一个人的死亡,而是两个人,"我开始说,"理查德·普莱斯在位于菲茨罗伊的家中被谋杀——"

"行了,行了,行了,"格伦肖打断我的讲话,"我们知道他住在哪里。"

我坚持自己的立场。"请见谅,探长,既然是我在讲述,我就要用自己的方式。"

"随便你。"她绷着脸说,"别给我兜圈子。"

米尔斯站在她身后,双手抱臂,双腿交叉,靠墙而立。

"就在理查德·普莱斯被杀的二十四小时前,格雷戈里·泰勒也死了。调查的难点就在于找出两者之间的联系——如果有的话。格雷戈里·泰勒是死于谋杀?自杀?还是意外?让我们来分析一下。

"首先,不可能是谋杀。只有两个人知道他在伦敦:他去拜访的理查德·普莱斯,还有他的妻子。理查德有可能会跟着他到国王十字车站,然后把他推下站台,但他为什么要这么做呢?格雷戈里·泰勒身患绝症,理查德已经同意为他支付手术费来挽救他的生命。如果他想杀格雷戈里,只要拒绝提供帮助就可以。而苏珊·泰勒也没有理由杀死她的丈夫。他们的婚姻很幸福,还是她送格雷戈里到伦敦寻求帮助。只有一个人可能对他怀恨在心——戴维娜·理查森,她可能会将丈夫的死归罪于他。格雷戈里曾担任去长路洞探险队的队长。但戴维娜·理查森不知道他要来伦敦,虽然他确实在海格特车站附近,但没有证据表明他们两人见过面。

"那么是自杀吗?这也说不通。格雷戈里·泰勒来伦敦为手术筹钱,给妻子打过电话。我们知道他当时非常兴奋。理查德·普莱斯答应支付的不只是两万或三万英镑,他要支付全部的费用。当然,格雷戈里也可能心存疑虑,因为手术不一定成功,那样他的病还是治不好。但他的一切行为都表明,他想活下去。他要带妻子出去吃饭庆祝,还打算和老朋友戴夫·加利万见面,聊聊长路洞——我想我们永远不会知道他要聊什么了。他甚至还买了一本六百页的平装书，在火车上读！

"这一定是个意外。这是唯一可行的解释。我相信你已经看过监控录像了。他很着急，想回家和妻子一起庆祝，却碰到了一群足球粉丝，有人推倒了他。他大喊'小心'，然后就摔倒了。"我停顿了一会儿，"如果他想自杀，会选择在车站吗？火车进站时开得那么慢。交警不认为是自杀，我也这么想。"

格伦肖和米尔斯沉默不语，阴沉地盯着我。至少他们的注意力都在我身上。

"实际上，理查德·普莱斯谋杀案只有六名嫌疑人，"我接着说，"我就不一一列举了。重点是，如果格雷戈里·泰勒是被谋杀的，那么理查德的死也许就和多年前在长路洞发生的事情有关。但如果你认为这是一场意外，那么就会是一种完全不同的情形。谋杀案就会和阿德里安·洛克伍德、阿基拉·安诺两人的离婚有关。一切的开端就是：餐馆里的威胁。阿基拉说得再清楚不过了。她鄙视理查德·普莱斯，还想用一瓶酒杀了他。

"更重要的是，阿基拉害怕他，因为他在调查她的财务状况。她有一个隐秘的收入来源，她没有告诉任何人。如果普莱斯知道了她是如何挣钱的，那么这会是杀死他的一个很合理的动机。当然，阿基拉必须确定他已经知道了她的秘密收入来源。这是个问题，因为据我们所知，她毫无头绪。"

"所以她哪里来的钱？"米尔斯问。

我没有回答。

"让我们来谈谈案发当晚的情况。事实上，之前下过雨，地上有些水坑，其余地方都是干的。当天晚上不是特别黑，那天是满月。但就在八点之前，一个住在菲茨罗伊的居民——亨利·费尔柴尔德，看到有人拿着手电筒从汉普斯特德公园走来。对方按了苍鹭之醒的门铃，理查德让客人进去了。但是一定发生了什么事情，那人走偏了路，进了花坛里，还弄断了一些芦苇。土地上有凹痕。还有一件事我们应该记住：理查德开门的时候，正在用手机和斯蒂芬·斯宾塞通话。'你来这里做什么？'他问来访者，因为他认识对方，'有点晚了。'

"最后一句话很奇怪。当时是星期天晚上八点。虽说是冬季，但这个时间应该不算很晚。他说这句话是什么意思？

"我承认，这个问题我考虑了很久。霍桑也对此迷惑不解。但后来我想起了在阿德里安·洛克伍德家里看到的东西。虽然只是一个小细节，但不知何故吸引了我的眼球。他在吃越橘。"

"这对案件有什么帮助？"卡拉咆哮着说。

我没有搭理她。

"越橘富含抗氧化物，被称为抗氧化剂。"我解释道，"据说能改善眼睛的健康状况——尤其是夜盲症或雀目。在战争期间，英国皇家空军飞行员执行夜间任务时，经常吃越橘。"我为此感到非常自豪，这是我在写《战地神探》时学到的东西，"夜盲症是由于视网膜光感受器功能异常造成的，目前还无法治疗痊愈。但是，越橘可以帮助改善症状，你也可以服用维生素A——这就是母亲让孩子吃胡萝卜的原因，也是为什么很多人白天戴太阳镜。阿德里安·洛克伍德戴太阳镜。他的厨房里有一瓶维生素A。"

我等着他们消化这些信息。米尔斯双手抱臂，向前走到椅子旁，像克里斯蒂娜·基勒女郎那样跨坐在椅子上。

"你是说阿德里安·洛克伍德杀了普莱斯？"卡拉问。

"普莱斯正在调查他。洛克伍德在离婚诉讼期间撒了谎，隐瞒了总计三百万英镑的资产——佳酿葡萄酒。隐瞒资产就违反了法律规定。然后他犯了一个愚蠢的错误，在庭审结束后，他送给普莱斯一瓶贵得离谱的红酒作为谢礼。也许他是在炫耀，但普莱斯起了疑心，安排调查员去调查。调查员名叫莱昂纳德·平克曼，他查明了真相，理查德·普莱斯很生气。众所周知，普莱斯是一个非常严谨的人。尽管法律程序已经结束，他也赢了官司，但他不会就此罢休，他不是那样的人。在那个星期天，也就是他死的那天，他打电话给合伙人说他想咨询法律协会。说到这里，其实答案就已经很明显了。

"阿德里安·洛克伍德憎恨他的前妻，他会不惜一切代价阻止之前的判决结果被推翻。如果再上法庭，他可能要多付很多钱。他对律师撒谎了。并且，他坐拥价值不菲的资产可能会引起税务员的关注。但对这种情况，他也有自己的计划。那天晚上他先去了情人戴维娜·理查森家，然后在七点左右离开。"

"等等，"米尔斯打断了我，他不常说话，但一开口，就很犀利，"理查森夫人告诉我们阿德里安·洛克伍德是八点钟离开的！她非常确定这个时间。"

之前我也是这么认为的，但是回看我的笔记，终于发现了真相。这是我的高光时刻。

"是的，"我说，"但她还告诉我，如果家里没有男人，她就毫无用处，什么也做不了。她不会停车，不会操作电视遥控器，而且总是忘记调时钟。星期天理查德·普莱斯被杀，她家的时钟没调！至少，他们本来是要调的，但是戴维娜忘记了。阿德里安·洛克伍德离开她家时是七点钟，不是她说的八点钟。

"洛克伍德开车到了汉普斯特德公园的山顶，但他不能冒险开进菲茨罗伊街。这是一条私人街道，在安静的星期天晚上出现的车辆，很容易被人注意到并且记住，尤其是当车上还有非常个性化的牌照时。洛克伍德正好开着一辆银色雷克萨斯，车牌号是

RJL，于是他从汉普斯特德巷下车开始步行。虽然是月圆之夜，但他的视力太差，他还是需要一个手电筒。他还带着一把伞，在月光下费尔柴尔德先生没看到，但我在他家的时候注意到了这把伞。当他走到理查德·普莱斯门口时，被绊了一下，同样是因为视力问题。他踩到了芦苇，但用雨伞稳住了身子，所以在地上留下了小坑。

"理查德·普莱斯开门时正在打电话，他看到自己的客户——阿德里安·洛克伍德一定很惊讶。'你来这里做什么？'他问，然后又说，'有点晚了。'你明白了吗？他说'有点晚了'，是因为那天下午，他给合伙人打了电话，说要上报情况。他已经做出了决定，现在再谈有点晚了。

"尽管如此，洛克伍德还是说服了普莱斯让他进去，然后他们去了书房。普莱斯一定是拿出了那瓶酒给他看，也许是洛克伍德要求的，因为这对他的计划至关重要。你知道，他已经听说了在德劳奈餐厅发生的事情。他知道前妻在一群证人面前威胁过普莱斯。我们不知道她具体是怎么说的，但不管怎样，已经很接近了。她曾用酒瓶威胁过他，现在普莱斯就要被人用酒瓶打死了。洛克伍德知道前妻将会受到惩罚，一定很高兴。"

"墙上的数字是什么意思？"格伦肖问。

"原因完全一样，"我说，"一开始洛克伍德可能并没有计划在墙上涂数字，但当他看到走廊里的油漆罐时，就冒出了这个想法。他记得阿基拉写过一首关于谋杀的诗……俳句。他记得这个数字，因为那天正是他第二次结婚的日子。顺便说一句，你可以去了解一下洛克伍德的第一任妻子在巴巴多斯的遭遇。这已经不是他第一次卷入暴力死亡事件。不管怎样，他高兴地告诉我们，阿基拉情绪很不稳定，她不怕杀人。他之所以写下这个数字，是因为他知道这组数字最终会把我们引向她写的一句话：'判决是死亡。'他想让我们相信，阿基拉为自己的所作所为而兴高采烈。"

接下来是长时间的沉默。

格伦肖和米尔斯认同我说的一切，我非常享受他们的瞩目。这是我的高光时刻。我试着回想自己是否有什么遗漏。但是没有，我都说了。

"你把这些告诉别人了吗？"格伦肖问。

"只有霍桑，我当然得告诉他。"

"你们找过洛克伍德了吗？"

"没有。"

"别去找他。"她看了一眼米尔斯，他点了点头，明白她的意思。"我们会从这里接手，"她接着说，"我并不是说你的推测是正确的，可能有一两个漏洞。"她说道，我知道她在撒谎。昨天晚上我把整件事情复述了好几遍，霍桑还纠正了几个地方。整个说法无懈可击。"不过我们要讯问一下洛克伍德，看他怎么说。"

"好的。"我站起身，"但是，我希望从现在开始，你们不要插手《战地神探》的拍摄。还有，不管怎样，你如果对霍桑多一点信任，就更好了。"

卡拉·格伦肖几乎怜悯地看着我。"我懒得插手你那部愚蠢的电视剧，碰都没碰过。"她说，"至于我要做什么，都不关你的事，懂吗？如果你想听我的建议，就避开霍桑。他是个麻烦，大家都知道。你跟他在一起，肯定会受伤的。"

离开诺丁山警察局时，我有点泄气，但回到家我又振作起来了。我宁愿洛克伍德不是凶手。归根结底,从一开始他就极有可能是凶手——但这又有什么关系呢?案件已经结束了。我有足够的材料来写一本书。现在我所要做的就是把它写出来。

我找到了新的动力,很快就把《战地神探》的剧本改好了。下午三点左右,我把改完的剧本通过电子邮件发给了工作室。我给霍桑打了几次电话,但都转入了语音信箱。四点钟时,我决定出去一趟。在皇家艺术学院有一场杜米埃的画展,听说值得一看。我可以去那儿待一个小时,然后去看电影,再和吉尔一起吃晚饭。

这时门铃响了。我点开对讲机,是霍桑。"我可以上来吗?"他问。

我按了一下门铃,让他进来。

这是他第二次来我的公寓。出于各种原因,我们都不太愿意让对方进入彼此居住的地方。他走出电梯,看起来非常得意。"你去见了卡拉·格伦肖。"他说。

我开始提防。"你说过不介意的。"

"我不介意。"

"她给你打电话了吗?"

"没有。"他手里拿着一份《旗帜晚报》,摊开放在我的桌子上。我戴上眼镜,读了第二页底部的一篇小文章:

逮捕令
汉普斯特德谋杀案

今晨,警方逮捕了一名五十八岁的男性,他与上周在汉普斯特德发生的谋杀案有关,离婚律师理查德·普莱斯被发现死在家中。探长卡拉·格伦肖称:"这是一起极其残忍的谋杀案,但经过警方细致而广泛的调查,会很快将罪犯绳之以法。"目前案件细节还没有进一步公布。

我读完了,抬头看了看霍桑。他看着报纸,微笑着。我开始有点害怕,又读了一遍。霍桑仍然在笑,非常开心。
我明白了。
"我弄错了,是不是?"我问。我很难受。
他点了点头。
"不是阿德里安·洛克伍德。"
他摇了摇头。"可怜的卡拉,"他喃喃地说,"她抓错人了。"

第二十二章　一百分钟

"霍桑，你真是个卑鄙小人。"我说。他似乎对我的口头攻击无动于衷，仍然扬扬得意。"你一直都知道我弄错了，却利用我来报复格伦肖。"

"我以为你会很高兴，老兄。她会很丢脸。助理局长也不会高兴的。"

"但她会毁了我！她会破坏电视剧的制作——"

"她什么都不会做，卡拉只会装腔作势，不会真的做什么。相信我，你不会再听到有关她的消息。她在职业生涯中犯了许多错误。这次小事故发生后，他们甚至可能解雇她。我说过，她很笨！大家都知道的。"

"我更笨。"我说。我很难过，不仅我的高光时刻消失了，而且我仍然不明白自己哪里出了错。

我和霍桑打了一辆出租车，我们挨着坐在一起，在交通高峰时段，车行缓慢。伦敦征收交通拥堵费，但显然并不管用，大多数时候，你一瘸一拐地走路都比开车快。我经常从公寓步行到老维克剧院，这样比坐公交车还快，通常我外出都选择步行。不过，只有这一次，我不介意被堵在路上，即使计价器的价格不断攀升。我想单独和霍桑待在一起，我需要听他解释。

"你不笨。"他这一次略带同情地说,"只是考虑得不够全面。"

"我各方面都考虑了,"我坚持道,"药片、越橘、眼镜和瓶子。如果我考虑不周,那我忽略了什么?"

"好,我可以说一两点。"霍桑回答道。

"说!"

他抿着嘴,就像一个医生要宣布不幸的消息一样。"好吧,就从阿德里安·洛克伍德的眼疾开始说,你叫它什么?"

"夜盲症。"

"你上网查的。"

"对。"

他摇了摇头。"也许他确实有夜盲症,我不知道。但他吃越橘可能只是因为喜欢,而且服用维生素 A 有各种各样的作用:对牙齿、皮肤、生育能力……都有好处。"

"你从网上查到的吗?"

"没有,我刚好知道。另外,戴太阳镜也许是他认为这样看起来很时髦,就像扎马尾辫和穿切尔西靴子一样。但问题是,如果他在黑暗中无法视物,你真的认为只要带着手电筒,他就可以一路穿过汉普斯特德公园?他可以把车停在海格特,然后走下山。一路上都有路灯,或者他可以打车。"

我觉得他说的有道理。"其他的呢?"我问。

"关于杀人动机,或者说你所认为的杀人动机。阿德里安·洛克伍德在威尔特郡有价值三百万英镑的藏酒。但是,据他说,理查德·普莱斯对这件事只字未提。是的,理查德发现了藏酒,他很不爽。不过,实际上他们并没有起过冲突。"

"他这么说是因为他不想让我们知道普莱斯在调查他,他在撒谎。"

"既然这样,他为什么又要告诉我们有人闯入了他的办公室,侵入过他的电脑?托尼,你想想看。他知道有法务会计师为普莱斯工作,甚至还可能知道洛夫蒂。毕竟,洛夫蒂也在暗中监视阿基拉。所以如果他事先知情,就不会和我们分享这些信息了。毕竟这是他最不愿意让我们知道的事情。"

又一次,我无法反驳霍桑的推理。

"那把伞呢?花坛的凹痕怎么解释?"

"很多人都有伞,但这无关紧要,因为那个凹痕本来就不是雨伞的痕迹,而且在这件事情上,亨利·费尔柴尔德也弄错了,那不是手电筒。"

"那是——"

霍桑举起手:"我不想说两遍,老兄。等讲到那里再说吧。"

我没有听到霍桑告诉司机我们的目的地,但发现我们已经驶过了尤斯顿路,正在往北走。我以为我们要去位于菲茨罗伊街的普莱斯家……好像绕了一个大圈。但车子到了拱门路后,右转在牧羊山停下。我总共付了三十英镑车费,包括小费——我并不惊讶。

戴维娜·理查森给我们开了门。她看上去非常焦虑。"我听说他们逮捕了阿德里安,是真的吗?"她问。

霍桑点了点头:"是的。"

"但这太荒谬了。阿德里安绝不会伤害任何人,他不是那种人。无论如何,他不可能那么做。我告诉过你,他和我在一起!"

"理查森夫人,我们可以进去吗?"

"可以,当然可以。不好意思……"

我们跟着她穿过万花筒般的房间,来到厨房,我们第一次来就是坐在这里。她刚刚在喝酒,有一瓶玫瑰红葡萄酒和一个玻璃杯摆在桌子上,旁边还有一包烟,一包品客薯片。她看上去比前两次更加狼狈。她的丈夫去世已经有一段时间了,紧接着又失去了最亲密的朋友,现在她的情人也进了监狱。她把四周堆满东西,用以支撑自己。

"科林在家吗?"霍桑问。

"是的,他在楼上。不用担心——他不会打扰我们。他正在上网。"

我们围着桌子坐下。戴维娜拿出一支烟点上。"我会尽我所能帮助你,"她说,"我知道阿德里安是被冤枉的。我告诉过你们,他当天晚上和我在一起。"

"理查森夫人,你能确定吗?"霍桑用他最擅长的方式直截了当地问,让她没有回旋的余地,"我们说的是十月二十七日那个周日晚上,就是把时钟调到冬令时的第二天。"他看了看门旁的小型落地摆钟。

"你确定记得在周六晚上调过时钟?"

"我当然确定!"她盯着时钟,然后把烟凑到嘴边,却无法掩饰手的抖动,"我肯定调过!"

"但你确实跟我这位朋友提过,说你可能忘记调了。"我的朋友,霍桑指的是我。

"我说过吗?"戴维娜的一切——长长的栗色头发、围巾、闪闪发光的运动衫以及她的整个身体——似乎都散发着颓丧的气息。

"我想你是这么说的。"

"好吧,也许你是对的。我可能是星期一才调的时钟,我真的记不清了。"

我不明白这是怎么回事。我以为霍桑已经否定了我告诉卡拉·格伦肖的一切,包括洛克伍德的不在场证明。但现在看起来他至少同意我说的一部分内容,让戴维娜承认我的推断,这就意味着洛克伍德还有可能犯罪。

"我帮不了你们,"戴维娜悲叹道,她看起来筋疲力尽,快哭了,"是的,我忘了调时钟,我总是忘记。科林上学迟到时,对我大喊大叫。但是,这有什么区别?阿德里安直接回家了,他之后给我打了电话。"

"是什么时间?"

"大约他离开一个小时后。"

"打的你的手机还是座机?"霍桑仍处于最咄咄逼人的状态,"你知道我们会去查证的。"

"他也许是第二天给我打的电话。我没法说了,我什么都不知道。"她又给自己倒了些酒,喝下一大口。

霍桑稍微停了一会儿。再继续说的时候,态度变得温和了一些。"我们来是为了帮助洛克伍德,理查森夫人。他已经被卡拉·格伦肖逮捕了,但我认为不是他干的。"

"你认为不是?"她的眼中充满了希望与恐惧。

"你愿意听一下我的想法吗?是我自己的看法。然后有一些问题,需要你回答。"

"好的。"她点头,"我愿意。"

"好。"

他看了我一眼,然后开始说。

"你已经很难过了,我不想再让你难过,理查森夫人,但这一切都与多年前你丈夫在长路洞的死有关。你得承认那只是个巧合,不是吗?格雷戈里·泰勒从约克郡的里布尔德出发,跋涉了二百英里。他已经很多年没来过伦敦。他拜访了老朋友理查德,之后的二十四小时内，他们两人都神秘地死去。现在，你不会告诉我两件事之间没有关系吧？我的意思是，发生这种事的概率有多大？"

"我在报纸上读到了格雷戈里的事，"戴维娜说，"那是个意外。"

"我认为这不是意外。"霍桑说。

"你的意思是……他是被谋杀的？"我问。我又一次感到困惑。我们之前明明都否定了这种可能性。

"不是的，托尼。他没有摔落，也没有被推倒，他是自杀的。这一点，我一直认为很明显。"

"但是……为什么？"

"你不介意的话，我想吸一支烟。"霍桑说着，从戴维娜的烟盒里抽出一支烟，按照自己的习惯夹在手指间，然后点燃，空气中开始烟雾缭绕。"我一直跟你说，你得找到犯罪形态，"他对我说，"谋杀讲不通。被意外绊倒，也讲不通。但是，如果是自杀，一切就说得通了。"

"他没有理由自杀！"

"如果你相信他对妻子说的话，那他确实没有理由自杀。但他可能在撒谎。"

霍桑吐出烟雾，又看着烟雾在他面前的空中消散。

"我对这件事是这样看的。"他说，"格雷戈里·泰勒已经被确诊为埃莱尔-当洛综合征，这是很严重的疾病。他需要做手术，否则就会脑死亡。他身无分文，住在约克郡，但他有一个富有的朋友——理查德·普莱斯。他们已经六年没见过面了。自从他们的另一个朋友去世后，两人几乎没有过交流。但即使如此，格雷戈里在妻子的劝说下，还是认为理查德会在困难时期帮他一把。

"现在让我们假设真实的情况是：理查德·普莱斯让他滚蛋。我不知道具体原因。但如果真是这样，我并不会吃惊。假设周六下午他们在苍鹭之醒——顺便说一下，这是我听过的最愚蠢的名字之一——理查德直截了当地说他不会提供帮助，也不希望与格雷戈里有任何瓜葛，让他离开。"

"但是，普莱斯为什么要这样做呢？"戴维娜问，"已经有过一次全面调查了，他们两个都不应该对那次事故负责。理查德和我说过这件事。他们尽己所能去抢救查尔斯，还险些为此丧命。他们都非常难过，从那以后再没见过面。但你说得好像他们互相憎恨似的。"

"也许他们确实憎恨对方。"霍桑说，"因为他们可能没有说出事情的真相。让我告诉你，理查森夫人。当人们保守秘密时，这些秘密就会溃烂，非常恶心，还会变成毒药，也能杀人。"

"我不明白你在说什么。"

霍桑叹了口气，弹了弹烟灰。"我们可能永远都不知道在长路洞里到底发生了什么，因为仅有的三个目击者现在都已死亡，而且这都是很久以前的事了。但我可以告诉你，格雷戈里·泰勒和理查德·普莱斯给出的说法并不合理。他们的同伴戴夫·加利万，也就是带队营救的那个人，也知道这一点。他参与了调查，但决定不提出质疑。死因已经很清楚了，他不想让任何人伤心。

"但有些本该被问出来的问题，却没人吱声。第一，你丈夫在德雷克通道被冲走，接着被冲到了多层立交桥处。那里地势较高，他为什么不在原地等待，直到洪水退去？虽然可能不好受，但他可以在那里坐上二十四个小时，直到有人来救援。

"第二个问题是最主要的。据当地农民克里斯·杰克逊所说，当天四点钟开始下大雨。他向窗外望去，看了看房子外面的一条小溪，他称之为'提示'，因为溪流可以提示洞内情况。到了四点钟，那就已经不是一条小溪了，而是一条汹涌流淌的河流，对任何被困在地下的人来说，这都意味着死亡。一个小时后，有人来敲他家的门，是刚刚历经悲惨遭遇的格雷戈里·泰勒和理查德·普莱斯。

"据格雷戈里的妻子苏珊·泰勒说，遇到洪水后，格雷戈里和理查德努力逃离山洞。我们知道，他们还得再走四百码，也就是四分之一英里左右。但后来他们发现查尔斯落在了后面，又奋力往回去找。他们一边搜寻一边大声呼喊查尔斯的名字，但无济于事。于是，他们走出山洞去求救。英巷农场离那里足足两英里远。即使当时他们已经精疲力竭，还是选择了徒步前往。

"我们计算一下。四点钟，大雨倾盆而下。他们在发现查尔斯·理查森失踪前，在洞里最多走了十五分钟，所以他们不得不再花十五分钟往回赶。就算他们用了十分钟寻找查尔斯吧。后来，他们放弃了，决定去寻求帮助。走到洞口大约要三十分钟。你觉得他们不开车，步行去英巷农场要花多久？我们算三十分钟可以吗？加起来是一百分钟。但救援队的戴夫·加利万是在五点零五分接到的求救电话。那时是洪水发生后六十五分钟。无论怎么看，这都说不通。"

"我不明白。"戴维娜说。霍桑说话的时候，她一直在大口地喝酒。瓶子里只剩下一点酒了。

"他们没有尽力救援。"霍桑平淡地说，"不管在长路洞发生了什么，没有人发挥英雄主义精神去营救，这一点格雷戈里·泰勒和理查德·普莱斯都明白。这就是他们不再见面的原因。只要见到对方，他们就不得不面对这个现实。"

"他们杀了查尔斯?"

"查尔斯被落在了后面,他们都没有试着去救他。现在回到二十七号的那个星期天吧。格雷戈里已经绝望了,没有钱做手术,他就会死。理查德又把他赶走了。他会怎么做?"

"他自杀了。"我答道。还能有什么其他答案?

"是的,托尼。但是他先给朋友戴夫·加利万打了电话,说自己想告诉他长路洞的真相,但那只是烟幕弹而已,他明白自己再也见不到戴夫了。他决定实施计划。你知道吗?他有一份二十五万英镑的人寿保险。"

"当然知道。苏珊·泰勒和我们说过。她开了一个凄凉的玩笑,说竟然无法用这笔钱来支付可以挽救他生命的手术费用。"

"格雷戈里担心自杀无法获得保险赔偿。可能在合同中规定了关于自杀的条款。通常,保险有两年的等待期——但谁知道呢?为了获得赔款,他不想让自己的死看起来像自杀,所以他打电话,说一切都很顺利,他要好好活下去,生活很美好。

"格雷戈里打电话安慰妻子,分享喜悦,并邀请她第二天晚上去马顿兵团餐厅共进晚餐。问题是,他为什么要在这个时间打电话告诉妻子?他明知道此时她要带女儿上舞蹈课。会不会是因为他本来就不想让妻子接到电话?他不相信自己能骗过她,而且他需要把这个信息录下来,这样就可以放给警察听。

"格雷戈里还打电话邀请戴夫星期一和他一起喝酒。他甚至还在霍恩西巷自拍了一张面带微笑的照片,距离所谓的自杀桥——海格特大桥只有一分钟的路程。这除了向全世界发出'我不会自杀!'的信号还会是什么?最后,他又在车站买了一本又厚又沉的书,想让我们以为他要在车上读。这是他从未读过的系列小说的第三部……事实上,他根本不看书,因为我到过他家,亲眼看到他家没有书,也没有书架。"

"他是自杀的。"戴维娜喝完最后一杯酒后重复道。

"但是,在他自杀之前,他按了自毁按钮。"霍桑说,"他到底在霍恩西巷做了什么?那地方离这里只有五分钟的路程。"

"你说,他自拍了照片……"

"他做的不止这些。他来过这栋房子,和你说了发生在长路洞的真相。"

一阵阴沉的寂静。房间里只有细微的动静,也许是风吹动窗帘的声音。霍桑抬头看了一下,这里只有我们三人,所以他也就没有理会。

"你不可能知道。"戴维娜嘟囔道。

"当你排除了一切不可能,剩下的无论是什么,都一定是事实。"①霍桑答道。

"格雷戈里来过这里?"我脱口而出,被这个信息(或者说是推论)惊呆了。

"在回国王十字车站的路上来过。是的,他告诉了理查森夫人长路洞的真相。我猜是理查德·普莱斯,她最亲密的朋友,也是她孩子的教父,致使查尔斯被淹死。是这样吗,理查森夫人?"

戴维娜缓缓地点了点头,一滴泪水顺着脸颊滑下。

"洪水事件他们撒了谎。"她说,"查尔斯并没有和他们分开,就像你说的那样。他被卡住了,他们离他很近,但他们太害怕了。理查德最坏。他劝说格雷戈里出去。实际上,他们听到了查尔斯的呼声,却抛弃了他。他们只顾自己逃命,查尔斯被淹死了。"

---

① 出自《福尔摩斯探案集》。

"对不起。"霍桑说，我觉得这一次他是发自内心的道歉。

"不要再问我任何问题了，剩下的我都会告诉你。"

戴维娜·理查森与之前判若两人，她的内心仿佛崩溃了，只想结束这一切。

"现在，我知道了真相，是理查德·普莱斯背叛了我们。"她说，"他照顾我们，给我们钱，帮我找工作，假装是我的朋友。但一直以来，他都在欺骗我们。他非常清楚在长路洞发生的事。如果他不是懦夫，查尔斯现在还活着。霍桑先生，我不傻，我知道他为我和科林所做的一切都是赎罪。他想用钱消除内心的愧疚，但是，用这种方式，只会让事情更糟糕。如果他不来管我们，我想我会更尊重他。

"当格雷戈里·泰勒告诉我普莱斯的所作所为时，我就知道我一定要杀了他。"她起身走到冰箱前。她想找一瓶酒，但已经没有了。她打开橱柜，找到一瓶伏特加，拿到桌子上。"我自认为不是个邪恶之人，我只是感到空虚。你能理解吗？过去的六年，我生活在一个巨大的空洞里，我想它已经把我吞噬了。我不想见到格雷戈里。当他出现在门口时，我都不敢相信，他对我来说是个陌生人。他离开后，我已经知道自己要做什么了。

"那个星期天晚上，阿德里安·洛克伍德在这里。我故意没把时钟调回去。你知道的，我想让他说理查德去世时，他就在我家里。我开车去了菲茨罗伊街，把车停在大街的尽头，下车走过去。我的包里装了一把刀，我想用刀刺死理查德。"

"你没有经过汉普斯特德公园吗？"霍桑问。

"没有。"

"理查德·普莱斯开门的时候，正在打电话吗？"

"他手里可能拿着电话，我不记得了。他看到我很惊讶，但他邀请我进去。他假装很担心我。我现在明白,他说过和做过的一切都是装出来的。我们去了书房,他问我是不是出了什么事。我讨厌他看我的眼神,好像很关心我的样子。这激起了我的愤怒。我甚至无法描述那种感受。就在那时,我看到了那瓶酒,拿起来就打他。我打了他很多下,瓶子碎了后,我用剩下的部分刺向他。"

"你的那把刀呢?"

"我都忘了还有刀。总之,我不想用那把刀。我知道如果用刀子,就可能会让警方查到自己身上。"她凝视着远方,"整个事情太奇怪了,霍桑先生。杀他的时候,我什么感觉也没有。好像我根本不在房间里,就像在调低了音量的电视屏幕上看自己的影像。我甚至没觉得愤怒,我只是想让他死。"

"然后呢?你为什么在墙上写了数字182?"

"我记得阿德里安让我看过这首诗,是阿基拉·安诺写的。我不知道缘由——但那些话仿佛就是对我说的,诉说着有关理查德的真相。他在我耳边低语,就这样害了我们。我决定留下一个信息,所以去拿了一把刷子,把它画在了墙上。这很愚蠢,但那时我精神不太正常。"

我们又一次陷入长时间的沉默。她给自己倒了一些伏特加,装在之前喝红酒的杯子里。

"你认为现在会发生什么事?"霍桑问。

戴维娜耸耸肩,过了好一会儿才说:"你觉得有必要说出来吗?"她问,"你已经不是警探了,还要把这些告诉别人吗?"

"阿德里安·洛克伍德已经被逮捕了。"

"但是,警察会查出来不是他干的。最终他们会放了他,他们必须这么做。"

"你能逃脱谋杀罪吗？"霍桑的语气里掺杂了一丝尖锐，毫无疑问，他不赞同戴维娜的想法，"你真的认为我会让这种事情发生吗？"

"为什么不呢？"这是戴维娜第一次大声反驳霍桑，"我是一个单亲妈妈，一个寡妇，只能靠自己。我唯一挚爱的丈夫死了，这不是我的错。把我关进监狱有什么好处？科林怎么办？我们没有亲戚，他需要照顾。你可以离开，说你没有能力破案。没有人比你更聪明，理查德应该付出代价。到此为止吧。"

霍桑悲哀地看着她，但也许带着些许敬意。"我不能那么做。"他简单地说。

"那我去拿外套。我得请一个邻居来照看一下。不过如果需要的话，我可以马上跟你们走。顺便说一句，我会认罪的……我会让大家轻松点。霍桑先生，我相信你很自豪。抓到罪犯，他们会给你奖金吗？请给我几分钟时间和儿子道别。"

我不得不说，我完全愣住了。事情如此急转直下，交代的认罪内容很全面，以至于我觉得自己被甩在了后面——就像查尔斯·理查森被留在了山洞里一样。一方面，我明白为什么戴维娜要杀死普莱斯；但另一方面，我仍然难以理解，她说当晚没有经过汉普斯特德公园，那么亨利·费尔柴尔德看见的，打着手电筒的那个人又是谁？霍桑说过，那不是手电筒。如果理查德开门的时候，没在和他丈夫打电话，那么斯蒂芬·斯宾塞在电话里听到的那个人是谁？在凶杀案发生之前，会不会有其他人到过他家？

我的脑海里思绪万千，却被一阵缓慢的掌声打断。是霍桑在拍手。

"你做得很好，理查森夫人。"他说，"不过，我知道你在撒谎。"

"我没有。"

霍桑转身向门口走去："科林，是你在外面吗？为什么不进来？"

没有人回应。但随后，戴维娜十五岁的儿子走了进来，这次他穿了一件牛仔裤和一件胸前印着"绝命毒师"字样的大码T恤。这是我第二次见他，比我上次见到时更胖、更成熟了些。也许是因为他愁眉苦脸，被卷发遮住的眼睛显得愈发黑暗。下巴上的痘痘也更严重了。不知道我们的对话他听到了多少。

"科林！你在这里做什么？"戴维娜问，想要走过去，但霍桑拦住了她。

"看来他又在门后偷听。"霍桑说，"他好像很喜欢这样做。"

我觉得我应该说点什么。显然，一个小男孩不应该出现在这里。"我带他上楼。"我说着，向他走去。

"不要动，托尼！"霍桑大声喊道，"你还不明白吗？杀死理查德·普莱斯的不是戴维娜，是他。"

但是太迟了，我已经来到了他身旁。

一切都发生得太快。科林从厨房拿了什么东西。戴维娜大叫了一声。

霍桑跑过来。科林狠狠地打了我胸口一拳。我往后倒下，霍桑一把抓住了我。科林转身就跑。这时我听到前门开了又关上。然后我惊愕地看到一把六英寸的菜刀，有半截刀刃插进了我的胸膛。

第二十三章 犯罪团伙？

接下来几分钟发生的事情很难描述清楚。可能是由于我当时受到了惊吓，也没有心情去做笔记。我记得戴维娜无助地瘫坐在桌子旁，喝着伏特加。霍桑掏出手机打电话，叫了救护车，没有报警。我一直盯着那把刀，看起来像外星物体。至少在这一刻，我还是没弄明白，它怎么会插在我身上。我想拔出来，但是霍桑警告我不要去碰它。他把我扶到椅子上坐下，夺过那瓶伏特加，给我倒了一大杯。我需要喝点酒。我很不舒服，而且，随着时间流逝，疼痛感越来越强，当然，这不是我第一次被刺伤。从另一方面来看，这个场景可能还有一定的喜剧色彩——当然，我可不这么认为。

虽然救护车不到十分钟就到了，但我总觉得等了好久。我听到了鸣笛声，沿着修道院花园路呼啸而来。我盯着自己的衬衫，是一件新的保罗·史密斯牌衬衫，现在被毁掉了，我很沮丧。至少看起来没有大量血迹，这是些许安慰。最好不要让我看到血，特别是我自己的血。霍桑坐在我身边，我记错了吗？还是那时他其实是在搀扶着我的胳膊？他似乎真的很担心。

此时，戴维娜也冷静下来了。"我们得去找到科林。"她的声音在厨房里回荡着。

"现在不行。"霍桑说。

她站了起来。"我要去找他。"

霍桑用手指着她说:"你就待在那里。"他没有怒吼,但声音里强压着怒气,不容反驳。

她又坐了回去。

然后,门开了,医护人员冲了进来,急忙给我检查。我感觉他们当时就把刀子取出来了,但我又不太确定。他们给我注射了药物,几分钟后,我戴着氧气面罩,仰面躺着被抬上救护车,被送往汉普斯特德的皇家公立医院。

结果证明,伤口没有看上去那么严重。那把刀刺在另一侧胸膛,远离心脏,而且没有伤到重要器官。事实上,伤口只有两英寸深。当天晚上,吉尔到医院来看我时,我已经缝了几针,缠了厚厚的绷带,坐在床上看电视新闻。

她很生气:"你不能总是把书的结尾写成有人试图杀你。"

"这只是第二次发生这样的事情。而且他并不是想杀我,"我告诉她,"他只是一个孩子,以为我要抓他,结果吓到了他。"

"他现在在哪里?"

"我不知道,警察会去找他的吧。"

"他妈妈呢?"

她怎么样了?我想她很有可能被指控为谋杀罪的从犯。我得和霍桑谈过之后才知道。

"她正在接受调查。"吉尔在床尾坐下来。

"对不起。"我说。

"他们什么时候让你出院?"

"明天上午。"

"你需要点什么?"

"不用，我挺好的。"

她看着我，既担心又很生气。"如果你愿意听我的建议，就不要把这段写进书里了。读者不会相信的，而且，看起来很荒谬。"

"我现在根本没有在想书的事。"

"我希望你从来没有认识过霍桑。"

"我也是。"

我这样说着，开始认真思考这件事。

果真，第二天吃过早餐后，我就出院了。我回到家的第一件事就是给霍桑打电话。他没有问我身体怎样，我想他可能去医院打听过，并且已经知道了我的情况。我们约在一家位置折中的咖啡厅见面，就在黑衣修士桥那边。

"你确定你的身体没问题吗？"他问。

"我想知道我坐上救护车之后发生了什么。"

"带上伞，要下雨了。"

他说得没错。我出门时，雨已经下得很大了，沉重的雨伞拉扯着我的胸口，伤处一阵阵地疼。即便天气好的时候，法灵顿的路况也不怎么样。现在，黑漆漆的马路上，交通拥挤不堪，车灯闪烁，骑自行车的人披着塑料雨衣，穿梭前行。我们同时到了咖啡店。霍桑挑了一张靠窗的桌子，我坐下时看到，雨点正敲打着玻璃，汇成水流滑下，很像老式黑白电视的屏幕。现在还没到深冬，外面挺暖和，咖啡店里却闷热潮湿，虽然店里只有我们两位客人。

霍桑把风衣挂在椅子后面的挂钩上，雨水从上面滴落。他里面的衣服没有被淋湿。这点路程让我筋疲力尽，他第一次给我买了饮料。霍桑自己要了一杯双倍浓缩咖啡，给我点了热巧克力。

我需要缓缓。他取了饮品放在桌子上，然后坐下。

"你感觉怎么样？"他终于开口问道。

"不是很好。"我说。缝针的地方比原来的刀伤更疼。我昨晚没睡好。"警察找到他了吗？"我问。

"科林吗？他去了朋友家，今天早上警察把他带走了。"

"他们打算怎么办？"

"他会被控告谋杀罪。"霍桑耸了耸肩，"但是，他还不到十六岁，可能会从轻处置。"

我等着他往下说。"你打算告诉我剩下的事吗？"我问，"这是我约你见面的唯一原因。不然，我宁愿躺在床上。"

"托尼老兄，你怎么了？你不要说得那么悲惨，我们破案了。"

"你破案了。"我说，"我什么都没做，只是把自己搞成了一个彻头彻尾的傻瓜。"

"我不这么认为。"

"那你怎样认为？"

他考虑了一会儿："你让格伦肖去了她该去的地方。"

这些不够。"你只需要告诉我，"我说，"你是怎么发现科林杀了理查德·普莱斯的？"

他疑惑地看着我，好像不太明白我的意思。然后他开始讲给我听。

"我对你说过，我已经把范围锁定在两人中的一个，"他开始说，"我一直有种感觉，一定是戴维娜·理查森或她的儿子。但最后，这件案子一定是她儿子干的，在犯罪现场，他的痕迹很明显。昨天我和戴维娜说的，查尔斯·理查森的自杀，以及格雷戈里·泰勒到过她家，这些都是真的。但是她没有带着刀子去过苍鹭之醒，她这样说只是为了保护儿子。我得说，她是一个好妈妈,一直在保护自己的儿子。

"科林肯定偷听到了格雷戈里·泰勒和他妈妈的谈话。还记得我们第一次去她家调查吗?因为儿子在门口偷听,她骂了他一顿。他昨晚又偷听了。我知道他在门外。他有偷听的习惯。格雷戈里说了长路洞事件的真相,这对戴维娜来说很难接受。那些谎言,还有懦弱。但你若从一个十五岁孩子的角度来看,理查德是他的第二个爸爸。当然,理查德自己也没有孩子。他供科林上学,给他买昂贵的礼物——例如,那架望远镜。他一直在科林身边,当科林听到真相时,你认为他会是什么感受?这一定会让他发疯。

"听到格雷戈里·泰勒和他妈妈谈话的第二天,他去杀了理查德。我们知道那天晚上科林没有在家——"

"你是怎么知道的?"我打断问他。

"因为戴维娜和阿德里安·洛克伍德在卧室。她告诉过我们,科林在家时,他们不会做那档子事,所以科林一定是说了要去找朋友,或者别的什么借口。事实上,他骑车去了菲茨罗伊街,抄近路走了汉普斯特德公园。"

我在戴维娜家的走廊上看到过那辆车,有三四次从那辆车旁经过。

"亨利·费尔柴尔德看到的不是手电筒的灯光。月圆之夜,没必要打手电筒。"

"那是自行车的灯光。"

"是的。大门旁边有一个大水坑,所以科林不得不下车,把自行车推过去。到了苍鹭之醒,他就把自行车扔到门边。我的孩子骑车时,总爱这样。他懒得把车靠在墙上,尤其是有急事时,只是随便一扔。"

"自行车倒在了芦苇上。"

"是的。自行车的脚踏板在地上戳了一个洞。然后,科林按了门铃。理查德开门,当然,看到他时非常吃惊。'有点晚了。'是的,在汉普斯特德这个地方,对于一个孩子来讲,晚上八点外出确实有点晚。

"理查德让他进屋。他可能看出科林很不高兴——尽管他并不知道男孩过来的原因。他拿了饮料出来,你还记得我们在书房桌子上看到的饮料吗?"

"两听可乐。"

"是的。房间里有酒,但是理查德不喝酒,访客也没喝。这是我猜到凶手不是戴维娜的原因,她嗜酒如命。而且,谁会在晚上八点钟喝可乐?"

"孩子。"

"老实说,托尼,关于这起谋杀案,有很多事情都让我觉得幼稚。我是说,先从墙上的数字来看,什么样的人会用酒瓶打死人,然后又浪费时间,画一些神秘的数字让警察去找呢?"

"但是那些数字是什么意思?他读那首俳句了吗?"

"不,不,不,182和俳句没有任何关系。那只是戴维娜胡编乱造的。你得从科林的角度思考。我第一次去戴维娜家的路上,就说过182这组数字可能代表什么,当时我还不知道阿基拉·安诺和她那首愚蠢的俳句。"

"你说,它可能是公交线,饭店的名字……"

"或者是发短信时用的缩写。这种表达方式,年轻人都会用,不是吗?"

"发短信时,182代表什么?"

"我恨你①。"霍桑笑道,"他说得再明显不过了,不是吗?"

"但是他为什么会这样做?你说你了解科林的想法。但是,我很难想象一个孩子会做这样的事情。"

"不再读你的书之后,谁是科林最喜欢的作家?"霍桑问,"他妈妈曾告诉过你。有趣的是,自从我们开始这项调查,这位作家似乎一直在悄悄地紧跟着我们。"

"柯南·道尔!"

"该死的歇洛克·福尔摩斯,就是他。我们读书小组在读《血字的研究》时,你不觉得有相似之处吗?顺便说一句,我挺喜欢这本书。我觉得其他人对书的评价有点苛刻。该死的《众神》确实不值得读,真不知道我能不能读完……"

"这次案件和柯南·道尔……有什么相似之处吗?"

"墙上留下字迹。伊诺克·德雷伯在劳里斯顿花园被毒死时,凶手在墙上写了'RACHE'的字样……不是用油漆,而是用血。另外,在书的最后,约翰·费里尔在犹他州的住宅里到处都有数字。那是来自摩门教长老们的警告。"

"什么?他模仿了这些?"

"或者他可能借鉴了《四签名》。"

霍桑叹息一声,继续说:

"你想,也许科林并不想杀理查德·普莱斯。他只想和他吵一架,发泄一下怒火,让理查德·普莱斯不要再出现在自己面前。但可以想象,事情失控了。科林指责他把自己的父亲抛弃在被洪水淹没的洞内。一开始,理查德否认了,但是他很聪明,很

---

①数字1形状类似单词I(我)。英文8的发音eight与"恨"(hate)相似,2则替代了U(你/you)。其他类似的表达还有IH8U,IHU,IHY等,在社交网络上年轻人间发信息的时候很常见。

快意识到那样是没用的。所以,他试图辩解,却让事情变得更糟糕。科林冲他大喊,理查德试图让他平静下来。也许他把手放在了科林的身上,科林想起他是同性恋,以为他会对自己做些什么。一切皆有可能。但重点是,科林失控了,然后他看见了理查德放在桌子或房间某个地方的红酒。他可能也不知道自己在做什么,拿起酒瓶就朝教父的脸上砸去,然后用破碎的酒瓶一下接一下地捅他,再然后发现脚下的理查德死了,到处都是鲜血和红酒。

"那么接下来呢?他害怕了,他犯了谋杀罪。他得掩盖自己的行踪。由于他是个孩子,也不怎么聪明,所以他想到了福尔摩斯。想起了在走廊上看到的颜料罐,拿起刷子在墙上画了一个数字,就像福尔摩斯的故事一样,而他脑海中出现的第一个数字正是他熟悉的数字,而且恰好表达了他的想法:'我恨你。'"

霍桑停下来。我写得再好,也比不上他刚才的描述精彩。

"还没有结束,"霍桑继续说,"我们第一次去找戴维娜时,科林进了厨房,忍不住加入了谈话。那时,这个小家伙可能以为自己已经摆脱了嫌疑,所以,他就编了一个故事,也是出自福尔摩斯。他说,理查德·普莱斯被人跟踪了,而且不是普通人,那人的脸有点问题。"

"我猜他说的是洛夫蒂。"

"洛夫蒂外貌并不出众,但脸部也没有什么问题。而且,他不是跟踪理查德·普莱斯,而是为他工作。他说的不是洛夫蒂。有一个故事叫《黄脸人》,讲的是格兰特·门罗说他看到一张可怕的脸,从楼上的窗户盯着他。你可以翻翻你的笔记,你会发现科林用的都是这样的词。"

我很尴尬,这应该是我熟知的内容,而不是霍桑。我甚至续写过福尔摩斯的小说。确实,这个案件里到处都能找到福尔摩斯的影子。我甚至花了一整晚去探讨这些书,但也许正是因为这些书是一个多世纪以前写的,我才没有看出与我们正在调查的案件有什么关联。

"他妈妈是什么时候发现的?"我问,"她一直在保护科林吗?"

霍桑犹豫了一下,我意识到他不希望我问这个问题。突然间,我也希望自己没有问。他说:"事实上,是你告诉她时她才发现的。"

伤口抽痛,我咬了一下嘴唇,尝到了粘在嘴唇上的热巧克力的甜味。"继续讲。"我说。

"我提醒过你,当我和别人谈话时,不要插嘴。"霍桑说,"事实上,我第一次找戴维娜·理查森谈话时,没想到你让事情发生了变化。"

"我说什么了?"

"你说了写在墙上的数字,还说是用绿色油漆写的。"

"这话有什么问题吗?"

"你还记得,我们去她家时,她家厨房的样子吗?"

我回想起当时的情景。"戴维娜在抽烟,盘子泡在水槽里。"

"洗衣机正在洗衣服,她在洗科林的衣服。她和我们说过,科林照顾不了自己,总是弄得一团糟。我猜他星期天晚上回家后,牛仔裤和衬衫都染上了绿色油漆,可能还染上了很多血和红酒。可能他自己已经把这些在水槽里洗过,或者用泥巴之类的东西盖住了,但绿色油漆是洗不掉的。妈妈看到了这些脏衣服,就放进了洗衣机。这就解释了为什么你一提到绿油漆,她就站起来,靠着洗衣机站着,一动不动,好像不想让我们看到洗衣机里的衣服。她还用最快的速度把科林赶出了房间。她刚看到科林从楼上下来时,还很高兴。但是,突然之间又是让他去洗澡,又是赶他去做作业。她害怕科林露出马脚。

"这时,她开始改变说法——或者说,开始编故事。她话锋一转,说科林个子很高,她本以为他能照顾自己,却发现他在学校里受了欺负,是他亲爱的理查德叔叔帮忙解决的。理查德和科林的关系很亲密,他只是一个需要爸爸的可爱的孩子。这个小家伙绝对不会转身就拿瓶子把他打死的。

"事情并没有就此结束。我们再次前去修道院花园时,戴维娜确保了科林不在那儿。她已经安排好了一切,转移我们的注意力。如果她不想让我们怀疑她的儿子,就必须拉其他人下水。她选择了阿德里安·洛克伍德。他是她的情人,但是为了救儿子,她转眼间就牺牲了他。也许,戴维娜知道数字182的意思,可能科林和她说过。然后,她就有了对策。首先,让你看到那首俳句。你真以为那本崭新的书是碰巧放在那里的吗?而且恰好翻到那首俳句的前一页?"

"是我翻到那一页的。"

"就算你不翻,她也会帮你。但你一看到编号181的俳句,即使是傻瓜也能猜出下一页是什么。"

"谢谢'夸奖'。"

"她知道这首诗与阿德里安·洛克伍德有关,因为二月十八日是他结婚纪念日。然后她告诉你独居有多艰难,她总是忘记调时钟。她担心这些暗示还不够明显,怕你第一次没听明白,于是又说了一遍。'我四点半就出去了。我是说三点半,我一直搞混!'她一直在做铺垫,当然是为了故意破坏阿德里安·洛克伍德的不在场证明。她想让我们认为阿德里安·洛克伍德提前一个小时就离开了,这样他就有足够的时间去谋杀理查德·普莱斯。她甚至提到洛克伍德对理查德很生气,虽然没有说为什么。她只是一点一点地把我们的注意力引到了阿德里安·洛克伍德身上。"

"然后,她把绿色油漆涂在了阿德里安·洛克伍德的袖子上。"

"我想你肯定注意到了。是的,是她干的。那是她的——那个词怎么说来着?法语……"

"得意之作。"

"没错。"霍桑笑道。

"你也看见了,你应该提一下的。"

"这太明显了,老兄。只有两种可能性。阿德里安·洛克伍德杀了理查德·普莱斯,在墙上涂写时,油漆溅到了衬衫上……"

"或者是戴维娜涂上的。"

"如果他们睡在一起,她就能很容易拿到他的衣服。当然,她知道应该涂上什么颜色的油漆。"

"因为我告诉了她。"

霍桑喝完咖啡,向窗外望去。雨势开始减弱,但灰色的水珠仍挂在玻璃上。"你不需要对自己这么苛刻,托尼。我们破案了,我得到了报酬,而你得到了写书的素材。对了,我还没有看到第一本。他们给你寄来了吗?"

"没有,我也没看到。"

"希望有个好看的封面,不要太文艺,上面可以印一些血迹。"

"霍桑……"我开口道。

不知怎么的,在我坐下来之前,就知道自己会说出下面这些话。吉尔是对的。

"我觉得这可能不是个好主意,我是说这些书。我是一个小说作家,不是传记作家,我不喜欢这样。很抱歉,我会完成这一部,因为我已经获取了所有的素材。不过我要给希尔达·斯塔克打电话,让她取消第三部书的合同。"

他沉下脸来:"为什么?"

"因为你刚才说的话!我们一起调查了两起案件,两次我都说了些愚蠢的话,把事情搞砸了,两次我都差点送命。我是个十足的傻瓜,这让我感觉很不好。你利用我、设计我去陷害格伦肖警探。但更糟糕的是,你居然祝贺我。你还劝我,说我已经成功地解决了问题,但我得出的结论都是错的。"

"我更正一下,不全是错的。阿德里安·洛克伍德的眼睛确实有问题。"

"得了吧!我承认,我不够聪明,不能当福尔摩斯,但我要告诉你,我也不想当华生。我认为这样是行不通的。我们最好还是分道扬镳吧。"

他一时没有说话,看起来很心烦。

"你这么说只是因为你此时很痛苦。"他终于喃喃自语道,"你被刺伤了,我很惊讶他们竟然这么快就让你出院了。"

"不是那样的……"

"而且天气也很糟糕。"他不想让我说话,接着往下说,"如果外边阳光明媚,你就会改变主意的。"他指了指外面,"作家不是经常这么写吗,天气会影响人的心情。"

"情感误置①。"我说。

"没错!"他的眼睛亮了起来,"这正是我要说的,你是一个

---

① 情感误置说(doctrine of pathetic fallacy)是指英国罗斯金解释艺术中情感作用的一种学说。"情感的误置"是指艺术家在强烈的情感作用下,对外界事物所产生的一种虚妄的感受。

作家,你了解这些的。而且,我敢打赌,你今晚回家整理笔记时,一定会描述天气有多糟糕。你会选最恰当的词,让黑衣修士桥、法灵顿路……活灵活现。这是我无法做到的。这就是我们能够成为很好的合作伙伴的原因。我只是个跑腿的,剩下的得由你来完成。"他笑道,"我们的书可以叫《犯罪团伙》[①]。"

"已经有一本书叫这个名字了。"

"老兄,我相信你可以取个更好的名字。"

我向窗外望去,仍旧犹豫不决。但是,雨终于停了,我似乎感觉到有几缕阳光正在照进来。

[①] 是阿加莎·克里斯蒂"汤米和塔彭丝"系列中的一册。

附　录
格雷戈里·泰勒的一封信

二〇一三年十月二十六号

亲爱的苏珊：

　　我现在坐在汉普斯特德公园的一家咖啡厅里给你写这封信。我已经见过理查德，我们聊了很多。我做好了决定，写信只是想告诉你，我感觉并不糟糕。我很爱你，也很爱我们的两个小宝贝。我希望事情还有转机，但事实上并没有。我不会坐在这里空抱怨。我给自己买了一杯咖啡和一个大大的贝克韦尔馅饼，不过，没有你做得好吃。今天早上下了点小雨，但现在天气已经放晴。公园里，孩子们在玩耍，小狗蹦来蹦去。世界还是很美好的。

　　如果你收到了这封信，就意味着我已经死了。我从没想过写这样的东西，但这是事实，我们必须面对。我希望能马上把这封信寄给你，也希望我能在你身边安慰你，但这是不可能的，相信你能理解。你得等六个月才能收到这封信，我希望一切都按计划进行。我会把这封信寄给妹妹格温多林，并嘱咐她不要拆开，明年四月再寄给你。希望这不会吓到你！但我知道你会理解我的。

　　关于保险的问题。我走后，你可以得到二十五万英镑的赔偿。这是很大一笔钱，足够照顾你和女儿们的后半生，如果你想搬离里布尔德也是够用的,也许你想回到利兹。当初把你带到这里,我一直觉得自己很自私,到头来也没什么好处。但是,有了这笔钱,你可以重新选择。我希望你快乐,我坐在这里唯一关心的就是你和女儿们。

但是,你得非常谨慎地处理这封信,读完要销毁。不要给任何人看,也不要告诉别人……戴夫也不可以。我还没有看保险单的规定,但保险公司都非常狡猾,会想方设法找借口不予赔偿。他们必须认定我是意外身亡,我待会儿会提到这个。这对我来说并不容易,对你也一样,但必须如此。

希望你能原谅我,你永远是我的最爱。

我想和你说一下二〇〇七年四月份那件事。是的,就是在长路洞发生的事情。我要告诉你事情的真相。我那时没有告诉你,你不要生气。我想说,但是不能说。部分原因是不论我如何推卸责任,那还是我的错。我是这次探险的负责人,安排了出行活动,是我说去那里很安全。回想起来,我组织那次探险,就是为了留住一些我们已经失去的东西——我和理查德、查尔斯三人的友谊。我们在牛津大学时是很好的朋友,一起度过了些疯狂的日子。每年见面的时候,我们都会试图重温曾经的美好,但我们都知道,随着年龄的增长,那些时光也会被渐渐淡忘。记忆越来越模糊,我们都不得不假装还记得很多。最后,理查德成了金牌律师,查尔斯在市场营销方面做得很出色。我却在一家小公司的财务部工作,一家没人听说过的小公司。和他们在一起时,我总有些尴尬,不管我们喝多少啤酒,这一点都不会改变。

我知道我们不应该去长路洞。事实上,当看到那些积雨云时,我就知道可能会有麻烦。气流很不稳定,毫无疑问会有一场暴风雨。但我劝说自己,暴风雨离我们还很远,不会过来。也许因为这是我负责的一次探险，理查德和查尔斯都很信任我。瀑布旁有一个十八米的高地，我们在那儿搭好设备就下去了。

到德雷尔山的出口只有两英里的路程，但你知道，那是长路洞。起始点就是高地，我们必须设置一个下拉系统，因为这是一次贯穿之旅，我们要从底部出来。有一个三十五米高的瀑布，还有几个很难攀爬的地方，之后才能到达德雷克通道和多层立交桥。这条路线不适合胆怯之人，但我们出发时都很顺利，充满欢声笑语，就像回到了过去。

我不讲所有的细节了，你会很烦的，而我也只有这一点时间来写完。但最主要的是，我骗了你，我在接受调查时撒谎了。查尔斯·理查森从未迷路，他死亡的原因也不是我们说的那样。

我们走过整个路程的三分之二时，遭遇了风暴。我在最前面，后面是理查德，最后是查尔斯。我们马上意识到麻烦来了。在我这么多年的洞穴探险中，从来没有经历过这样的事情。首先是气压发生了变化。我们的声音听起来都变了，耳朵里嗡嗡作响，甚至能听到骨头的声音。洞穴壁上都闪闪发亮，雨水从壁上流出，直往下淌。这只是个开始。还有一种隆隆作响的回声，好像从身下发出的怒吼，声音越来越大，最后只有大喊才能让别人听到自己说话。不要忘了，我们是在地下八十五米的地方，只能靠自己。凭一己之力面对大自然的怒火。我们必须尽快做出决定。

我们有两个选择。首先，我们可以爬到多层立交桥，这是我的提议。这样我们在较高的地方，洪水能从下面流过。但他们两人不同意。我们可能一进去就会迷路，只能在黑暗中坐着，等待洞穴救援。如果整个洞穴都被淹没，谁知道需要等多久？即使在多层立交桥交叉路口，我们也不能确定是否安全。如果水位涨到足够高的位置，我们可能会被困在那里，把自己逼入绝境，然后被淹死。

我们只有几分钟的时间来做决定,因为洪水就要来了。你能想象出水流淌过隧道时的冲击力有多大吗?我们已经能感觉到它正气势汹汹地袭来。洞穴中连空气都在震动,碎石开始掉落,像雨点一样落在我们身上。这是很可怕的。

你知道我们最终的选择。我们决定继续向前走。如果能通过德雷克通道,我们就安全了。如果我们能找到竖向缝隙,就可以顺着爬上去,让水从下面流过。虽然我们可能会被困在那里一段时间,但这似乎仍然是比较好的选择。更重要的是,这样就离出口更近了,我们都想出去。

我先上去,然后是理查德,这并不困难。向上爬了大概三米,是一个蜿蜒曲折的地方。我们两个过来了,此时,我们蹲在低矮的缝隙里,空间太小站不起来。我们发现查尔斯还没有上来,他被卡住了,他大声喊:"兄弟!兄弟!"他在求救。因为洪水离得越来越近,我们听不清他说的话。前面说过,在地下,水声听起来就像人发出的声音。现在,好像全世界都在冲我们怒吼。

我把嘴凑到理查德耳边,用最大的声音喊:"我们得回去找他!"

"不行!"

我不敢相信自己听到的话。

"不行!"他又大声喊了一次,"太危险了。"

"但他会被淹死的。"

"让他见鬼去吧!不管他了!"

我不敢相信。但我看着他,脸色蜡黄,像个孩子一样在哭。我骂了他一句,爬回那个曲折的地方。他则待在原地。查尔斯立在那里，我看不到他的头部，只有脚和腿从缝隙底部露出来。我猜他是被散开的绳头或什么东西给卡住了。没有抓手，他得自己拔出来。我也能帮到他，但洪水开始喷涌而过，即便有头灯，也是一片漆黑，周围的洞壁都在晃动，我想，如果再多待一秒，我就会死在这里。于是，我转身以最快的速度爬走，留下查尔斯，卡在那里被淹死。

亲爱的，这就是事件真相。我并不是说我们能救他，但我们应该试一试。也许我们可以在最大潮水袭来之前救出他。但是，我们没有这么做，我们待在裂缝处，等洪水冲出以后，顺着水流走到了出口。我们浑身湿透了，筋疲力尽，身上都是伤口，我想是被碎石砸伤的。虽然能活着出来很幸运，但我们没有这种快乐的感觉。我们非常厌恶自己所做的事情，和查尔斯一样痛苦。

我并不是假装自己比理查德好，但是，我想告诉你一点。出洞以后如何解释，这个决定是理查德做的。一日为律师，终身为律师。我听说他总是实事求是，但这次他并没有说实话，即便这件事会伴随他的余生。想想看，这会对他的职业生涯有多大的影响！他不再是那个钝剃刀，而是一个哭泣的失败者。他编造故事，说查尔斯在多层立交桥那里迷路了，假装我们去找过他。但事实上，我们出去后直接去了英巷农场克里斯家，让他打了救援电话。

这只是故事的一半。坐在这里写信，我的手已经抽筋了。我需要继续写完。所以我就长话短说了。

自那之后，我再也没和理查德说过话。但是我们要接受讯问，所以，你看到我们有一两次在一起。但是我不敢看他的眼睛，我讨厌他，他让我感到恶心。但是我更厌恶自己。如果当时我们回去，也许能救出查尔斯。但是，太晚了。你知道的，在那之后,我再也不去洞穴探险了。现在你应该明白是什么原因了。

后来我病了,国民健康保险也不提供帮助,你让我去伦敦找理查德资助。你从没想过我为什么反对吗?为什么我会每次都坚决反对?我们总是吵个不停,我知道我惹你生气了,但我再也不想见到他。而且,我心里明白他可能不会帮忙。他一看到我就会想起自己是个懦夫和骗子。但是你非得让我来,半拉半拽地把我推上火车。结果就是我坐在这里给你写信。

你知道吗,我差点就放弃去理查德在汉普斯特德的豪宅了,想给他打电话说我改变主意了。然后我就告诉你,他拒绝资助我治疗,就这样算了吧。但是我不能骗你。我们在一起的这些年,长路洞事件是我唯一一次对你说谎,这让我很难受。我去见了他,就像你期望的那样。但也正如我所料,他直接拒绝了。

他已经不是我记忆中的那个人了,我们第一次见面时,他只是一个十九岁的少年。这次他非常礼貌地请我进了他家,给我沏了一杯茶。但当我告诉他来这里的原因时,他拒绝给予帮助。他说,鉴于之前发生的事情,他不适合介入我的生活,等等这一类的话。奇怪的是,我觉得过了这么多年,他已经说服了自己,我才是那个应该受到责备的人。是的,我注意到有积雨云。我在讯问中说过,而且做过记录。也是我说可以进入洞穴。(他竟然当着我的面说了这样的话……我真想揍他。)不知怎的,他把所有的事情都混为一谈,说抛弃查尔斯不是他一个人的决定,也是我的决定。我还能写更多,可以写到太阳落山。但是最终,他把我赶了出去。

苏珊,这是最难讲的一部分。我不想写。这也是为什么你要等六个月后才能知道真相。

我要自杀了。你知道我不是一个听话的病人。我不喜欢看医生,不喜欢吃药,不喜欢医院的一切。而且,我不想让你和女儿们看到我坐在那里受苦。我想让你们记住我本来的样子——无论好坏——而不是一个被病痛折磨的病人。我已经想好了该怎么做。只要确保看起来像意外死亡,那些狡猾的保险商就会给予赔偿。

但是,我得先去告诉戴维娜·理查森她丈夫死亡的真相。理查德把我赶走,松了一口气,但是我不希望他逃脱惩罚。她住得离这里不远,我刚才打过电话,她在家。我们之前没说过话,但很快就会说了。关于我去找过她这件事,我会让她保证不告诉任何人,然后,她就会帮我做那些卑鄙的事——报复理查德,让他再也笑不出来。

我不想以理查德结束这封信。在利兹,我们第一次喝酒时,我就知道你是我的天使。那时你很美,现在也是。我们经历过起起落落,但每段婚姻都是如此。我坐在这里,想的都是美好的事情,比如我们的两个女儿、去斯凯岛游玩、攀登三峰、游览科尼斯顿湖、在巴黎弄丢护照的那个周末,所有的欢声笑语。我希望你能再嫁人,亲爱的。你应该这样做,你是最好的。

请原谅我所做的一切。

爱你的丈夫,
格雷

这封信寄给了住在哈德斯菲尔德的格温多林·詹姆斯,她将其交给了警察。得到格雷戈里·泰勒遗孀苏珊·泰勒的许可,在此附上此信。

致　谢

　　我和丹尼尔·霍桑的侦探小说要以感谢那些真实存在，也出现在了书中的人作为结尾……虽然不是全部，这有点奇怪。显然，有些人找过我的麻烦，也有人要求使用化名，或完全不要出现自己的名字。其中一人还请律师威胁过我，尽管我认为我在书中对她的描述非常准确。

　　如果没有两个人的特别帮助，我是不可能完成《关键句是死亡》这本书的。一个是带领救援小组进入长路洞的戴夫·加利万，他向我详细地讲述了他所做的工作。另一个是克里斯·杰克逊，他甚至帮助我进了山洞——这是一次比我想象中还要美好的经历。他带我穿过德雷克通道，还带我看了查尔斯·理查森的实际死亡地点。之后，他读了手稿，使我避免犯一些技术上的错误。认识他们两人，我很高兴。当然，我也不会忘记我们在里布尔德吃过的牛排腰子馅饼。

　　书中还提到了法维翰公司的法务会计师格雷厄姆·海恩。虽然他从未见过理查德·普莱斯，但关于高端离婚案的运作方式，他给我提供了一些精彩的见解。温克沃思·舍伍德律师事务所的亚历克斯·伍莱律师和一号律师庭的大律师本·伍德里奇都很慷慨地为我提供了完整的法律知识。当然，如果出现任何错误，那都是我自己的问题。

屋大维保险库董事兼总经理文森特·奥布莱恩和保险托管员安迪·华兹沃斯向我介绍了一个我从没听说过的行业。他们为来自三十九个国家的一万名私人收藏家服务。我还要感谢詹姆斯·麦考伊警探和英国尤斯顿火车站的所有交通警察，他们允许我观察了解他们的工作。正如我在书中所说，这些隐秘的地方总是让我兴奋不已。

特别感谢维韦克·戈希尔，他有杜氏肌萎缩症（他与疾病共存而不是被病痛折磨……他向我说明了其中的区别）。对于这种病情，我需谨慎，因为我无法真正了解凯文·查克拉博蒂，这一点显而易见。维韦克是一个令人叹服的有活力的年轻人，他有一个好妈妈。我也要感谢英国肌肉萎缩症组织的高级新闻官简·马修，是她介绍我们认识的。

与塞琳娜·沃克尔和企鹅兰登书屋的合作一直都非常愉快，感谢他们。谢谢我的家人，吉尔·格林以及我的儿子们尼古拉斯和卡西安，即使他们看到自己的隐私被一字一句地暴露出来，也都给予了大力支持。我的经纪人希尔达·斯塔克非常优秀，感谢她和她的助手乔纳森·劳埃德。我的助手艾莉森·埃德蒙森帮忙照料我的生活，并且这个致谢页上的大多数人都是她介绍给我认识的。最后，我想我还应该感谢丹尼尔·霍桑，是他要求我写这个系列的。毕竟这可能是个不错的主意。

二〇一八年八月十六日
安东尼·霍洛维茨

THE SENTENCE IS DEATH by Anthony Horowitz
Copyright © 2018 by ANTHONY HOROWITZ
Simplified Chinese edition copyright © 2021 New Star Press Co., Ltd.
All rights reserved.

图书在版编目（CIP）数据

关键句是死亡 /（英）安东尼·霍洛维茨著，王淑芹译．——北京：新星出版社，2021.7

ISBN 978-7-5133-4564-4

Ⅰ.①关… Ⅱ.①安… ②王… Ⅲ.①长篇小说－英国－现代 Ⅳ.①I561.45

中国版本图书馆 CIP 数据核字（2021）第 114421 号

关键句是死亡

[英]安东尼·霍洛维茨 著；王淑芹 译

责任编辑：王　欢
特约编辑：郑　雁
责任校对：刘　义
责任印制：李珊珊
装帧设计：hanagin

出版发行：新星出版社
出 版 人：马汝军
社　　址：北京市西城区车公庄大街丙3号楼　　100044
网　　址：www.newstarpress.com
电　　话：010-88310888
传　　真：010-65270449

读者服务：010-88310811　　service@newstarpress.com
邮购地址：北京市西城区车公庄大街丙3号楼　　100044

印　　刷：北京天恒嘉业印刷有限公司
开　　本：910mm×1230mm　　1/32
印　　张：9.125
字　　数：150千字
版　　次：2021年7月第一版　2021年7月第一次印刷
书　　号：ISBN 978-7-5133-4564-4
定　　价：55.00元

版权专有，侵权必究；如有质量问题，请与印刷厂联系调换。